LAURENCE PEYRIN

SOUS LE SOLEIL DE SOLEDAD

CALMANN LEVY

ISBN 978-2-266-34014-4
Dépôt légal : mars 2025

À Claude Peyrin, mon père.
J'espère que vu de là-haut,
plus près du soleil,
le monde est beau.

Nobody can tell you
(Personne ne peut te dire)
There's only one song worth singing [...]
(Il n'y a qu'une seule chanson qui vaille d'être chantée)
But you've gotta make your own kind of music
(Mais tu dois faire ton propre genre de musique)
Sing your own special song
(Chante ta propre chanson)
Make your own kind of music
(Fais ton propre genre de musique)
Even if nobody else sings along
(Même si personne d'autre ne chante)

Mama Cass Elliot,
Make Your Own Kind of Music[1]

---

1. *Make Your Own Kind of Music* (Cynthia Weil/Barry Mann)

PROLOGUE

Il n'y avait aucune photo d'elle sur cette terre à l'exception de celle de ses huit ans.

Celle-ci, elle l'avait gardée sans l'encadrer ni la coller sur son frigo, sans plus d'affect que lorsqu'elle fichait tout droit ses relevés bancaires et ses factures dans l'hypothèse d'un contrôle fiscal.

Classée.

Le trieur accordéon, parmi tous les autres rangés par dates dans le cagibi borgne qui servait d'annexe à son bureau, était marqué 1990 – c'était l'année où Maman avait fini par mourir. Et où la gestion du Wild Sun Safari lui était tombée sur les épaules.

L'année du rangement. En vidant les tiroirs, elle était tombée sur la photo, relique glissée entre deux vieilles notes de supermarché de bricolage et un paquet de clopes vide.

Sur ce cliché typique pris par un bon gros bourrin du Sud, la gamine qu'elle était en 1978 soufflait ses bougies dans une robe à volants d'une teinte rose à mi-chemin entre le cachet de Prozac et le vomi de marshmallows.

Les rares fois où elle était tombée dessus au milieu d'un tas de papiers, la vue de sa bouche plissée entre deux grosses joues surplombant les flammèches du traditionnel gâteau à deux étages plâtré de crème au beurre beige lui avait évoqué une paire de fesses – bref, elle évitait de la sortir du trieur accordéon.

Mais elle n'avait pu se résoudre à la jeter, car peu de temps après la photo, un ouragan comme il y en a souvent dans les Everglades, pas pire que les autres, avait tué Papa, Rob, le bon gros bourrin du Sud, bosseur, gentil comme tout. Il avait voulu fixer un volet qui battait fort contre la vitre, oh bordel, ça allait tout péter et y aurait du verre partout, et il s'était pris la solive de la fenêtre sur la nuque.

Aussi bête que ça.

Cet automne-là, en Floride, l'ouragan Nelly avait fait un seul mort, c'était Papa. Un type en pleine forme qui aimait boire des Budweiser tirées d'un seau de glace sous sa véranda, le soir après le boulot.

Huit ans auparavant, Papa avait coupé le cordon ombilical de sa fille, à moitié bourré, et avec Maman qui le lui reprochait sans même lui en vouloir – essayez de rester sobre quand vous crevez de chaud toute la journée à accueillir les touristes dans un safari-alligators –, ils avaient prénommé leur fille Cassie.

Pourquoi ? Comme ça, au pif, le bébé naissait avec un mois d'avance, ils n'avaient pas vraiment eu le temps d'imaginer le prénom qui ferait d'elle un être particulier. Oui, c'est de cela qu'ils manquaient : de temps.

Ils s'aimaient très fort, Rob et Marjorie, ils s'aimaient comme ça, avec cette certitude de l'autre qui ne rend plus nécessaire de se souhaiter bonne nuit tant que les corps s'emboîtent en cuillère et que le souffle de l'autre est la plus normale des berceuses, sans avoir envie d'échanger sur quoi que ce soit, à ce moment-là.

Puis Cassie était devenue Cass, puis Papa avait pris l'habitude de l'appeler Mama Cass, comme la chanteuse grosse de The Mamas and the Papas qui était morte en s'étouffant avec un sandwich.

C'était pas moqueur de la part de Papa, pas du tout.

Pour comprendre, il fallait savoir que Maman, dans sa jeunesse, avait fait la Route 66 à moto jusqu'à Los Angeles, qu'elle en gardait une dévotion pour la chanson *California Dreamin'*. Et qu'en revenant, elle avait épousé Papa dont le nom de famille était Elliot, qu'ils avaient prénommé leur fille Cassie, ce qui donnait comme par hasard le vrai nom de Mama Cass, la chanteuse : Cassie Elliot.

Maman ne croyait pas au hasard, mais au karma.

Cassie Elliot, Cassie, Cass, Mama Cass, voilà quel était le karma de la gamine. Personne dans leur entourage n'avait jamais fait le rapprochement, ils étaient du genre à écouter Metallica ou Judas Priest.

Petite, Cassie aimait le sucre, comme tous les gosses. On ne lui tapait guère sur les doigts, Maman n'avait pas le temps de cuisiner des petits plats équilibrés, elle qui tenait la comptabilité du Safari, sans ordinateur à l'époque, un stylo dans une main et une kyrielle de clopes défilant dans l'autre. Du coup, Maman était droitière mais fumait de la main gauche – ça, c'était un souvenir que sa fille garderait toujours – et la petite Mama Cass se faisait réchauffer des pizzas surgelées, se récompensant par un sundae fraise et finissant les grandes boîtes de donuts Krispy Kreme qui traînaient un peu partout dans la maison.

Quand Papa était mort, le sucre était devenu une passion. Maman était débordée, mince comme un fil grâce à son régime goudrons-nicotine, et Mama Cass avalait des marshmallows comme des hosties, dans une transe dévote, fermant les yeux sur le rose et le blanc crème qui prolongeaient l'enfance sacrée où l'on fait un vœu en soufflant des bougies.

C'était si simple, alors.

La mollesse du bonbon, sa douceur qui tapissait le palais, le goût fondant des rêves – je serai maîtresse d'école, j'aurai un restaurant chic à Coral Gables, je travaillerai dans les grands buildings de Miami, avocate, policière, guide touristique, marchande de glaces, tout était possible, tant que les cristaux de sucre ne s'étaient pas totalement désagrégés dans sa gorge.

Sur les joues de Mama Cass se tendait cette espèce de surcouche de graisse, fine, nacrée, traîtresse.

De temps en temps, elle se faisait vomir, c'était fluo, dégueulasse, elles avaient raison, les filles du collège avec leurs jambes comme des fusées sur le terrain de basket-ball, elle n'était qu'un gros tas – elles ne le disaient pas, mais on voyait toutes les ordures adolescentes qu'elles étaient capables de déverser sous leurs cils de faon.

Mignonne, disaient d'autres. Ou encore dodue, à croquer, selon ses parents. Ces mots affectueux qu'on tord pour s'en faire de petits bâtons avec lesquels on s'autoflagelle, tout ce qui dépasse, les bourrelets du ventre, les petits plis des cuisses, les fossettes au creux du coude.

À bientôt cinquante ans, Mama Cass n'aimait plus le sucre, ni le gras ni rien qui lui fasse plaisir. Mais son corps s'en souvenait, et les réclamait.

À la moitié de sa vie, elle essayait d'aimer les gens. Parfois, elle y parvenait. Ça ne tenait souvent à pas grand-chose – le sourire en biais d'un enfant timide rougissant d'excitation avant de grimper sur un hydroglisseur, la tape dans le dos d'un papa, le geste d'une maman fouillant dans son sac pour vérifier que oui, la bouteille d'eau y était, et les lunettes de soleil aussi, et cette façon qu'ils avaient tous les deux d'ajuster le casque sur les oreilles du gamin.

Mais Mama Cass ne s'aimait pas elle-même.

Ça, ce n'était pas possible. C'était un trop grand effort, et elle était comme ses parents : elle manquait de temps.

Voilà pourquoi il n'existait aucune photo d'elle sur cette terre depuis le jour de ses huit ans. Elle ne les autorisait pas, et si on la prenait en traître, les détruisait.

Autour d'elle, tout le monde le savait. Mama Cass *versus* son image, c'était une affaire classée dans un dossier accordéon.

1

Senior ouvrait grand sa gueule de méchant imbécile, dégageant une odeur de poubelle pleine sous un cagnard accablant. Affalée entre les crocs jaunis et plantés en dépit du bon sens, sa langue ressemblait à une huître cuite festonnée d'une écume sèche et brunâtre.

La fente de l'œil droit était couverte d'un voile opaque – depuis combien de temps Senior était-il borgne, d'ailleurs ? Nul ne le savait. La plupart des employés de Wild Sun Safari étaient nés des années après lui. D'où son nom, supposait-on. Mais Senior s'appelait-il déjà Senior lorsqu'il était aussi petit qu'un lézard commun – un gecko, comme on disait par ici ?

C'était une des questions cons que se posait Oleg – Oleg appelait ça lui-même ses « questions cons », des trucs pas importants qui l'obsédaient par vagues et le plongeaient dans des silences appliqués.

Il commençait comme ça : « Question con : pourquoi on ne peut pas éternuer en ouvrant les yeux ? », « Question con : comment on décide qu'une blague est drôle ? » À cela, Mama Cass n'avait qu'une réponse, invariable : « Mange. »

Parce que en général, les interrogations existentielles d'Oleg surgissaient à la pause de midi.

« Question con : on va l'enterrer où ? »

Mama Cass haussa un sourcil vers Oleg, tirant sur le câble du moteur. Ils étaient là à cahoter sur la rivière d'herbes, il n'était pas encore midi, l'orage menaçait, il allait falloir répondre aux annulations de familles d'Allemands, d'Anglais et j'en passe, et la commande de burgers à la camionnette de Tony's était probablement en train de développer tout un tas de bactéries sur le paillasson du Wild Sun Safari.

Senior dérivait dans l'eau limoneuse, son unique œil torve fixant Oleg.

« Caresse-le, tant que tu y es, gueula Mama Cass au-dessus des vapeurs de gazole. Et laisse-le finir sa vie là où il doit être.

— Il est malade.

— Il est vieux, Oleg, c'est tout. Et aussi prédateur que quand il était jeune. On rentre. Il sera encore là demain, et dans dix ans. »

Le trajet du retour était un entrelacs aussi inabordable qu'incompréhensible pour ceux qui n'étaient pas nés ici, entre les marais hérissés de sawgrass, les herbes scies, et les îlots de calcaire des hammocks où s'entremêlaient palmiers royaux et chênes evergreen envahis par les fougères d'escalade. Pourtant Oleg et Mama Cass y auraient retrouvé leur chemin même en pleine nuit. Et c'était heureux, car les comparses de Senior y pullulaient.

Mais ni l'un n'y l'autre n'avaient jamais vécu ailleurs, et alors que les touristes harnachés sur la hauteur des hydroglisseurs hurlaient d'excitation et de trouille tous les jours à la vue des gueules ouvertes qui ronflotaient à la surface des flots bourbeux, pour ces deux natifs du lac Okeechobee, un alligator n'était qu'une sorte de gros rocher sur lequel il fallait faire attention de ne pas marcher.

« Tu ne penses sérieusement pas à l'enterrer ? demanda Mama Cass, essuyant soigneusement ses doigts collants de sauce ranch sur l'emballage papier du burger froid.

— Je me disais que, comme il est l'ancêtre, en quelque sorte, il mériterait peut-être un mausolée », répondit Oleg, grimaçant sur sa dernière bouchée. Il avala une gorgée de Coca, émit un rot discret, s'excusant aussitôt, la main plaquée sur la bouche.

Assises sur les chaises en rotin du bureau d'accueil du Wild Sun Safari, à mi-ombre du rideau baissé sur la pluie naissante, les silhouettes des deux acolytes traçaient comme une hyperbole de la diversité floridienne.

D'un côté, cette femme forte aux cheveux courts, empaquetée dans des couches plissées de pantalon cargo et de tee-shirts Target – un débardeur et un maillot d'homme par-dessus, elle estimait qu'il lui fallait bien ça.

De l'autre, un gringalet qui, les bras levés, ne dépassait pas la taille d'un préadolescent, portant moustache tombante et cheveux de jais tirés en queue-de-cheval. On aurait dit une miniature de biker descendant d'une Harley en plastique. Il s'appelait Oleg sans savoir pourquoi, alors que son ascendance mexicaine se lisait sur sa peau tannée et ses pupilles d'un noir brûlant sous des paupières indolentes.

En dehors du fait que, depuis trente ans, l'un travaillait pour l'autre, jouant à la fois le rôle d'associé, de guide touristique et de père nourricier de toutes sortes de bestioles qui s'aventuraient près de l'embarcadère, ils avaient un point commun fondateur : leur date de naissance. Le croiriez-vous ? Le même jour, le même mois, la même année, à quelques heures près – Oleg était plus jeune de huit heures, c'est pour cela qu'il était plus petit que Mama Cass, rigolait-il.

Et concernant la corpulence qu'elle traînait comme un boulet, il n'avait fait qu'une réflexion, un soir où tous les deux avaient abusé de la Budweiser : « C'est une fausse image que tu as de toi, Cassie, avait-il lâché. Tu es comme on dirait enveloppée, avec tout ce qu'il faut là où il faut. Pas obèse, comme ma belle-sœur, qui en plus s'en fout, soit dit en passant. Appétissante, tu es. »

Ce soir-là, ils avaient fait l'amour – ou, du moins, avaient eu une relation sexuelle, avait rectifié Mama Cass dans sa tête lourde, le lendemain matin. N'empêche que cela lui avait donné l'impression d'un bébé phoque s'ébattant sur un iceberg, du coup elle s'était arrangée pour qu'ils ne se mettent plus jamais dans une situation pareille, tous les deux.

Plus de bières le soir, elle rentrait chez elle sitôt les derniers clients partis, laissant à Oleg le soin de fermer boutique.

L'entreprise qu'avait laissée Papa à Maman, puis Maman à Cassie, était, selon l'expression consacrée, florissante. De dix à douze fois par jour, les quatre hydroglisseurs propulsaient par boucles savantes les touristes venus du monde entier sur la fameuse rivière d'herbes. À raison de huit passagers par bateau et de cinquante dollars par tête, on pouvait assurer le salaire de trois pilotes, en plus d'Oleg. Et ce n'était pas l'entretien de la faune et de la flore environnantes qui pouvait ruiner une telle affaire – les alligators étaient dans leur milieu naturel et se nourrissaient bien tout seuls.

Sauf Senior, qui, selon l'avis expert d'Oleg, se laissait mourir de faim depuis quelques jours.

« On n'aura qu'à lui balancer l'Allemand d'hier, s'il revient, conclut Mama Cass en repoussant son papier gras roulé en boule. Ça va lui redonner du poil de la bête, à Senior.

— Celui qui voulait qu'on le rembourse à cause de la pluie ?

— Il a cassé une chaise. Il a insulté Domingo. Il a été odieux.

— Oui ben, justement, il risque pas de revenir, Domingo a failli lui en coller une.

— Ah bon ? Dommage pour Senior. »

Ils rigolèrent tous les deux. Il y avait parfois de ces énergumènes, parmi tous ces étrangers qui venaient frissonner au Safari. Ceux qui refusaient de porter leur casque pour, disaient-ils, profiter des sons de la nature – alors que le bruit du moteur dépassait probablement en décibels celui d'un concert de Motörhead, groupe de hard rock qu'affichait présentement Oleg sur son débardeur noir aux manches déchirées.

Il y avait ceux, aussi, qui demandaient s'il était possible de tremper un pied dans l'eau. Ou de toucher vite fait la queue d'un alligator endormi – sauf que les alligators ne dormaient jamais que d'un œil. Comme Mama Cass qui, une fois avalés les vingt miles la séparant de sa belle maison vide à Homestead, se préparait avec philosophie à une nouvelle nuit d'insomnie dont aucun médicament, aucune méditation, ni aucune de ces nouvelles applications de smartphone n'étaient jamais venus à bout.

Pourtant, cette maison était un havre de paix. Trop grande pour elle, certainement.

En même temps que de cette bâtisse de style colonial, Mama Cass avait hérité d'une femme de ménage mexicaine qui la briquait des sols au plafond, quatre fois par semaine.

La petite femme aussi mutique et antique qu'une statuette maya devait bien avoir soixante-quinze ans, maintenant.

Elle s'appelait Soledad, et depuis plus de trente ans, c'est tout ce que Mama Cass savait d'elle – en dehors du fait que Maman lui avait fait jurer de ne jamais la virer.

2

« Ma belle-sœur fait du yoga. Et depuis, elle dort comme un bébé, dit Oleg en actionnant la manivelle grinçante du rideau mécanique. Dis donc, va falloir mettre de l'huile sur ce truc, ça casse les oreilles. »

Mama Cass opina, avala un ibuprofène. Elle graisserait la manivelle elle-même, le bricolage ne l'embêtait pas. Autant sa belle maison qu'elle n'occupait guère le restait grâce à Soledad, autant il lui était vital d'entretenir le Safari afin qu'il ne ressemble jamais à toutes ces fausses cabanes de pêcheurs aux planches disjointes qui pullulaient le long de l'Ingraham Highway, avec leur unique bateau à la peinture écaillée amarré à un ponton tordu. Leurs bons à rien de propriétaires prétendaient faire le même métier qu'elle, Oleg et Domingo, Johnnie et Nelson, les trois autres pilotes-guides. Ils faisaient payer leur prétendue authenticité à prix d'or. Une arnaque.

« Ta belle-sœur qui pèse cent vingt kilos ? Ça doit être chouette. »

Oleg eut un petit rire, haussant une épaule douloureuse. Il savait très bien que le cynisme de Mama Cass ne s'adressait qu'à elle-même, que ce n'était pas une méchante personne. Il voyait bien la rosée qui infusait souvent son visage poupin, lorsqu'elle aidait un gamin à coller le casque sur ses oreilles, il voyait bien l'ombre du bonheur sincère sous le sourire commercial lorsqu'une famille descendait de l'hydroglisseur de la joie plein le cœur.

« Le magnésium, lui dit-il. Il paraît que le magnésium marche bien, aussi, contre les insomnies. Il faut manger du chocolat et des lentilles.

— Je vais dire à Soledad de me préparer de grands bols de lentilles au chocolat, mon micro-ondes va adorer. Tu sais que ça existe aussi en gélules, le magnésium ? J'ai déjà essayé. Que dalle. »

Elle se leva pour récupérer sa tasse sous la cafetière électrique.

« Ça, tu devrais arrêter, par contre, fit Oleg en fouillant dans un tiroir. Où elle est, cette putain de burette ?

— Dans le tiroir d'en bas, l'huile fuyait sur les outils. Et si j'arrête le café, Oleg, je vais devoir me mettre à la coke pour tenir debout, ce qui nous reviendra nettement plus cher. File-moi la burette, je vais le faire, les premiers clients vont arriver. Une famille de Français, quatre personnes, puis un groupe de Texans, ils sont douze, donc deux bateaux, préviens Nelson et Domingo. »

Mama Cass se brûla les lèvres dans son mug, râla, il lui tendit la burette, elle attrapa la manivelle.

« C'est pas encore l'heure, protesta Oleg, ils arrivent dans vingt minutes, les Français, trente le temps qu'ils trouvent leur chemin. Je peux le faire, donne.

— C’est bon, s’agaça-t-elle, passe-moi plutôt un chiffon. »

Il fit glisser un autre tiroir, en extirpa une peau de chamois d’un jaune taché, puis s’assit à son tour devant le petit bureau où trônait un ordinateur portable au côté d’un pot à crayons multicolores disposés en éventail parfait et d’un bloc-notes au carré.

« Elle te fait quoi à manger, Soledad ? demanda-t-il, désœuvré.

— Il est neuf heures du matin, Oleg, j’ai encore mon donut de sept heures sur l’estomac et tu veux que je te détaille mes menus du soir ? Tu es quoi, nutritionniste ou tortionnaire ? Oh nom de Dieu, je m’en fous partout, qu’est-ce que c’est que cette putain d’huile périmée ? »

Elle s’activa avec le chiffon avant que le liquide ne s’infiltre sous la manche de son tee-shirt, mais, cette fois, Oleg ne fit rien pour l’aider. Il la connaissait vraiment très bien, et il savait qu’elle l’aurait envoyé bouler. Mama Cass n’était pas femme à accepter de l’aide.

Selon lui, c’était d’ailleurs un peu son problème principal.

« Je sais pas, fit-elle en actionnant la manivelle. De bons petits plats bien équilibrés, je suppose. Du poulet grillé, du tilapia, de l’espadon. Et toujours des légumes, sauf des gombos parce que j’aime pas ça.

— C’est gluant, le gombo. Ma mère en met dans la soupe, là, j’aime bien. »

À bientôt cinquante ans, Oleg était retourné vivre chez sa mère à Florida City depuis déjà un petit moment – son boulot chronophage, sa passion pour les alligators et de mauvais choix avaient eu raison de deux mariages. Pas d’enfant, lui non plus.

« Ma mère fait le meilleur chili du monde.

— Toutes les mères mexicaines font le meilleur chili du monde, Oleg. Celui de Soledad est parfumé comme c'est pas possible, goûteux, fondant, épicé… »

Elle avait lâché son chiffon et faisait mine de se friser les moustaches en rigolant, parce que malgré son gabarit de moustique, Oleg mangeait comme un porc sauvage et semblait ne jamais en avoir assez.

« J'ai faim, confirma-t-il. Bref, où est le programme de la journée ?

— Sous tes yeux, comme d'habitude. Tu n'as qu'à arracher la page d'hier, tu crois pouvoir te souvenir de ça chaque jour ? Après les Français et les Texans, il y a une entreprise de Seattle. Est-ce que Senior est mort ?

— Non, je suis allé le voir ce matin. Il se maintient la tête hors de l'eau, on va dire.

— Je te l'avais dit. Prends ton chapeau, ça tape, aujourd'hui.

— Oui, Mama. »

Telles étaient leurs conversations du matin, toujours décousues, mais jamais dépourvues de sens. Celles d'un vieux couple, en somme.

3

Ce soir, c'était du poulet jerk, cette marinade caribéenne à base de piments habanero que Soledad savait parfaitement doser. Des protéines, des épices. Un peu de riz pour accompagner, et beaucoup de légumes.

Mama Cass piqua un morceau de courgette cuit juste à point pour conserver les vitamines, et se fit l'économie de la question habituelle : pourquoi, avec tout ça, tu ne perds pas un gramme ? On aurait dit que sa femme de ménage était surtout sa nutritionniste.

D'ailleurs, le ménage était la part prétexte du travail de Soledad. Comment voulez-vous qu'une maison où il n'y a jamais personne, peu de meubles, pas de rideaux ni de tapis ni rien qui prenne la poussière vaille d'être briquée tous les deux jours ? Alors, la vieille Mexicaine faisait tourner la machine à laver, allait au Publix de Homestead faire les courses, remplissait à demi le frigo de laits végétaux, de yaourts light pour le calcium, de poisson gras pour les oméga-3 et de viandes maigres, pelait des concombres, éminçait des oignons rouges et des tomates vertes, bannissait les avocats et les bananes.

Mâchant lentement son poulet, Mama Cass se focalisa sur l'écran de la télévision qui trônait sur le buffet blanc face à la table de la salle à manger, blanche aussi, comme les chaises, comme tout, dans un style colonial réduit à sa plus simple expression.

La chaîne du National Geographic diffusait un reportage sur les serpents les plus dangereux. Mama Cass n'aurait même pas détourné les yeux de son écran s'il y avait eu une fusillade dans son jardin. Les animaux, quels qu'ils soient, voilà quelle était sa raison de vivre. Contrairement à ce qu'elle laissait voir à Oleg, elle aurait beaucoup de peine lorsque Senior, cet immonde alligator qui puait de la gueule, se retrouverait à flotter ventre en l'air.

Les animaux lui donnaient la pleine conscience du cycle de la vie et lui faisaient ressentir une foi qu'elle n'avait en rien d'autre, fondée sur le manichéisme, au sens de la doctrine : le bien et le mal coexistaient.

Et, aussi, il y avait là-dedans une variante de la loi du talion : un salaud de moustique ne vivait que sept jours, qu'il passait à vous pomper le sang et à vous coller des cloques insupportables, alors qu'une tortue, l'animal le plus sage de la terre, atteignait cent vingt ans.

À la fin du reportage télé, elle avait appris que le mamba noir, lui, pouvait vivre vingt ans, mesurer jusqu'à quatre mètres et se déplacer à la vitesse de cinq mètres par seconde. Il était fascinant, avec sa peau métallique et l'intérieur noir de sa bouche. C'était le serpent le plus rapide au monde, le plus mortel. La quantité de venin d'une seule de ses morsures pouvait tuer jusqu'à quarante hommes, suivant leur corpulence – autrement dit, cent cinquante Oleg, rigola-t-elle toute seule.

Bon, heureusement, le mamba noir vivait loin d'ici, dans les pays d'Afrique, se dit-elle en nettoyant son assiette – Mama Cass ne laissait jamais de vaisselle à Soledad, tout comme elle lavait elle-même ses sous-vêtements à la main, question de respect.

Elle éteignit la télé, il était déjà neuf heures du soir, et demain, comme tous les matins, elle se lèverait à l'aube pour attraper un bol dans le réfrigérateur – dans celui-ci, soigneusement emballé de Cellophane, il y aurait des fruits coupés dans du sirop d'agave, et un yaourt grec posé dessus. Plus qu'à mélanger. Avant d'entrer dans le parc, Mama Cass s'arrêterait chez Krispy Kreme, parce que le fanion clignotant indiquait que la première fournée de donuts venait de sortir et que rien ne valait un Boston Creme, fourré à la crème à la vanille et trempé (à la main) dans un glaçage de chocolat au lait pour commencer la journée.

En public, c'était tout ce qui lui restait de son amour du sucre. Et, honnêtement, ce n'était pas les malheureuses trois cent cinquante calories d'un unique Boston Creme qui allait foutre en l'air le régime Soledad. Même pas les burgers qu'elle s'autorisait deux midis par semaine avec Oleg – les autres jours, elle ne mangeait que du café noir.

Elle regarda par la fenêtre le ciel s'obscurcir. Elle aimait bien ce moment-là. Chaque soir, elle regrettait de ne pas aller s'asseoir sur la balancelle du perron, devant le jardinet où sur le gravier blanc retombaient les grappes de fleurs des lantanas jaunes, blancs et bleus, à l'ombre d'un palmier plus vieux qu'elle. Et se demandait pourquoi elle ne le faisait pas, restant plantée là, derrière sa vitre climatisée qui arrêtait tous les parfums, et les derniers rayons du soleil orange.

Demain. C'était toujours demain.

Elle fit descendre le store automatique, jeta un œil sur le salon pour vérifier que tout était en ordre – deux canapés, une table basse, un buffet planté d'une lampe en bronze et rotin, tout l'était toujours – et que, par la plus grande des coïncidences, un nerodia ne s'était pas introduit dans la maison, comme l'hiver dernier. C'était un serpent non venimeux de pas plus d'un mètre, mais voir ses rayures brun-rouge se faufiler sous le tapis immaculé avait été affreusement incongru. Mama Cass avait appelé le voisin le plus proche qui la connaissait depuis toute petite, le vieil homme était venu avec une épuisette et une raquette de tennis pour évacuer l'intrus, et Mama Cass avait jeté le tapis.

On avait beau aimer les animaux, hein.

Sur le carrelage marbré de beige, il n'y avait pas l'ombre d'une fourmi, alors elle éteignit la lumière et monta les marches vers l'étage où elle passait la majeure partie de son temps domestique.

Sa chambre, son lit blanc avec une pile de coussins, pour la nuque, le dos, elle en calait un peu partout pour tenter de dormir comme une chenille dans son cocon. Son dressing à moitié vide avec ses piles au carré de tee-shirts basiques et ses pantalons cargo bien pliés sur leurs cintres. Sa salle de bains, avec sa grande douche et son tout petit miroir.

Mama Cass n'aurait jamais eu l'idée de se prélasser dans un bain. La douche italienne dans laquelle elle entrait de plain-pied sous les jets massants remplissait une fonction amnésique. Mama Cass pouvait fermer les yeux et lever la tête sous l'eau, garder l'illusion qu'il n'y avait rien d'ici jusqu'à la pointe de ses orteils.

Elle en sortit au bout d'un quart d'heure, frissonnant sous la clim qui avait dissipé la vapeur. Le peignoir, une sorte de toile de tente neigeuse, était là qui l'attendait, fidèle dissimulateur.

Elle frotta ses courts cheveux d'un châtain grisonnant, grimaça. Depuis quelques jours, sa boucle d'oreille gauche lui faisait mal. Ces petites perles en forme de marguerites, elle les portait depuis gamine. Sa mère les lui avait offertes pour son dixième anniversaire. Elle ne les avait jamais enlevées. Elle en était tout bonnement incapable – toucher ses lobes, tirer sur la tige, la sentir passer à travers le trou, rien que l'idée lui donnait des haut-le-cœur.

Elle trempa un Coton-Tige dans du désinfectant jusqu'à ce qu'il en soit complètement gorgé et le liquide coula dans le col de son peignoir. Ça irait bien comme ça.

Puis elle enfila son pyjama, une sorte de fin pantalon de survêtement et un large tee-shirt rose floqué d'un *Chuuut, je dors* tout à fait mensonger, lut quelques pages d'un roman de Jackie Collins calé sur sa poitrine et, un bras échoué sur le côté vide du lit, regretta comme chaque soir de ne pas avoir pris de chat.

4

Celui qui n'avait jamais glissé sur la rivière d'herbes ne connaissait pas cette sensation folle d'être à la fois sur l'eau et dans les airs. Ce n'était pas qu'une impression, c'était la réalité de l'hydroglisseur. Au contraire de l'avion qui survole l'océan, la couche spatiale était si fine entre les deux éléments que la vitesse qui vous saisissait effaçait toute perception de votre corps – seul votre esprit était encore là, vif, à l'affût de tout ce qui vous entourait.

Sur l'*airboat* à fond plat propulsé par une hélice aérienne – et non pas sous-marine comme sur un bateau de plaisance –, on croyait rouler sur des champs à perte de vue, alors que sous les herbes scies il y avait une eau peu profonde sur laquelle aucune autre embarcation n'aurait pu naviguer. « Naviguer » n'était en l'occurrence pas le terme adéquat. Il s'agissait là vraiment de glisser, de voler sur la surface à une vitesse qui, au Wild Sun Safari, dépassait parfois les soixante-dix kilomètres par heure.

On croyait heurter de plein fouet un hammock alors que ce n'était qu'un îlot d'herbes plus denses, on croyait que l'embarcation se renversait alors qu'elle ne faisait que négocier l'entrée d'un tunnel de mangrove. On croyait mille fois mourir, on en riait mille fois – et l'on se demandait bien comment les pilotes traçaient leur route dans l'immensité des zones marécageuses sans autre repère que l'horizon, comme s'ils s'étaient trouvés sur une portion de l'Interstate 95, l'autoroute la plus empruntée du grand Miami.

Souvent, l'hydroglisseur s'arrêtait et, à l'embouchure du parc, après les martins-pêcheurs et les aigrettes qui piquetaient les milliers d'orchidées des mangroves, on apercevait dans la baie de Floride le ballet des dauphins remuant la vase et traçant des arabesques sableuses dans les eaux cristallines et, parfois, des lamantins qui glissaient près des bateaux.

Sous les arbres dressés vers le ciel comme des cathédrales dans la pinède des Everglades, il y avait des panthères, des ours noirs. Ceux-là, on ne les voyait jamais.

De toute façon, les touristes venaient pour autre chose – et c'est bien ainsi qu'on les attirait –, pour se faire peur, pour l'incontournable alligator. Il y en avait des centaines, plus ou moins cachés selon la saison et leur humeur, mais ils étaient bien là, tout autour de vous dans les herbes scies – peut-être même sous le fond plat du bateau.

Senior était bien vivant. Plutôt en forme, jugea Oleg, tandis que le reptile géant ondulait nonchalamment vers le bateau au moteur arrêté, l'œil unique au ras de l'eau verdâtre, sous les cris ravis des touristes français. Ceux-là parlaient anglais, se félicita Oleg, ce qui était rare pour des Français. Une famille sympathique, classique, deux parents, deux enfants. Les parents étaient professeurs des universités, punaise, ça en jetait. Paris, la Sorbonne, tout ça, c'était quelque chose pour un Américano-Mexicain qui n'avait jamais quitté l'État de Floride.

Et puis le père ôta son casque et dit, sans aucun accent :

« C'est idiot, un crocodile, non ? »

Oleg sentit sa moustache frémir toute seule : Paris, la Sorbonne, le prestige, c'était fini pour lui.

« Ce n'est pas un crocodile. C'est un alligator, monsieur.

— Oui, c'est ce que je voulais dire, rétorqua le prof.

— Les crocodiles ont des mâchoires triangulaires, les alligators ont des mâchoires larges et rondes, continua Oleg sans se démonter. Senior est un alligator, c'est le plus âgé de tout le parc. Il a au moins quatre-vingts ans. »

Il exagérait, bien sûr, mais on ne touchait pas à Senior.

« Vraiment ? C'est admirable, se reprit le prof. L'avantage des… alligators, c'est qu'on ne les voit pas vieillir, puisqu'ils ont l'air toujours vieux. »

La blague fit rire sa femme. Les enfants, un ado et un plus jeune, regardaient, fascinés, les vaguelettes tranquillement menaçantes que traçait la queue énorme du reptile derrière lui.

« Les petites bosses sur sa peau épaisse transfèrent la chaleur du soleil dans son sang… Ne craignez rien, les enfants, perchés sur vos sièges il ne peut pas vous manger. » Les deux hochèrent la tête, Oleg ne savait pas s'ils comprenaient, mais c'était maintenant lui le professeur.

« Il paraît que si un alligator vous poursuit, il faut courir en zigzag, c'est vrai ? demanda la femme d'une voix pointue.

— C'est vrai, mais c'est parce qu'il a du mal à se mouvoir sur la terre ferme, pas parce qu'il est… idiot. »

Senior opéra un virage laborieux et s'éloigna de l'hydroglisseur, comme pour illustrer le cours magistral de son protecteur. Puis il s'immobilisa sur l'abord d'un hammock, ses quatre mètres de long et trois cent cinquante kilos à demi immergés faisant comme un rocher. Les enfants sur le bateau poussèrent un « waouh » parfaitement synchronisé.

« Il peut passer des heures ainsi à regarder tomber les aiguilles des pins à la surface de l'eau dormante », dit Oleg. C'était un peu pour lui comme la plus belle des récitations qu'il aurait apprises à l'école, et qu'il répétait quatre ou cinq fois par jour depuis plus de trente ans, qu'on le comprenne ou non. Il se disait que même si des Allemands, des Norvégiens ou des Japonais ne parlaient pas un mot d'anglais, c'était une musique universelle, que ses intonations suffisaient à illustrer ce qu'ils voyaient.

« Pour chasser, l'alligator a une stratégie : il colle une branche sur son museau, et l'oiseau qui est dans l'arbre ne regarde que la branche qui flotte sur l'eau, il ne se méfie pas et hop ! »

Oleg fit claquer d'un coup ses bras maigrelets, simulant la gueule du reptile qui s'ouvrait et se refermait sur le malheureux martin-pêcheur – qui, pour le coup, passait lui pour un idiot.

Cette fois, les Français étaient ferrés. Comme tous les autres. Adieu, la Sorbonne. L'école de la vie, c'était là.

« Peut-on faire une photo ? demanda le professeur français après avoir laissé un généreux pourboire sur la tablette de l'accueil.

— Désolée, nous ne faisons pas de photos avec des bébés alligators, répondit fort aimablement Mama Cass. Cela se fait beaucoup dans le coin, mais pas chez nous, en revanche vous avez la Ferme des alligators à l'entrée du parc en venant de Homestead qui…

— Non, non, nous avons pour principe de ne pas poser avec les animaux, cela fait un peu… safari, enfin vous voyez. (Le prof eut une petite grimace, tandis que sa femme acquiesçait.) Non, ce qui nous intéresse, nous, ce sont les gens que nous croisons. Nous tenons un album numérique, n'est-ce pas, les enfants ? »

C'était quoi, cet album, un truc à la Barnum ? *Et voici un bien bel Indien emplumé que nous avons croisé dans la réserve de Big Cypress, ci-dessous un magnifique spécimen de* madre *mexicaine touillant son chili con carne, ci-contre un chétif pilote à moustache du parc national des Everglades, avec…* Occupé à amarrer l'hydroglisseur, Oleg jeta un œil à Mama Cass qui s'était reculée dans l'ombre de la maisonnette.

« Hé ben, allons-y, venez donc près du bateau, je suis prêt pour la pose, lança-t-il, anticipant la débâcle.

— Et madame ?

— Ah non, madame ne peut pas, elle est recherchée par le FBI pour avoir balancé des touristes français aux alligators. »

Les deux bateaux chargés de Texans étaient déjà partis sur la rivière d'herbes, avec Domingo et Johnnie, ensuite Nelson emmena l'entreprise de Seattle, une bande de jeunes geeks comme il y en a là-bas, dans son bout du monde sans interface numérique – à un moment, un pélican plongea pour gober un serpent et les survola, le reptile pendant de son bec. Ça, ça n'avait rien de virtuel. Ils hurlèrent, radieux de terreur.

Puis il y eut des gens de Boston, des Italiens, un groupe de Japonais.

C'était encore une belle journée.

5

Le vélo de Soledad était là, posé contre la barrière de bois blanc où s'entrelaçaient des clématites d'un rose pêche au parfum suave. C'était une bicyclette de ville plutôt mastoc, au cadre noir et aux roues larges qui tenaient bien la route.

Soledad était encore moins épaisse qu'Oleg et bien plus vieille que lui – déjà que l'autre se serait envolé sur un vélo de course en carbone, Mama Cass se demandait bien comment une vieille dame pouvait tenir sur un deux-roues, quel qu'il soit. À son âge, les Floridiennes se déplaçaient en voiturettes de golf dans des communautés comme Sun City.

Elle se demandait surtout pourquoi Soledad était encore à la maison à cette heure-ci, quoi, 19 h 46 ? vérifia-t-elle sur sa montre.

Bien sûr, toutes deux s'étaient croisées quelques fois ces derniers mois quand le mal de dos récurrent de Mama Cass l'obligeait à quitter le Safari en milieu d'après-midi, une autre fois où Soledad l'avait appelée pour une panne de climatisation – l'horreur ici, vous n'imaginez pas. Et puis une autre, parce qu'elle avait complètement oublié l'exterminateur de nuisibles qui venait pour les cafards et les termites. La vieille Mexicaine avait pris peur en le voyant débarquer avec sa combinaison et son masque.

Mais ce soir, c'était autre chose. C'était sûrement LE soir, se dit Mama Cass en tirant la porte moustiquaire avant d'introduire sa clé dans la serrure.

Le soir où Soledad allait lui donner sa démission.

Elle se souvenait d'une fin d'après-midi où elle s'était allongée avec un coussin calé sous les reins tandis que sa femme de ménage s'activait à plier son linge dans le dressing. Mama Cass avait pris sa propre culpabilité en plein dos, en plus de sa lombalgie.

« Soledad, avait-elle dit, ça ne me regarde pas, mais, vous savez, vous pourriez prendre votre retraite.

— J'aime bien ce travail, mademoiselle Cassie. »

Mama Cass avait senti une forme de crainte dans sa voix, de quoi, qu'elle veuille la remplacer par une employée plus jeune, plus énergique ? Ce n'était pas ça du tout. La vérité, c'est qu'elle n'en avait pas besoin, mais qu'elle garderait Soledad à la maison tant que Soledad le voudrait.

Interdit de la virer, avait dit Maman.

« C'est juste que je m'inquiète de votre santé, Soledad, savoir que vous faites tout ce chemin à vélo pour venir vous casser le dos sur mon linge, alors que moi qui suis plus jeune que vous je ne suis pas fichue de terminer une journée de travail quand cette satanée sciatique me prend.

— Je vais bien, mademoiselle Cassie, et je n'habite qu'à un kilomètre et demi, vous savez. »

Soledad avait un reste d'accent qui aurait presque pu passer inaperçu. Juste des « r » un peu roulés, jamais de fautes de conjugaison comme en faisaient souvent les étrangers – cette façon qu'ils avaient de toujours employer le présent même pour raconter une chose qui s'était passée la veille, au Safari, Oleg engueulait toujours Domingo pour ça.

Bon, sûrement, ce soir, Soledad aurait changé d'avis. Elle méritait de se reposer. Tant pis pour les plats dans le frigo. Il faudrait s'abonner à un traiteur.

Quand même, cela ferait drôle, songea Mama Cass en s'essuyant soigneusement les pieds sur le paillasson qui clamait un « Bienvenue ! » parfaitement hypocrite. Personne ne venait jamais ici.

Elle vit la petite veste de pluie jaune de Soledad accrochée au porte-manteau – on avait annoncé des orages, rien n'avait encore éclaté mais cela ne tarderait plus. Un cumulonimbus géant arrivait sur les Everglades à la vitesse d'un mamba noir. Elle ramènerait Soledad en voiture, si la discussion s'éternisait – quelle prime lui donnerait-elle pour son départ, beaucoup, il faudrait lui donner beaucoup, elle était là depuis si longtemps, faudrait-il qu'elle appelle la banque demain pour un transfert ou retirerait-elle des espèces, comme d'habitude ?

Ces questions de pure logistique en masquaient bien d'autres, plus profondes, qui avaient un rapport avec l'abandon, une époque à jamais révolue, un avenir qui s'arrêtait toujours à demain. À ce moment précis, tout cela tenait dans une assiette sur une clayette du frigo.

« Soledad ? » appela-t-elle bien fort pour faire taire la mélancolie chuchotant dans sa tête. Elle ne saurait pas trop gérer cet épisode-là, elle s'en doutait. *Mademoiselle*

Cassie, je m'en vais. La vieille femme de ménage était la seule à l'appeler Cassie. Plus personne, après elle ?

« Soledad ? » répéta-t-elle.

Rien. Seul le cycle coupant de l'arrosage automatique du voisin rythmait le silence – il allait pleuvoir.

« Soledad ? »

On aurait demandé à Mama Cass si elle savait ce qu'était le précuneus, elle n'aurait pas su répondre, alors qu'à l'instant où elle traversait le couloir il intégrait toutes sortes d'informations spatiales et auditives – aucun mouvement, le silence.

Presque personne n'aurait su répondre. Cela aurait pu être une des questions à la con d'Oleg :

« Question con : tu sais ce que c'est que le précuneus, toi ?

— Non. Mange. »

Pourtant, tout le monde avait un précuneus. C'est étrange, tout de même, toutes ces petites parties de nous qu'on trimballe en les ignorant.

Si, au lieu de relire *Lady Boss* de Jackie Collins, Mama Cass s'était plongée la veille dans une étude de la neurobiologie de l'intuition, elle aurait pu répondre à Oleg que le précuneus était une toute petite partie du lobe pariétal supérieur située entre les deux hémisphères cérébraux.

Elle lui aurait expliqué que, bien utilisé, ce petit repli était considéré comme la « zone du bonheur », car il permettait de traiter des données de la mémoire à court terme et qu'il aidait à la prise de bonnes décisions – appelez cela l'intuition.

Mais l'intuition peut être pressentiment. Et dans ce cas-là il est rarement question de bonheur.

« Soledad ? »

6

« Il n'y a plus rien à faire. Malheureusement, il semblerait qu'elle soit décédée depuis plusieurs heures. »

Cette phrase-là qui comptait ses mots, en mesurait le poids et l'intonation, Mama Cass l'avait déjà entendue vingt-huit ans auparavant. C'était un lundi d'août, elle rentrait du Safari où elle avait tenu la caisse toute la journée, à peu près à la même heure qu'aujourd'hui. Et Maman était étendue sur le tapis du salon, dans une drôle de position, une jambe repliée sous l'autre, un bras en l'air sur le rebord du canapé, comme si elle venait juste de glisser et allait se relever.

Mais Maman ne s'était pas relevée. Elle n'était pas bien depuis quelques jours. Fatiguée. Le teint cireux.

On ne savait pas si Soledad s'était sentie mal ce week-end, mais cet autre lundi soir d'août, en 2018, la vieille Mexicaine ne se relèverait pas non plus.

Le pressentiment, cet élan du précuneus qui dans sa fonction intuitive aurait dû l'aider à apporter une réponse positive à la vie, avait conduit Mama Cass au salon le cœur bourdonnant à ses oreilles, et sa mémoire avait photocopié l'image de Maman, son bras fin sur le canapé blanc, sa main repliée faisant comme le cou gracieux d'un flamant rose des Flamingos Gardens, pas loin d'ici.

Maman adorait les flamants roses. Il y en avait sur ses tee-shirts, sur son parapluie. Ce soir-là, elle portait une chemise de nuit en coton blanc, qu'elle n'avait probablement pas quittée depuis la veille.

Avec des flamants roses dessus.

Soledad avait sur elle une robe en coton vert foncé boutonnée devant, une sorte de tablier, et, les bras ballants, Mama Cass ne savait pas du tout ce qu'elle aimait, les flamants roses, les alligators ou autre chose.

Elle ne savait rien.

« Quel âge a-t-elle ? » lui demanda le médecin en se relevant. Il avait ôté le stéthoscope de ses oreilles, à côté de lui deux infirmiers rangeaient leur matériel dans une valisette – un défibrillateur qui avait soulevé Soledad par saccades effrayantes.

Et tout ce que le cortex de Mama Cass était capable de lui renvoyer, c'est que la principale différence avec le lundi d'août 1990, c'était qu'il n'y avait plus de tapis sur le sol du salon.

« Connaissez-vous son âge ? » répéta le médecin, un jeune type blond et osseux à lunettes. Les infirmiers passèrent, Mama Cass se poussa – elle gênait.

« Pardon, je… soixante-quinze ans ? »

Du coup, c'était elle qui demandait. Le médecin sortit un papier de sa mallette, fit cliquer un stylo.

« Avez-vous sa date de naissance, quelque part ? Pour le constat de décès. Nous avons regardé dans son sac, il n'y a pas de permis de conduire ni de carte de Sécurité sociale.

— De quoi… Que lui est-il arrivé ?

— C'est une mort naturelle. Une crise cardiaque, a priori, madame. Rien d'autre à noter, elle semblait en bonne santé. Vous me confirmez qu'elle ne souffrait d'aucune maladie ?

— Je ne crois pas.

— Vous n'étiez pas proches.

— C'était ma femme de ménage. »

Mama Cass eut l'impression que le jeune docteur haussait un sourcil, sans doute avait-elle dit ce qu'il ne fallait pas, quelque chose de politiquement incorrect, ces temps-ci il fallait faire attention à tout – un homme ou une femme était non genré, un Noir n'était pas noir, une grosse comme elle ne l'était pas et il fallait probablement trouver une autre dénomination que « femme de ménage » pour une femme dont le travail consistait à faire le ménage.

« Bien, a-t-elle une famille que vous pourriez appeler ?

— Je ne… Pas que je sache. »

Encore une impression, celle que le regard du médecin sur elle pesait une tonne. Une tonne de culpabilisation dont elle sentait chaque gramme se détacher en jours passés par Soledad dans cette maison.

Trente ans, bordel, et tu n'es même pas foutue de savoir si cette femme qui avait autant d'attention pour toi en recevait pour elle-même, d'une famille. Avait-elle un mari, des enfants, des petits-enfants ? Elle avait toujours pensé que non – enfin, pensé sans y penser, Soledad était comme une… *entité, espèce d'égoïste, tu n'aurais pas pu un jour lui poser la question ?*

« Mais j'ai un numéro de téléphone, dit-elle. Je vais appeler. Tout de suite. »

Relevant les épaules, elle se détourna du drap blanc qui effleurait les contours de la petite silhouette, ouvrit son sac posé sur la table de la salle à manger – celle où, la veille, elle avait mangé le poulet jerk préparé par Soledad.

Le bruit du scratch déchira l'air conditionné et saturé d'une espèce d'odeur minérale, Mama Cass extirpa son téléphone de l'endroit habituel, la pochette faite exprès. La besace à bandoulière n'était pas ce qu'on peut appeler un « sac de fille ». Un portefeuille et un porte-cartes dans le grand compartiment, une boîte d'ibuprofène dans le petit, une cape de pluie dans son pochon coincée entre les deux, le téléphone portable dans sa pochette et basta.

C'était un iPhone récent – Mama Cass suivait scrupuleusement ce que recommandait Apple, c'était normal, cela faisait partie de la bonne tenue d'un commerce. C'était le modèle qui se débloquait avec l'empreinte du pouce, mais son pouce tremblait, et puis ses mains étaient moites, alors elle finit par entrer le code. Elle se trompa d'icône deux fois avant d'appuyer sur le répertoire, s'excusa, fit défiler les noms dans un sens, puis dans l'autre, cela prenait un temps fou, cette simple opération menée dans un silence de plomb.

Et ce toubib qui la regardait comme si elle était la négrière en chef d'une plantation de coton.

Ah. *Soledad.* Juste *Soledad.*

Mama Cass laissa le numéro se composer. Et une sonnerie retentit dans le couloir.

C'était une simple sonnerie qui ressemblait à ce qu'aurait produit un gamin un peu doué sur un xylophone, ces notes par défaut que presque personne ne garde et remplace par une chanson. Pour Oleg, par exemple, c'était l'intro de *Smells Like Teen Spirit* de Nirvana, pour Mama Cass c'était *Make Your Own Kind of Music.* De Mama Cass, ben oui.

Pour Soledad, pas de chanson. Et un téléphone qui sonnait dans le couloir. *Évidemment.* La précipitation rend stupide.

« Merde, souffla Mama Cass.

— Pas d'autre numéro ? s'impatienta le jeune médecin. Un fixe ?

— Je pensais que ça l'était. Je ne savais pas qu'elle avait un portable. »

À son âge, ajouta une petite voix présomptueuse.

« Il faut que je cherche dans mes papiers.

— Ce serait bien, oui. »

Ce ton. Sec, accusateur. On aurait dit l'Allemand qui avait pété une chaise au Safari, l'autre jour.

Que croyait-il, cette espèce de wokiste de mes deux, qu'elle considérait Soledad comme un être inférieur, que sa mort lui importait autant que celle d'une mouche ?

« Il me faudrait sa carte d'assurée sociale pour le transport du corps, et l'autorisation d'un proche », s'agaça-t-il.

Elle prit son élan, le toisa. Il n'était pas beaucoup plus grand qu'elle, tout bien mesuré. Elle réussit à construire des phrases, à la vitesse d'un mamba noir.

« Ce soir, je suis la seule proche que je connaisse à Soledad, et dans la mesure où son décès est survenu chez moi, je crois possible de vous autoriser à la transporter hors de mon salon jusqu'à l'endroit où une personne décédée doit être et où l'on en prendra soin. Je chercherai qui prévenir. Maintenant, excusez-moi, mais je suis un peu choquée. »

Reprendre le contrôle. Elle n'avait jamais de sa vie reçu d'amende, de rappel de l'administration fiscale, son *credit score*, cette note attribuée à chaque citoyen américain pour estimer sa solvabilité, n'avait jamais cessé d'augmenter, ses factures étaient payées sans délai, les employés aussi. Personne n'avait de reproche à lui faire.

Elle était une citoyenne droite, honnête, et pas femme à se laisser dominer, surtout pas chez elle.

La mine interloquée du médecin lui confirma qu'elle avait retrouvé son rythme, celui qui lui permettait de gérer une microsociété composée de quatre employés masculins, de touristes exigeants, d'une centaine d'alligators et de quelques milliers d'autres reptiles plus ou moins venimeux. Alors, un gamin donneur de leçons…

Mais cette assurance serait temporaire. Elle ressentait une fatigue intense, qui la saisissait centimètre par centimètre, commençant son œuvre de paralysie par les extrémités. C'était une sensation organique. Comme une grande suppression de tout.

Elle signa l'autorisation de ses doigts gourds sans plus regarder le médecin, et, tandis qu'elle allait s'asperger d'eau froide au-dessus de l'évier de la cuisine, ils emportèrent Soledad.

Comme ils avaient emporté Maman, vingt-huit ans auparavant.

7

Oleg était là.

« Question con, dit-il. Tu la déclarais, ou tu la payais au noir ?

— Quel rapport ? »

Mama Cass s'arrêta de frotter le canapé immaculé avec son chiffon imprégné de désodorisant pour textiles, avec l'idée confuse d'en ôter les miasmes de la mort. Elle n'osait pas regarder par terre, s'imaginant que l'empreinte du corps de Soledad avait été tracée par ces bandes adhésives jaunes de la police.

Alors qu'il n'y avait rien. Aucune trace du drame. Parce que, quelle qu'elle soit, la mort était un drame, n'est-ce pas ? Même à plus de soixante-quinze ans, même sans cancer ni d'autre cause qu'un cœur qui s'arrête. Papa était mort à trente-quatre ans d'un accident bête, Maman avait terminé de cracher ses poumons dans la douleur à quarante-sept ans.

Mama Cass n'arrivait pas à intégrer tout ce que lui renvoyait cette mort-ci, sinon par des gestes précis, efficaces. Inutiles. La femme de ménage mexicaine était morte comme elle avait vécu ici : proprement.

« Le rapport, c'est qu'elle était peut-être sans papiers. C'est pour ça qu'on trouve rien.

— Illégale ? Soledad ? Tu plaisantes. Elle est ici depuis mes dix-huit ans. »

Oleg s'était replié contre l'accoudoir, une bière à la main. Il contemplait sourcils en l'air l'éventail de papiers que Mama Cass avait sortis d'un tiroir de la commode et disposés sur la table basse. Il n'y avait pas grand-chose, tout était soigneusement numérisé, classé, en dehors des vieux classeurs accordéon. Ne restaient que des modes d'emploi de four micro-ondes, de box internet, des fiches recettes récupérées à la caisse des supermarchés et des vieilles cartes postales d'amis de la famille depuis longtemps perdus de vue. Mama Cass le savait, il n'y avait aucune raison pour que quoi que ce soit d'important soit conservé dans cette chemise en carton écornée. Ni rien sur Soledad.

« Je regarderai demain matin dans les papiers du Safari. Tout est forcément là-bas. Son adresse, son euh… (Elle chercha le mot en agitant l'air de la main.) contrat de travail.

— Comment tu la payais ?

— Je lui laissais des espèces sur la table de la cuisine tous les vendredis. Cent soixante-dix dollars, si tu veux tout savoir. Au début, c'était cent vingt, je l'ai augmentée au fil des années. Et puis je lui faisais un récapitulatif sur un papier tous les ans.

— Avec ton nom, ton adresse et tout ?

— Oui.

— Alors elle déclarait peut-être ses revenus aux impôts.

— Je n'en sais rien. J'ai juste continué ce que faisait ma mère. »

Épuisée, Mama Cass se laissa tomber à l'autre bout du sofa. La vérité, c'est que la situation de Soledad ne lui avait jamais posé question. Maman l'avait embauchée un jour, depuis elle était là, c'est tout. Évidemment, elle produisait les fiches de paie d'Oleg, Domingo, Johnnie et Nelson mais n'en faisait pas pour Soledad, elle était la mieux placée pour savoir que la vieille femme n'était pas sa salariée. Inutile de tourner autour du pot. Mais, comment dire, cela n'avait jamais été un sujet.

Mama Cass avait terriblement envie d'un alcool fort. Mais pas avec Oleg, vu comment leur dernière cuite commune avait débouché sur un pathétique imbroglio de chairs flasques et de membres osseux. Du Picasso.

« Rentre chez ta mère, je t'assure que ça va », lui dit-elle.

Pourquoi l'avait-elle appelé, d'ailleurs ?

Parce qu'il n'y avait personne d'autre. Point. Pas de mari, de parents, de gentille tante ou de bon tonton – les seuls dont elle avait connaissance habitaient dans le Maine ou quelque chose comme ça, autant dire le pôle Nord. Pas d'amies, les dernières qu'elle avait cru avoir l'avaient traitée de gros tas pendant un match de volley au lycée de Homestead. Le voisin ? Il était encore plus vieux que Soledad.

Et puis parce que, tout simplement, il lui était impensable de ne pas prévenir Oleg. À bien y réfléchir, les seules choses qu'elle épargnait à son collègue de travail étaient ses bouffées de chaleur, se dit-elle en bourrant de glaçons un verre à whisky avec une pince, dès qu'elle eut refermé la porte derrière lui. Tout le reste – ses agacements avec la caissière de la station-service, lente comme une procession funèbre, la fuite d'eau dans sa cuisine la semaine dernière, ses coups de gueule contre Donald Trump, le mouvement woke et la *cancel culture* qui la hérissaient ou l'épisode final de *Dexter* auquel elle n'avait rien compris, bref, tout le reste qui faisait sa vie, Oleg y était mêlé, de gré ou de force. Alors vous pensez bien que la mort de Soledad… D'abord, le 911, tout de suite après, Oleg. C'était comme jouer au piano.

Elle s'assit sur le coin de canapé qu'il avait occupé, loin du coussin où Soledad avait posé la main.

Comme Maman.

Comme le cou d'un flamant rose.

Le canapé avait été changé, depuis vingt-huit ans, bien sûr. Trois fois. Chaque fois pour le même modèle, un sofa trois places blanc. La troisième fois, elle avait eu du mal à le trouver, elle avait dû le faire venir du Kansas, seul État où on le fabriquait encore. Tissu déperlant, parce que allez garder un canapé blanc vraiment blanc. Mais là-dessus, le café glissait en petites gouttes.

Alors oui, ça avait été stupide de penser que la mort pouvait l'imprégner. Mama Cass avala d'un trait son whisky, mâcha quelques glaçons, s'en servit un deuxième puis en renversa un peu du troisième sur le coussin. Pour vérifier. Le liquide ambré – c'était bien ça qu'on disait pour le whisky, hein, un *liquide ambré*, se marra-t-elle, légèrement ivre – se dispersa en gouttelettes qui dévalèrent jusqu'à l'absence de tapis sur le sol.

Il faudrait quand même changer de canapé. Cette fois-ci, elle le trouverait où, à Hawaï ?

Elle verrait demain.

Mama Cass posa son verre sur la table basse, et, vaincue par le whisky, l'émotion et l'ampleur de la tâche qui l'attendait, elle ferma les yeux – *juste deux minutes, et je vais me coucher.*

Le canapé. Il faudrait trouver le même canapé.

Mais il faudrait aussi trouver Soledad.

8

« T'as une mine de déterrée.

— Merci pour le trait d'humour, Oleg, c'est vraiment raccord. »

Mama Cass s'était réveillée là où elle s'était endormie *juste deux minutes* la veille au soir, et probablement dans la même position, à en croire son dos qui l'injuriait des vertèbres sacrales jusqu'aux cervicales. Sa boucle d'oreille lui faisait mal.

Elle avait une gueule de bois terrible, par-dessus le marché, et si l'alcool y était pour une part, la mort de Soledad l'avait intoxiquée plus violemment encore au petit matin, alors qu'à travers la fenêtre un soleil bleuté se levait sur une journée que la vieille Mexicaine ne verrait pas.

Elle n'avait pas pensé à baisser le store, hier soir. Elle prenait ça en pleine figure, la mort, le soleil, le jour nouveau. Le jour sans.

Elle aurait dû pleurer, sans doute, au moins quelques larmes. Trente ans. Elle ne savait pas faire.

Elle posa son café sur son bureau, poussa avec dégoût le Boston Creme qu'elle avait acheté avec, par réflexe.

À moins que la fille du drive du Krispy Kreme ne le lui ait donné par habitude. C'était ça, la routine.

« T'en veux pas ? Je peux le manger ?

— Fais-toi plaisir. »

Oleg enfourna la moitié du donut sous sa moustache de biker miniature. Au-delà du ponton, le moteur d'un hydroglisseur démarra dans une pétarade et les vapeurs d'essence vinrent soulever le cœur de Mama Cass.

« Encore des Français, mâchonna Oleg. Six. C'est la saison des Français, ils sont en vacances scolaires, là-bas. C'est Nelson qui s'en occupe, on attend que l'hydro revienne pour faire partir trois groupes de… (Il regarda sur le registre.) Suisses. Question con : la Suisse, c'est comme la Belgique, un État de la France ?

— Comme le Wisconsin ou le Nevada, tu veux dire ? (Elle soupira.) Quelle andouille. La Suisse et la Belgique, ce sont des pays. »

Calé contre le comptoir de l'accueil, Oleg se questionna un instant sur ces tout petits territoires collés à un autre plus grand où l'on parlait la même langue, se régalant du dernier quart de son Boston Creme.

« C'est comme si tu disais que le Canada est un État américain, développa Mama Cass. On y parle anglais, enfin pour moitié, et Seattle doit être à deux heures en voiture de Vancouver, mais le Canada, c'est le Canada, et la Suisse, c'est la Suisse. »

C'était souvent comme ça, elle lisait dans ses pensées. On ne passe pas huit ou neuf heures par jour avec quelqu'un sans développer une sorte de clairvoyance à son égard. Contrairement à ce qui s'était passé tout au long des années avec Soledad, silhouette filante.

« J'ai dit aux autres qu'il fallait que je t'aide à chercher des papiers, dit Oleg après une gorgée de café. C'est bon, ils gèrent. »

Cette fois, c'est lui qui lisait en elle. En même temps, ce n'était pas surprenant, cette affaire était dans tous les esprits, ce matin – les leurs, mais aussi ceux des pompes funèbres, du service de l'état civil de Homestead, que sais-je encore, de l'immigration, de la police aussi, pourquoi pas ? Quelles mains allaient se saisir du destin de Soledad ?

« On y va, fit-elle, un peu absente. Avant que le téléphone ne sonne. »

La photo de ses huit ans était là, sortie du dossier 1990 en même temps qu'une brassée de factures jaunies. Mama Cass la contempla un moment, avec une acuité que donne parfois la fatigue quand elle est immense et qu'elle abolit toute réflexion. Entre ses doigts, elle ne voyait qu'une gamine à l'air heureux, la bouche arrondie sur ses bougies d'anniversaire, avec deux nattes d'un châtain doré. Le rose de sa robe semblait monter en halo sur ses joues, on avait baissé la lumière pour l'arrivée du gâteau, on aurait dit une icône dans la niche d'une église.

« C'est toi ?

— Oui », coupa-t-elle en remettant prestement le cliché à sa place – dans les ténèbres de l'accordéon de carton. Oleg l'en empêcha :

« Fais voir.

— Non.

— Allez, merde, donne. La seule photo de toi sur cette terre, pas vrai ? Tu peux au moins partager ça avec ton vieux pote. En échange, je te montrerai toutes mes photos de classe où j'ai l'air d'avoir trois ans de moins que les autres, et des jambes en cure-dents. Allez. »

Vaincue, elle le laissa la prendre. Après tout, elle s'en foutait. Tout était relatif, aujourd'hui, il y avait bien d'autres choses plus importantes dans le monde qu'une gamine obèse – comme des vieilles dames qui mouraient dans le salon de quelqu'un d'autre, par exemple.

« Tu es vraiment mignonne », dit Oleg après avoir observé la photo en silence. Il semblait sincèrement attendri.

Déstabilisée, Mama Cass sentit le vent léger d'une pensée lui traverser l'esprit, puis quelque chose de chaud juste là, sous sa poitrine, dans un creux qu'il est difficile de définir par des mots.

Elle avait déjà vu ce sourire, celui qui ne se trace pas vraiment sur le visage, mais qui ne fait que s'évoquer, par un changement sur la peau, un éclat particulier, des sillons qui disparaissent en un sortilège juvénile.

Papa avait cet air-là quand il prenait la photo, elle s'en souvenait. Elle secoua la tête, chassant l'émotion. Pas le temps pour ça.

« Tu rigoles, dit-elle, abrupte. Je dois peser quatre-vingts kilos.

— Déjà, c'est faux, et ensuite, c'est le quart du poids de ma belle-sœur. Et elle a la même taille que toi là, à quel âge, dix ans ?

— Huit. (Elle lui tira la photo des mains.) Tu sais, Oleg, il n'y a rien de pire que de dire à une femme qui se trouve affreuse sur une photo "tu es mignonne". Tu crois faire plaisir alors qu'en fait tu lui ôtes tout espoir. La bonne réponse, c'est "tu as raison, tu ne te ressembles pas du tout". »

Oleg la regardait, ébahi. Elle fit claquer sèchement le fermoir du classeur.

« Et ta belle-sœur ne pèse pas trois cent vingt kilos pour un mètre quarante-cinq, sinon elle serait dans le Guinness, la malheureuse.

— Pas loin, mais elle s'en fout. Et je ne comprends rien à ton raisonnement, mais moi je trouve que cette gamine sur la photo est vraiment mignonne. C'est toi qui as un problème de perception.

— Quel crétin, vraiment. Passe-moi 1989, prends 1988. »

Dos à dos, ils recommencèrent à éplucher les strates en papier du Wild Sun Safari, l'un méditant sur le bon usage du compliment en matière de photographie, l'autre s'évertuant à chasser le sourire de Papa derrière l'objectif – et celui de Maman, qui cherchait à s'imposer aussi. Parce que Maman n'était pas loin. Elle portait une tunique mexicaine parme à petites fleurs jaunes et s'essuyait les mains sur son short en jean effrangé, c'était elle qui avait porté le gâteau, la crème avait un peu coulé.

Mama Cass se passa la main sur le front. Il n'y avait pas la clim, dans ce cagibi. Et le ventilo de l'accueil soufflait dans l'autre sens, il fallait qu'elle aille…

« Mon contrat d'embauche ! s'exclama Oleg, tout content. 1988, putain !

— Magnifique, rétorqua-t-elle. Bon, il faut vraiment trouver quelque chose, il fait une chaleur à crever, ici.

— Mon contrat d'embauche, c'est pas vrai… M. Cabenero Oleg. Employeur : Mme Elliot Marjorie, propriétaire-gérante du Wild Sun Safari, 345 Tamiami Trail…

— Tu vas me lire tout le truc à voix haute ?

— Ça me fait drôle, quand même. Trente ans sur ce foutu ponton. J'étais un gamin, presque.

— Tu espérais quoi ? Être embauché chez Abercrombie & Fitch ? »

C'était méchamment drôle. La marque avait longtemps été réputée pour les files interminables devant ses magasins où s'exposaient des mannequins masculins bien vivants, bien musclés, à peine habillés par ce qu'ils étaient censés représenter. Ils avaient disparu depuis deux ou trois ans, ça avait fait tout un foin à la télé. Hypersexualisation, exclusion. Et maintenant la menace planait sur le défilé de lingerie Victoria's Secret et ses top models de rêve. Grossophobie, et allez ! Mama Cass n'aurait même jamais pu porter un de leurs strings en bracelet, mais elle aimait voir de jolis gens. Elle ne leur en voulait pas. Oleg non plus, qui éclata de rire au-dessus de son contrat de travail.

« Ah, Adriana Lima, Gigi Hadid, j'aurais approché mes idoles », fit-il, secouant la tête, rêveur.

Parfois, elle avait l'impression que, tous les deux, sans se le dire, ils ne comprenaient plus ce monde. Tout était devenu discriminatoire. La beauté était discriminatoire. C'était dingue, non ?

Elle perçut l'image de Maman dans l'espace flou au-dessus des étagères où la lumière du soleil, après s'être frayé un chemin sous l'auvent du bureau d'accueil, puis la petite porte du cagibi, s'épuisait dans une demi-ombre onirique. On y voyait danser des particules de poussière. Et Maman, petite, maigre, bronzée, ses cheveux méchés de blond, de roux, ramassés en désordre au sommet de sa tête.

Était-elle belle ? Qui le savait ? Qui le décidait ?

Et Soledad ? Comment était-elle ?

Mama Cass croyait avoir rêvé d'elle, dans son sommeil acrobatique sur son canapé. Mais la femme de ménage était plus jeune. Une réminiscence d'il y a trente ans ? Il y avait une lumière orangée comme découpée par des persiennes, derrière elle. Un contre-jour onirique qui lui donnait une image d'icône.

« Voilà ! s'exclama Oleg. La même année ! »

Encore une fois, ce parfait enchaînement des choses. Il brandissait une feuille de papier, triomphant.

« Fais voir. »

Mama Cass chaussa les lunettes de lecture qui oscillaient au bout de leur chaîne, au rythme des documents inutiles qu'elle sortait du classeur et rangeait aussi sec – *tchac tchac.*

Soledad Arroyo.

Pour elle, Soledad n'avait jamais été que Soledad, et voilà que se déployait un nom, d'une écriture déliée à l'extrême, si bien que les jambes du *l*, des *d* et du *y* soulignaient ou chapeautaient toutes les autres lettres, comme ces signatures anciennes qui paraphaient la Déclaration d'indépendance qu'on vous apprenait à l'école.

De qui était-ce l'écriture ? Maman ou Soledad ? Il y avait peu de documents manuscrits dans ces classeurs, la majorité venait des impôts, des fournisseurs. Les autres, à l'en-tête du Wild Sun Safari, étaient tapés à la machine, puis, plus tard, imprimés à partir de l'ordinateur.

Et dans la famille, on ne voyageait pas, on ne se quittait pas, on ne s'écrivait donc pas. Mama Cass prenait conscience qu'elle ne connaissait pas plus l'écriture de sa mère que le nom de Soledad.

Il y avait aussi, en travers de la feuille jaunie vierge de toute ligne ou marge, une adresse et un numéro de téléphone fixe. Jetés comme ça, un simple pense-bête.

« Il n'y a rien d'autre ? » demanda-t-elle. Sans savoir pourquoi, elle était sûre que non.

« Non. J'ai regardé tout 1988.

— Je viens de terminer 1989. »

Non. Voilà. Bien sûr qu'il n'y avait rien d'autre, rien de plus formel, sinon pourquoi aurait-on gardé cette feuille de papier, sans numéro de Sécu, juste quelques lettres et chiffres qu'on pouvait rapidement apprendre par cœur ?

Sans illusion, Mama Cass se leva pour aller composer le numéro de téléphone, s'abîmant les yeux sur les hiéroglyphes. Qu'espérait-elle, qu'un mari affolé décroche ?

Évidemment, une voix automatique lui répondit que le numéro n'était pas attribué. Qui avait encore un téléphone fixe, de nos jours, en dehors des entreprises, rumina-t-elle en reposant le combiné sur son socle. Il restait une adresse, à l'entrée de Homestead – un kilomètre et demi, lui avait dit Soledad qui venait à vélo.

Et puis un nom. *Arroyo.*

Cela avait quelque chose de solennel, de terriblement terrestre, ce nom, ou n'importe quel autre. Un nom, cela servait aux administrations, aux classements. Dans un sens, cela déshumanisait. Alors qu'un prénom, c'était à vous – et à quelques autres, d'accord –, c'était choisi.

Mama Cass troqua ses lunettes de vue contre des Ray Ban teintées, s'accoudant au comptoir pour regarder revenir l'hydroglisseur des Français, tandis que le groupe de Suisses descendait d'un bus, sur le parking derrière la haie d'hibiscus.

Il allait falloir les accueillir, se mettre au travail.

« À midi, je prendrai une heure pour aller voir là-bas, à l'adresse du papier, lança-t-elle à Oleg, par-dessus le bruit du moteur.

— OK. »

En attendant, il fallait qu'elle soit à sa tâche, alors qu'elle avait la tête ailleurs.

« Arroyo, Soledad Arroyo, récita-t-elle à voix haute, après que le bateau se fut arrêté.

— Tu l'apprends par cœur ? C'est pas compliqué.

— Je sais pas, ça me fait bizarre, ce nom que je ne connaissais pas. Je ne connaissais que Soledad.

— Solitude, fit solennellement Oleg, à côté d'elle.

— Qu'est-ce que tu dis ?

— Soledad. En espagnol, ça veut dire "solitude".

— Tu plaisantes ? »

Elle l'interrogea du regard, alors qu'il haussait un sourcil, lissant ses cheveux en queue-de-cheval pour se rendre présentable après cette immersion dans les tréfonds bureaucratiques du cagibi.

« Beh non. *Soledad*, en espagnol, ça veut dire "solitude". Je le sais, je suis mexicain.

— Tu es américain, imbécile. »

Il grogna sous sa moustache à la Pancho Villa.

Mama Cass vit sans les voir les Suisses arriver vers elle, se prépara à chausser son sourire le plus professionnel, alors qu'elle était atterrée.

« Soledad, murmura-t-elle. J'ai toujours cru que ça voulait dire "soleil". »

9

Comme si cela avait pu changer quelque chose. La signification d'un prénom.

Soleil ou solitude, Soledad était bel et bien morte, ruminait Mama Cass en garant sa petite Chevrolet le long du trottoir. Elle avait failli prendre le 4 × 4 du Wild Sun Safari, et se disait qu'elle avait été bien inspirée de ne pas le faire. Dans ce quartier de banlieue, il aurait été aussi voyant qu'un semi-remorque publicitaire RedBull.

Elle compara l'adresse sur le papier avec ce que lui indiquait le GPS de son téléphone, regarda à travers le pare-brise, c'était bien ici. Une rangée de maisonnettes similaires, étroites, dont on distinguait les planches sous la peinture plus ou moins blanche selon le nombre de couches passées au fil du temps. Le toit des petites terrasses semblait prêt à s'envoler au souffle bruyant des avions de l'aérodrome tout proche qui les rasaient, à peine une centaine de mètres au-dessus.

C'était propre, rudimentaire, l'endroit ne dégageait pas cette impression de dangerosité qu'on pouvait avoir dans les rues d'Opa Locka, au nord de Miami où par exemple Nelson, l'un des pilotes-guides du Safari, avait grandi. Il racontait qu'au moins une fois par mois, une personne y était blessée par balle. Mama Cass était passée, un jour, dans cette petite ville à la curieuse inspiration mauresque, dont les mille et une nuits factices se couchaient sur les règlements de compte et le trafic de drogue. Derrière le charmant hôtel de ville bâti comme une mosquée, l'angoisse était saisissante.

Des endroits dangereux, dans le coin, il y en avait d'autres. Overtown, Liberty City. Miami ne vendait pas que du rêve, mais aussi des armes à feu. Les infos locales avaient comptabilisé près de neuf mille balles tirées chaque année, en additionnant ces trois quartiers à certaines rues de Little Haïti.

Ici il ne semblait, a priori, y avoir que la proximité de l'aérodrome et l'étroitesse des maisons pour déprécier la valeur immobilière. Mama Cass vit des gamins en uniforme revenir de l'école tranquillement pour la pause de midi, des mères aux fenêtres.

Elle claqua la portière sur la clim encore ronronnante de la voiture, prit le soleil humide comme un tas de briques sur la tête. Ses lunettes noires lui glissaient déjà du nez.

« J'aurais dû mettre une casquette », maugréa-t-elle.

Soledad habitait au numéro 284 de cette rue où les maigres palmiers s'étaient figés dans l'air moite. Enfin, elle y habitait sur le papier – le vieux papier. En trente ans, la vieille Mexicaine avait eu tout le temps de déménager, peut-être avec un compagnon, ou une sœur – y avait-il des familles entières de sans-papiers, en Floride ?

Mama Cass fit quelques pas devant le jardinet bien entretenu, héla une dame occupée à jeter des bouteilles en plastique dans un container, des emballages en alu dans un autre. Ici, on triait consciencieusement ses déchets – pas comme au centre-ville de Homestead où les poubelles publiques débordaient de reliefs de fast-foods qui, sous la chaleur, dégageaient une odeur putride.

« Bonjour, Mme Arroyo ici ? »

Elle pointait du doigt le 284, économisant bêtement ses mots et s'en rendant compte, se traitant de bécasse entre ses dents. Mais elle savait que dans les banlieues du Sunshine State, la majorité des habitants parlait espagnol en première langue – et quantité, comme les femmes au foyer qui restaient entre elles, ne parlait même que ça.

Cela dit, elle aurait pu avoir au moins la politesse d'accorder à cette innocente ménagère le bénéfice du doute, cette manière de s'adresser à elle était terriblement méprisante.

« Est-ce que Mme Soledad Arroyo habite toujours ici ? » se reprit-elle en s'approchant. La dame, petite, au visage tanné et aux yeux incas, était plus grosse qu'elle – ça, Mama Cass le remarquait toujours, elle n'y pouvait rien, ce n'était pas une satisfaction, juste un constat préalable.

La dame referma le couvercle du container, s'essuya les mains sur son tablier gris, et son front se plissa sous ses cheveux d'un noir luisant méché d'argent réunis en une natte épaisse qui lui tombait sur l'épaule.

« Je ne connais pas », dit-elle un peu vite. Elle s'excusa poliment puis lui tourna le dos, filant vers sa maisonnette blanche.

« Soledad ? » répéta d'une voix forte Mama Cass, la main en visière au-dessus de ses lunettes. Il y avait un truc, se dit-elle en voyant le tablier gris s'engouffrer à travers la porte laissée entrouverte.

Et elle comprit quand le claquement du verrou se fit entendre. Soledad, pas de papiers, son nom balancé comme ça, d'un ton inquisiteur, par-dessus une poubelle de quartier populaire, les services de l'Immigration, bien sûr. Voilà ce que craignaient les habitants des banlieues.

Et elle qui se pointait avec sa petite Chevrolet bleu lustré, ses lunettes fumées et ses Rangers, avait tout de l'officier en voiture banalisée, imbécile. Elle alla jusqu'à la porte, avec la sensation du goudron brûlant se réverbérant dans son cou.

« Madame, dit-elle en toquant. Excusez-moi, je suis une amie de Soledad, c'est important. »

Une amie de Soledad. Pauvre nase. Mama Cass n'avait pas d'insulte assez forte pour s'autoqualifier, inapte qu'elle était à gérer cette situation ubuesque, Soledad depuis trente ans chez elle, morte dans son salon, et qu'elle ne connaissait pas du tout. Quelle *amie* viendrait vérifier que son *amie* habitait bien là où elle croyait qu'elle habitait ?

Le poing fermé devant la porte, elle toqua une deuxième fois, puis une troisième, prête à tambouriner jusqu'à ce que les vrais flics viennent lui tirer dessus, tant la rage contre elle-même et le soleil qui lui tapait sur la tête la poussaient au bord d'un engrenage obtus. Elle vit bouger légèrement le rideau blanc derrière la fenêtre d'à côté.

Sa main retomba, vaincue. Jamais de sa vie on ne l'avait considérée comme une ennemie. Celle qu'on ne faisait pas entrer chez soi parce qu'elle représentait un danger.

Mama Cass allait tomber dans les pommes, sous le cagnard poisseux d'une banlieue de Homestead. Elle colla son front contre le bois tiède de la porte.

« Soledad, elle est morte », dit-elle.

Un avion fit trembler le silence, puis, dans son sillage, il y eut une kyrielle de cliquetis, comme s'il avait perdu une petite pièce de moteur.

Son front se décolla brusquement de la porte, on aurait dit un pansement qu'on arrachait. La grosse dame avait ôté son tablier gris, sur sa blouse blanche brodée de rouge dansait une petite croix dorée.

« Qu'est-ce qui lui arrive, à Soledad ? »

Assise au bord du canapé de bois blond, Mama Cass reposa son grand verre d'eau, qu'elle avait bu en le tenant à deux mains. Elle le cala précisément au centre de la rosace du napperon sur la table basse – la précision, ça la rassurait, ça la remettait à l'endroit.

Et pour la troisième ou quatrième fois prononça une phrase complètement idiote – *j'aurais dû mettre une casquette* – telle une gamine penaude.

« Il fait très chaud », confirma son hôte. Derrière elle, comme un garde du corps, se tenait un adolescent, costaud et gigantesque, mais au visage encore enfantin.

De la honte d'être là, ignorante de tout ce qui concernait Soledad, à la connaissance antédiluvienne qu'elle avait de son existence, elle ne savait que choisir pour commencer. Dans n'importe quel sens, l'un révoquait l'autre.

Dans son dos, la clim plaquait ses tee-shirts, double couche humide devenue glaciale. Dans cet État, tout le monde avait la clim, même dans les mobile homes les moins salubres des plaines en bordure d'autoroute, cela faisait partie intégrante de tout abri humain au même titre que les toilettes. La seule différence résidait dans l'amplitude des réglages. Chez elle, Mama Cass avait une espèce de tableau de bord qui lui offrait une précision d'un demi-point entre chaque degré Fahrenheit, alors que dans ce quartier comme dans d'autres on n'avait que deux choix possibles : ON ou OFF. Et le ON vous balançait une bise froide dans les vertèbres.

Mama Cass avait mal aux reins. Si elle restait ici trop longtemps, à coup sûr elle se taperait une lombalgie qui la clouerait au lit le lendemain. Alors elle croisa ses doigts tremblants et transigea : « Soledad travaillait comme femme de ménage pour ma famille depuis trente ans. Je l'ai retrouvée morte hier soir en rentrant chez moi. »

La dame assise dans le fauteuil à oreilles en face d'elle porta la main à son cœur tandis que derrière, le géant qui était probablement son fils passait d'un pied sur l'autre. Il y avait beaucoup de photos encadrées au mur, il était sur presque chacune d'entre elles. *Une famille*, avait songé Mama Cass en buvant son deuxième verre d'eau.

« Quelqu'un lui a fait quelque chose ? » demanda-t-il d'une voix étrangement fluette. Il n'arborait ni chaîne de rappeur ni casquette à l'envers, encore moins la crosse d'un flingue dépassant de son ceinturon, mais même lorsqu'on portait un pantalon noir et une épaisse chemise de commis de cuisine comme lui, voilà comment on raisonnait d'emblée, lorsqu'on avait son âge dans une banlieue de Floride. On pensait par défaut à une agression, à un crime.

« Non, non, s'empressa Mama Cass. Rien de ce genre, c'est une mort naturelle, une crise cardiaque a dit le médecin.

— *Madre de Dios*, Soledad, balbutia la dame.

— Vous la connaissiez bien ?

— Oh non, personne ne connaît bien Soledad. »

La dame avait eu un petit rire, un peu attendri, la main toujours sur le cœur. Elle avait dit ça comme une évidence, la réponse amusée à une question naïve.

« Je vois tous les jours Soledad sur son vélo. Je lui dis bonjour. Elle me dit bonjour. On parle de jardinage et de la pluie. Javier lui donne des *empanadas* quand il en rapporte beaucoup du restaurant. C'est tout. »

Elle parlait au présent, comme tous les étrangers, nota Mama Cass dans une pensée réflexe teintée de xénophobie qui aurait conforté les wokistes.

« Des gens venaient la voir ? De la famille ? »

La dame leva la tête pour consulter son fils du regard, et sans mot dire ils en arrivèrent à la même conclusion, non.

« Jamais vu personne.

— Vous habitez ici depuis longtemps ?

— Depuis l'année 2000, dit la dame.

— Elle ne vous a jamais parlé d'une famille qu'elle aurait eue, peut-être avant, ou ailleurs ? Un mari, des enfants ? J'ai besoin de trouver quelqu'un. »

La dame se pencha en avant, ses yeux noirs incas exprimant un sentiment étrange qu'on disait typique des gens au sud du monde, une sorte de jolie tristesse.

« Non, dit-elle. Soledad, elle est seule. Mais pas malheureuse. »

10

Seule, mais pas malheureuse.

Pourquoi cette dame avait-elle cru bon d'apporter cette précision ? s'était demandé Mama Cass sur le trajet du retour. Le célibat, la non-maternité étaient toujours des statuts qu'il fallait soupeser, dont on devait estimer les répercussions. En général, cela vous valait une affliction qu'on ne prenait même pas la peine de cacher quand on trônait sur sa normalité – ses dix ans de mariage et sa participation d'1,70 spécimen au taux de natalité national.

Mama Cass avait longtemps connu ça, à l'époque où elle acceptait encore la possibilité de nouveaux venus dans sa proxémie. *Mais il n'est pas encore trop tard, pour les enfants... Chacun a sa chacune... Je suis sûr(e) que tu finiras par trouver.*

Au bout d'un moment, lorsque la ménopause l'avait éliminée du marché domestique, et que les encouragements malvenus menaçaient de se muer en compassion poisseuse, elle les avait tous mentalement envoyés se faire foutre, et n'avait gardé autour d'elle que les gens qui la connaissaient déjà. Oleg, les employés du

Safari, son médecin de famille et son coiffeur. Tous des hommes, curieusement. Plus pudiques, pas curieux.

Elle aimait la manière de fonctionner, binaire, des hommes qui l'entouraient. Oui ou non, c'est tout. Ils n'analysaient pas, ne débattaient pas. Pas compliqués.

« Alors ? » demanda Oleg.

Nageant dans son short, il bandait ses muscles de moustique sur une caisse en bois contenant un jerrican d'eau potable, des outils et des gilets de sauvetage, lourde comme un âne mort. Comme d'habitude, le miracle se produisit, la caisse se souleva entre ses bras et se posa comme une plume sur le pont de l'hydroglisseur.

« Alors, elle habitait toujours là-bas. Mais il n'y a personne et les voisins ne lui connaissent pas de famille. Mais il paraît qu'elle n'était pas malheureuse.

— Hein ?

— Rien, rumina Mama Cass, envoyant valdinguer son sac par-dessus le comptoir. Il faut que je boive, ce cagnard me tue, j'ai l'impression de me lyophiliser. »

Oleg rigola, arrimant solidement la caisse avec des tendeurs sur le bateau. À cet instant, Mama Cass aurait voulu être à sa place. Être heureux de vivre, passionné par ce qu'il faisait. Ne pas craindre le soleil, peser cinquante kilos et voler au-dessus de la rivière d'herbes.

Au lieu de cela, il lui fallait s'abriter dans sa cahute, mettre le ventilo à fond et caler ses lombaires gémissantes sur sa solide chaise de grosse.

C'était comme ça.

« Qu'est-ce que c'est ? demanda-t-elle en avisant une note griffonnée sur le bureau. Je n'arrive même pas à lire.

— C'est pas moi, fit Oleg, venu se pencher pardessus son épaule. On dirait l'écriture de Nelson, il a tenu l'accueil pendant que j'allais chercher des *arepas*. Tu as faim ? Il en reste. Une *reina pepiada*, ta préférée, je te l'ai mise de côté.

— Manger ? Non, maugréa-t-elle.

— La purée d'avocat va noircir, si tu manges pas, ça va se perdre… C'est écrit *mairie H.*, non ? Ben, mon cochon, cette écriture.

— Mairie de Homestead ? Sûrement. Va réussir à lire le numéro, maintenant », râla-t-elle en chaussant ses lunettes.

Elle s'arma d'un stylo, tandis qu'Oleg s'attelait à déchiffrer la note à voix haute, ânonnant à son oreille.

« On aura plus vite fait de chercher sur Internet », dit-elle en extirpant son portable de son sac.

Et puis, alors qu'elle collait l'empreinte de son pouce sur le bouton d'identification, elle eut une illumination.

« Quelle imbécile ! Hier, quand j'ai fait sonner le téléphone de Soledad, ça l'a débloqué, non ?

— Ben oui.

— Veux-tu me dire pourquoi je n'en ai pas profité pour regarder ses contacts ? »

Elle secouait la tête comme si elle l'engueulait, lui. Oleg se gratta le coin de la moustache.

« Sûrement parce que tu étais traumatisée. Un cadavre dans son salon, c'est pas banal. »

Mama Cass sursauta. Le mot « cadavre » l'avait heurtée. Cela évoquait un corps sale, la décomposition, l'odeur des marais quand un gros animal venait à y crever. Pas une petite bonne femme toute ridée, toute gentille, toujours bien soignée. L'association était compliquée, c'était un malaise inédit, pour elle. Peut-être parce que la voisine avait souligné que Soledad n'était *pas malheureuse*. Et – c'est curieux, parfois, ce système d'ajustement de l'esprit – cette absence de malheur rendait Soledad plus vivante, et sa mort plus regrettable, moins cohérente avec l'idée animale, ou criminelle, d'un cadavre et de tous les miasmes qui allaient avec.

« Question con, pourquoi la police ne le débloque pas, le téléphone ?

— Parce que ce n'est pas un meurtre, et que la police n'a rien à faire là-dedans. (Elle colla son portable à son oreille tandis que le numéro de la mairie de Homestead se composait en une série de tintements.) Je vais m'en occuper, si ce n'est pas déjà fait. »

C'était déjà fait. L'employée de l'état civil n'avait trouvé dans les contacts de Soledad qu'un médecin, le service de livraison du supermarché Publix et les numéros de Mama Cass et du Safari.

Après vérification, le médecin était décédé depuis trois ans et son remplaçant n'avait jamais reçu la vieille Mexicaine en consultation – et oui, son dossier médical avait été transmis par son prédécesseur avant qu'il ne prenne sa retraite, et non, il ne le fournirait pas comme ça, secret médical, voyez-vous. Il lui fallait un mandat, et il n'en aurait pas, c'était une mort naturelle, pas une enquête criminelle.

« Non mais qu'est-ce que ça peut lui foutre de donner le dossier d'une morte ? » s'était enflammé Oleg.

Encore une fois, Mama Cass avait sursauté. *Morte*, ça lui faisait à peu près le même effet que *cadavre*, en plus propre. C'était moche, ça avait quelque chose d'obscène.

« À quoi ça servirait, son dossier médical ? lui avait-elle opposé en reprenant son sac. Honnêtement, ce n'est pas la liste de ses grippes et de ses gastro-entérites qui va nous conduire à quelqu'un.

— Va savoir. Ma belle-sœur dit que son docteur, c'est comme son psy. Ça énerve mon frère de savoir qu'elle lui raconte toute sa vie.

— Ta belle-sœur de trois cent vingt kilos ? Il est compétent, son docteur… Il faut entrer chez Soledad, c'est tout. Je vais à la mairie.

— Y a dix-huit Allemands qui déboulent, je vais pas pouvoir rester à l'accueil.

— Dis à Nelson d'aller chercher son fils, il habite à côté et il aime bien répondre au téléphone.

— Il a douze ans.

— Il est dégourdi. Je n'en ai pas pour longtemps. Je dois m'occuper de Soledad. »

En faisant démarrer le moteur de sa petite Chevrolet, il vint à l'idée de Mama Cass que jamais rien dans sa vie n'avait été, jusqu'à hier soir, à quelque moment que ce soit, plus important que le Safari.

Et ça, c'était nouveau.

11

« On ne peut faire ouvrir le domicile par les forces de l'ordre qu'en cas de force majeure », récita l'employée de mairie, pas gênée par la redondance.

C'était une idiote certifiée, ruminait Mama Cass, l'une de ces petites autorités qui prennent plaisir à vous mettre des bâtons dans les roues juste parce qu'elles le peuvent.

Siégeant derrière son bureau encombré de surligneurs fluo et de Post-it qu'elle avait, va savoir pourquoi, tamponnés du sceau de Homestead – un avion survolant un tracteur dans un champ, entre deux palmiers –, la fille à queue-de-cheval trop brillante s'appliquait à paraître dix ans de moins que son âge, tout en veillant à se donner un air de directrice générale d'usine à gaz.

« Il me semble que c'en est un, bouillonna tranquillement Mama Cass. Cas de force majeure.

— Seul son propriétaire peut pénétrer les lieux, ânonna l'autre, le nez sur son écran. Cette situation particulière n'est pas de votre, euh, ressort.

— Mme Arroyo est morte dans mon salon, elle n'a manifestement pas de famille en Floride, alors si, je pense que, si, cette situation particulière est de mon ressort. »

La fille en plastique lâcha son écran et tourna vers elle ses extensions de cils – elle travaillait maintenant sans filet : « Vous n'êtes pas de sa famille, madame. »

Bordel. Comment était-il possible d'avoir une conversation éclairée avec quelqu'un comme elle, se demanda Mama Cass, sentant le stress former des gouttes sous son soutien-gorge.

Depuis toujours, sous ses airs de bonne grosse inoffensive, elle savait avoir une capacité de violence qui ne demandait qu'à s'exprimer. La bêtise était le plus dangereux des aiguillons, mais elle était entraînée à ne pas y réagir – certains touristes n'en étaient pas dénués, leur coller une baffe parce qu'ils jetaient des bouts de donuts aux alligators était contre-productif. La naïveté était parfois attendrissante, le manque de culture pouvait se réparer, mais pas la bêtise, qui était le propre juge de l'intelligence que les imbéciles croyaient avoir.

Mama Cass serra les poings entre ses cuisses.

« Le but est de trouver sa famille. Alors à moins que vous ne vouliez vous déplacer vous-même ou que vous ne préfériez attendre que Mme Arroyo congèle dans le frigo de la morgue municipale le temps que son propriétaire débarrasse sa maison, dont elle est peut-être elle-même la propriétaire, allez savoir, je veux bien me dévouer pour aller voir si mon employée depuis trente ans a laissé des directives pour ses obsèques, quitte à être encadrée par deux flics au cas où je lui piquerais un vase, sinon le coup de tampon sur les Post-it, c'est pour vous rappeler où vous travaillez ? Mairie, service public. Vous voyez. »

Elle veilla à reprendre son souffle calmement, tandis que l'autre analysait les mots. Cela lui prenait du temps, qu'elle passa à faire cliquer le bout de son stylo sous un faux ongle laqué de rose bébé.

Soudain épuisée, le cœur à moitié dans la gorge, Mama Cass l'observa comme elle se prenait souvent à observer les autres femmes, pour savoir où se situer. Un fond de teint étalé à la truelle avec une belle démarcation dans le cou, un petit nez pas d'origine, une queue-de-cheval bleu marine à force de colorations et tirée à l'excès pour brider les yeux et corriger un visage un peu affaissé…

En fait, cette *fille* devait avoir le même âge qu'elle, ou pas loin.

Des comme elle, il y en avait plein, à Miami. La ville comptait vos années comme des pelletées de terre sur un cercueil. Ici, il fallait avoir moins de trente ans, ou plus de soixante-quinze – à cet âge-là, la retraite friquée dans les communautés fermées vous économisait les railleries de la jeunesse, et votre voiturette de golf, votre mise en plis, votre rinçage violet et vos lunettes papillon redevenaient hype.

Mama Cass et l'employée de mairie se situaient entre les deux, dans la zone grise floridienne. Et pas plus l'une que l'autre ne s'assumaient. Cela aurait pu les rapprocher, mais que voulez-vous, quand on est bête, on est bête.

« Je vais voir avec mon chef de service », décida la fille en plastique, dépassée par le nombre d'informations, de sarcasmes et d'emmerdements potentiels contenus dans une seule phrase.

En se levant, elle tira sur sa chemise cintrée et eut le temps de recouvrir un tatouage au-dessus de son jean taille 36. Un flamant rose.

Comme les flamants roses de Maman. Mama Cass trouva cela terriblement attentatoire.

« Le truc qui me pend au nez, c'est qu'avec tout ça, je vais finir par être accusée d'emploi illégal ou même d'exploitation, tu vas voir », dit-elle à Oleg en balançant son sac par-dessus le comptoir pour la troisième fois de la journée.

— Ça m'étonnerait, répondit-il en lui servant un verre d'eau. Tu connais le nombre de baby-sitters ou de jardiniers qui travaillent au noir, dans ce pays ? La réponse est simple, tous.

— En général, les baby-sitters arrêtent de faire les baby-sitters à l'âge de dix-huit ans, Oleg. Et elles ne gardent pas des générations de gosses chez la même personne pendant trente ans. (Elle avala une longue goulée.) Et les gamins qui taillent les haies de ta mère ont quoi, quatorze ans ? Pas soixante-quinze.

— J'ai vu à la télé, il y a sept millions de travailleurs clandestins dans les putains de champs et les putains d'usines, surtout hispaniques, surtout mexicains. Et Oncle Sam tolère ça au point qu'il les autorise à payer leurs impôts et à bénéficier de la Sécu. (Il remplit de nouveau le verre qu'elle lui tendait.) Alors tu risques rien, à moins d'avoir enfermé ta femme de ménage dans ta cave toutes ces années. »

Mama Cass s'assit derrière son bureau, déchira un morceau d'essuie-tout sur lequel elle laissa tomber quelques gouttes d'eau, puis se tamponna méthodiquement le visage, réfléchissant à la somme des tâches qui l'attendaient. Se demandant pourquoi elle les prenait tant à cœur.

Pourquoi elles s'imposaient à elle, en faisant fi du temps qu'elle n'avait pas. Elle ne s'était jamais découvert d'empathie particulière envers personne.

Le chef de service de la mairie avait pris son numéro, il allait regarder sur le cadastre pour savoir à qui le transmettre, et elle s'arrangerait avec le propriétaire pour aller jeter un œil dans les tiroirs.

Tant que cela permettait de « résoudre le problème » – le problème étant le corps de Soledad, allongé dans un frigo, et ce qu'on allait en faire.

Et si par extraordinaire la maison de banlieue appartenait à la vieille Mexicaine, les autorités iraient ouvrir la porte, mais bon, avait ajouté le chef, ça l'aurait étonné que le *credit score* d'une femme de ménage sans papiers lui ait permis de mener une opération immobilière, quel que soit le quartier.

« Bref, dit-elle, j'espère pouvoir y aller demain… Il reste encore l'*arepa* de ce midi ? »

Elle n'avait pas faim, elle avait besoin de manger, c'est différent. Sa jauge énergétique était en chute libre, comme l'essence d'une vieille bagnole.

« La *reina pepiada*, lança Oleg tout content, en sortant le chausson farci de purée d'avocat et de poulet du réfrigérateur. Le repas favori des Miss Monde vénézuéliennes. »

Mama Cass ne releva même pas ; contrairement à elle, Oleg ne maniait jamais l'ironie à ses dépens.

« Les Allemands sont venus ? demanda-t-elle, avisant le ponton désert. Qui a pris le troisième bateau ?

— Le fils de Nelson, comme tu as demandé. À douze ans, il se débrouille pas trop mal.

— Très bonne blague, dit-elle, la bouche pleine.

— J'ai appelé un pote au Gator Tour, faudra le payer au noir, tiens, encore un exploité. Je suis resté à l'accueil, demain on est complets, vendredi aussi, jusqu'à seize heures. Rien que des petits groupes, tu pourras aller chez Soledad tranquille.

— Quand ils reviendront, j'ai envie d'aller faire un tour.

— Ah bon ? »

Elle avait dit ça sans réfléchir. Elle prenait rarement le bateau, finalement. Sortir de son abri, le soleil… Mais aujourd'hui, elle en avait besoin. Prendre l'air cinglant en plein visage. Foncer vers l'infini, y trouver quelque chose, peut-être.

Elle ne savait pas.

Elle ne savait plus grand-chose, à vrai dire.

Cette journée semblait avoir commencé hier matin et ne plus vouloir finir.

12

Dans les clairières cristallines cachées par les palétuviers, comme des bulles féeriques que traverse une lumière surnaturelle, les alligators se réunissent le soir pour former une sorte de night-club.

Les alligators ne peuvent pas danser, alors ils font danser l'eau.

Pour accéder au bal, il faut soulever les fougères d'escalade qui colonisent les palétuviers plantés sur la vase molle, écarter leurs drupes, fruits charnus dont le poids vert pomme les tire vers la surface.

Et tandis que le fond plat du bateau glisse, moteur coupé, sur l'eau peu profonde, entre les racines-échasses qui assurent l'ancrage des arbres, il faut ressentir avec humilité ce passage dans toute sa symbolique – ici, n'apporte rien de toi, la nature n'en a pas besoin. La nature ne veut rien de toi.

Ce dépouillement était nécessaire à Mama Cass, régulièrement, et particulièrement ce soir, alors ils étaient allés à la clairière, avec Oleg, après avoir fermé le Safari derrière ses derniers visiteurs. Dans l'éblouissement de cette crique d'eau hors du monde qu'ils appelaient simplement « L'Endroit », et qu'on n'atteignait que par le silence et l'abnégation, ils avaient attendu, puis vu les cercles s'élargir sur la nappe miroitante qui se troublait au fur et à mesure que les reptiles se rejoignaient en remuant la vase. Le nuage de sédiments changeait la lumière qui devenait presque verte.

Les bras serrés autour de ses genoux, sur le siège haut de l'hydroglisseur, Mama Cass s'était laissé emmener par le ballet des fouets couverts d'écailles des alligators, qui leur servait habituellement d'arme, de propulseur et à stocker la graisse pour l'hiver.

Et, comme chaque fois, l'animal avait rétabli l'ordre des choses, la vie passe, tu n'es pas grand-chose, mais tu es précieuse là où tu es.

Et être là, c'était l'être pour Soledad, allez comprendre pourquoi maintenant, pourquoi c'était si important, après toutes ces années d'indifférence polie. Elle rendrait à Soledad sa place dans le monde, comme les animaux au centre de la clairière féerique.

Le soleil était descendu, les alligators avaient cessé de faire danser l'eau, les particules s'étaient délitées dans leur sillage et l'eau était redevenue claire, le silence était d'or et Oleg n'avait pas posé de question con.

Il avait redémarré le moteur et ils étaient rentrés par la rivière d'herbes sous le ciel orange.

Parfois, Mama Cass mangeait la nuit. C'était secret, c'était nié. Son cerveau refusait d'encaisser ces choses. C'était aller à l'encontre de la diététique de Soledad, c'était empêcher cet auto-apitoiement dans lequel elle se trouvait une forme d'identité. Je suis grosse, je n'y peux rien, je suis mal, tout ça, c'est moi.

Au cœur de cette parenthèse que seule la lumière du frigo éclairait, elle restait debout dans le halo parfaitement délimité, et ce carré sur le sol devenait son territoire. Bien sûr, il n'y avait jamais rien de gras, de sucré, de trop, dans le réfrigérateur. Soledad y veillait.

Mama Cass avait sa cachette, une boîte à chaussures dans son dressing, remplie jusqu'à ras la gueule de *beef jerk*, des lamelles de bœuf séché qu'on mastiquait comme du chewing-gum, de biscuits apéritifs et de sachets de noix de cajou. Pas de sucre, ça, même ses délires nocturnes n'entamaient pas sa résolution. Le sucre la ferait grossir encore. Elle avait juste besoin de se remplir.

Alors, les « kilos émotionnels » dont lui avait parlé le médecin de famille, c'était à moitié vrai, certainement. L'autre moitié était purement calorique. L'une remplissant l'autre, comme un sablier qu'on retourne, quand on y pense. Calories, émotions. Émotions, calories.

Quelques années auparavant, on aurait appelé ça « boulimie ». Mais Mama Cass ne se faisait pas vomir, cela manquait au diagnostic. Maintenant, c'était d'hyperphagie qu'il s'agissait, un nouveau mot savant à plaquer sur les tristesses humaines.

Elle restait là, dans le carré lumineux de son petit désert que personne ne traversait, et mangeait pour une raison simple, parce qu'elle le pouvait.

Dès qu'elle se sentait remplie, elle tendait la main vers les clayettes et sortait une bouteille de kombucha dont elle buvait de longues gorgées, laissant le soin aux probiotiques et aux enzymes de réparer son débordement.

Cette nuit-là, Mama Cass se leva vers trois heures, sortit sa boîte à chaussures et, son butin calé contre la poitrine, alla ouvrir le frigo, alignant ses sachets de *beef jerk*, de biscuits apéritifs et de noix de cajou sur la table de la cuisine.

Il n'y avait presque plus rien sur les clayettes. Deux yaourts au soja, une brique de lait d'avoine, une courgette, un bol de myrtilles. Il s'était formé une fine buée sur le film alimentaire. Mama Cass vit Soledad tendre le film sur le bol, le faire adhérer soigneusement sur le verre en le tournant entre ses mains brunes et noueuses.

Il faudra que j'aille faire des courses, songea-t-elle. C'était idiot, mais cela fit tomber sur elle comme un voile. De la tristesse, de la nostalgie, déjà ? Elle ne se rappelait plus comment c'était fichu, un deuil.

Puis il y eut ce moment où la lumière lui sembla verte, une réminiscence de l'Endroit où dansaient les alligators, il y a quelques heures seulement. Pourquoi gâcher tout cela ? Pourquoi ne pas faire durer ces moments magiques, les déchirer comme le plastique d'emballage des Ritz au beurre de cacahuète ?

Peut-être que demain, elle serait morte, comme Soledad. Elle s'essoufflait souvent, elle ne bougeait pas assez, avait dit le médecin. Elle était en surpoids. Elle avait mal aux jambes – mauvaise circulation. Son corps avait vingt ans de plus qu'elle, c'était certain. L'âge de la vieille Mexicaine. Oui, elle pouvait mourir demain, comme Soledad.

Mama Cass avisa la bouteille de kombucha, toutes les choses qu'elle contenait et qui faisaient du bien, les vitamines dont elle avait besoin, se servit un verre qu'elle but lentement, et rangea ses sachets dans leur boîte.

En ce moment, elle ne pouvait s'encombrer du superflu. Trop à faire. La maison de Soledad, les recherches, les directives, le testament peut-être, les obsèques…

Penser à quelqu'un d'autre qu'à elle-même.

Et, au cœur de cette submersion, il y avait une sorte de plénitude que le *beef jerk* ne saurait lui apporter.

13

Le propriétaire de la maison de Soledad l'était aussi de toutes les autres.

Un lot de bicoques laissées au bon entretien de leurs locataires par une société immobilière qui n'envoyait jamais personne dans le quartier, pas même pour le curage annuel des conduites ou la révision des installations électriques, lui apprit le type de la mairie. Il y avait dans cette rue un nombre anormalement élevé de dégâts des eaux et de courts-circuits pour lesquels intervenaient les pompiers. Il allait voir quoi faire.

Si au moins la mort de Soledad servait à rénover la plomberie du lot, ce serait déjà ça, se dit Mama Cass.

On dépêcha sur place un jeune Latino, des fois que les autochtones aient envie de défendre leur territoire à coups de carabine mexicaine.

Le bleu, qu'on avait probablement tiré du service nettoyage de la grande société sise à Miami au milieu des buildings vitrés de Downtown, nageait dans le costume qu'on lui avait refilé. Il devait avoir au maximum vingt-deux ans, jugea Mama Cass tandis qu'il tournait dix fois la clé dans la serrure avant de réussir à désenclencher le pêne.

Le jeune homme s'effaça, elle entra sur la pointe des pieds. Le couloir l'étreignit tout entière. C'était comme une vieille couverture qu'on posait sur ses épaules, bouloché, toute molle, celle qu'on préfère.

D'abord, il y avait le parfum de pomme verte, frais. Et puis derrière, celui de la vanille, rond. Plus qu'un parfum, d'ailleurs, c'était une odeur que la peau semble exhaler si naturellement qu'on ne la remarque que par son absence – l'odeur de Soledad.

Ce matin, quand elle s'était réveillée, Mama Cass avait été incommodée par les relents de bois vernis et de détergent que dégageait la clim. Ça sentait le propre, pourtant. Mais ça n'allait pas. La maison lui avait semblé synthétique, comme voilée de Nylon. Maintenant, en avançant dans ce couloir, elle réalisait pourquoi.

« Que comptez-vous faire ? demanda-t-elle abruptement au jeune homme sur ses talons. Rester ici à me suivre partout ? »

Sa présence la gênait. Elle avait le sentiment qu'il n'avait pas à être là, à visiter la maison d'une morte avec le regard curieux de ceux qui aiment savoir comment vivent les autres.

« Je suis obligé, madame. »

Il la regardait avec des yeux de gamin, les joues roses tranchant avec son costard vert d'eau, et Mama Cass s'en voulut de l'avoir brusqué. Il faisait simplement ce qu'on lui avait dit de faire, comme tous les jeunes immigrés qui réussissent à trouver un petit boulot dans une grande entreprise américaine. Peut-être que depuis que ce connard de Trump était au pouvoir, la menace d'être relégué derrière un mur présidait à tous les consentements de ce jeune type.

Elle n'osait même pas imaginer ce que c'était, d'être corvéable à merci, de se tenir toujours à carreau.

Mon Dieu, avait-elle été une de ces menaces, pour Soledad ?

« Vous savez, se radoucit-elle, je ne suis pas ici pour voler des petites cuillères. Je suis à la recherche de papiers, d'un testament ou de quelque chose comme ça. On vous a expliqué la situation ?

— Non. On m'a juste dit d'ouvrir la porte et de rester. »

Il écarta les bras en signe d'impuissance. Il avait trois poils au menton qu'il devait raser tous les jours pour les stimuler, à en croire la distribution inégale des ombres sur ses joues. Il bossait sûrement pour aider sa mère. Mama Cass voyait ça comme ça, à le regarder passer d'un pied sur l'autre dans son pantalon flottant.

Elle s'intéressait aux gens, c'était nouveau, tiens.

« Ici habitait Soledad. Elle travaillait chez moi depuis très longtemps, elle y est morte et je ne sais pas où est sa famille. Je ne sais pas ce que je cherche, je n'en aurai pas juste pour cinq minutes, vous savez.

— Ce n'est pas grave.

— Bien. Du coup, si vous m'aidez, ça ira plus vite. »

En le voyant hocher la tête docilement elle espéra ne pas avoir l'air d'une Blanche genrée colonialo-dirigiste « CSP + » tout en haut de la pyramide sociale qui s'essuyait les pieds sur ses subalternes racisés – alors elle ajouta vite : « Vous me seriez d'un grand secours. »

Il y eut la marque détendue d'un sourire sur le visage du jeune homme, et Mama Cass se demanda s'il lui arrivait de gueuler et de dire des gros mots quand il était chez lui, sans personne sur le dos. Les gens avaient tous un double visage. Elle aussi, elle ne le savait que trop. Il leur fallait découvrir celui de Soledad, derrière l'apprêt de la femme de ménage. Alors ils se mirent à la tâche.

Pour cela, il fallait avancer dans la maison, ouvrir les placards. C'était quelque chose d'inexprimable que de mettre ses pas dans ceux d'une morte, d'investir son univers, avec cette certitude que tous ces meubles, ces livres, ces bibelots ne seraient plus jamais caressés de la même manière. L'abandon apparaissait dans toute sa radicalité.

Mama Cass n'osait poser les yeux nulle part. Le caractère intime de la maison, cadre d'une vie qui n'était pas la sienne, l'empêchait de respirer normalement, elle procédait par petits coups retenus, pour ne pas corrompre l'air domestique d'un souffle étranger.

Par où commencer cette intrusion ?

La cuisine était à droite du petit dégagement de l'entrée – des meubles en Formica blanc, un bouquet de rhododendrons encore vifs sur la petite table. Les fleurs faisaient comme des soleils tombants, quelques pétales saupoudraient un napperon brodé. Une toute petite cuisine, propre, bien rangée, où le parfum de pomme se faisait plus puissant, il y en avait dans une corbeille – quatre, deux rouges, deux vertes.

C'est saisissant comme le cerveau travaille tout seul, enregistrant tout même quand on ne le veut pas.

Le jeune homme sur ses talons, Mama Cass avait l'impression d'être Olivia Benson intervenant sur une scène de crime, son coéquipier derrière elle, dans *New York, Unité Spéciale.*

« Vous connaissez le plan de la maison ? demanda-t-elle, histoire de dire quelque chose. Pour que nous n'allions pas mettre les pieds partout pour rien. Par, euh, respect. Enfin, vous voyez. »

Bien sûr que non, on n'avait pas jugé utile de donner au jeune gars les plans d'une maison qui devait faire à tout casser soixante mètres carrés. Une cuisine, un salon en bas, et à l'étage se trouvaient certainement la chambre et la salle de bains.

Mais Mama Cass n'avait pas envie d'investir la chambre et la salle de bains, ça ne se faisait pas.

« Il y a une petite commode, là, dans le salon, dit-il, désireux de se rendre utile. Ma mère a la même, elle range tous ses papiers dedans. Peut-être qu'on devrait commencer par là ?

— Bien vu », le félicita-t-elle.

Ses yeux embrassèrent la pièce de façon photographique. Un canapé en tissu bordeaux, des coussins brodés, une télévision, des bibelots colorés sur une table basse, une commode. Et quelque chose qui serra le cœur de Mama Cass : dans un porte-journaux, des magazines de voyage.

Des magazines de voyage, répéta son cerveau.

Oh, c'était… si poignant. Elle s'interdit de s'y attarder, elle y penserait plus tard, quand elle serait prête à laisser venir l'émotion.

Elle imaginerait la vieille Mexicaine assise sur son canapé, voyageant par procuration parce qu'elle ne pouvait faire autrement. Son souffle se fit plus lourd encore.

Au mur, des choses auxquelles elle s'attendait, qui allaient bien avec Soledad, c'est-à-dire rien de personnel. Pas de photos de famille encadrées, ça aurait été trop simple. À la place, des canevas brodés de paysages marins, de fleurs, de têtes de mort mexicaines, la couverture célèbre d'un ancien numéro du *World Geographic* avec cette jeune fille aux yeux clairs coiffée d'un sombrero.

Soledad avait cette patience de tirer l'aiguille avec précision après une journée de travail, juste pour faire de belles choses de ses mains. Cela dépassait Mama Cass, pas fichue de fabriquer quoi que ce soit de ses dix doigts.

« Allez, la commode, dit-elle pour se donner de l'élan. Dites-moi… Comment vous appelez-vous ?

— George, dit le jeune homme.

— Dites-moi, George, comment votre maman range-t-elle ses papiers ?

— Dans le tiroir, là, dit-il en pointant le meuble du doigt. Elle les met dans une pochette. Mais il n'y en a plus beaucoup, maintenant que tout est dans l'ordinateur.

— Vous voyez un ordinateur, ici ? »

Ils balayèrent le petit salon du regard. Pas d'ordinateur.

« Ma mère n'en a un que parce que je suis là, avec ma petite sœur. Sans nous, elle n'en aurait pas. Je veux dire que si cette dame était plus âgée que ma mère, eh bien, tous ses papiers importants sont dans ce tiroir, vous allez voir.

— OK. On vérifie ? »

Mama Cass passa son petit doigt dans la boucle en laiton et tira doucement. Le jeune George avait vu juste, tout était là.

Dans le tiroir ouvert, une enveloppe en papier kraft était posée en évidence, barrée de quelques mots d'une écriture d'écolière :

Pour Mademoiselle Cassie
Wild Sun Safari
Tamiami Road

14

« Question con, comment elle savait que tu irais chez elle ?

— Elle ne le savait pas, c'est bien pour ça qu'elle a mis l'adresse du Safari, Oleg.

— Oui, c'est vrai. Mais pourquoi pas une banque ? Et si des voleurs l'avaient trouvée ? Et si tu lui barbotais tout le paquet pour filer aux Bahamas ? »

Elle le regarda, navrée, en secouant la tête – ce couillon, lui. Elle n'était pas fichue d'enlever une paire de boucles d'oreilles et n'avait jamais pu enfiler des tongs parce que le truc qui passait entre les orteils la dégoûtait, alors personne n'aurait validé l'option de Mama Cass claquant des dollars en maillot de bain aux Bahamas, Soledad moins que les autres.

« Je pense qu'elle avait moins peur des voleurs que des banques. Et puis elle n'avait pas d'autre choix que moi. »

Voilà, son nom était écrit par défaut sur l'enveloppe, pas pour sa bonne tête. *Mademoiselle Cassie* était une excellente gestionnaire, on ne pouvait pas lui enlever ça, alors peut-être que sa femme de ménage l'estimait digne de confiance.

« C'est comme un film, cette histoire, médita Oleg, les yeux rivés sur la table basse. Et si ça avait été trop tard ?

— Tu veux dire, si on l'avait déjà enterrée ? Eh bien, j'aurais dû la faire euh… déterrer, je suppose. »

Elle grimaça. Oleg avala une gorgée de sa Budweiser, elle fit de même. Cette fois, lui ou pas dans son salon, elle aurait bien besoin d'une bière pour digérer la journée.

Un peu plus tôt chez Soledad, elle avait gentiment congédié le jeune George de l'agence immobilière sur le pas de la porte avant d'ouvrir l'enveloppe – la *Mademoiselle Cassie du Safari*, sur l'enveloppe, c'était elle, qu'il ne se fasse pas de souci.

« Elle m'a certainement laissé des directives, je préfère les lire seule, si vous permettez.

— Je comprends, avait-il répondu d'une voix timide en refermant la porte à clé. Vous nous direz, parce qu'il va falloir débarrasser l'appartement avant la fin du mois, ils m'ont dit. »

Ils, c'étaient les pontes de Downtown Miami qui lui avaient filé le costard et un coup de pied au cul pour aller jusqu'en banlieue. L'appartement qu'il faudrait débarrasser, ce n'était pas le sien. La fin du mois, c'était dans une semaine. Total, à ce moment-là, Mama Cass était déjà dépassée par ce qu'elle n'avait pas encore lu.

Elle n'était pas au bout de ses surprises. L'enveloppe était mince, son contenu l'était encore plus. Pas de testament ni de liasse de papier à en-tête, non. Sur une feuille lignée les mêmes lettres rondes, appliquées.

Elle les avait parcourues les tempes battantes.

J'ai laissé quelque chose
dans le tiroir de votre maman.

Elle était rentrée chez elle à toute vitesse, appelant Oleg en route.

« Je veux dire, et si ça avait été trop tard, qu'elle soit morte centenaire et…, éludait-il maintenant.

— Hein ? »

Elle avait eu une absence, la bière et tout le reste, là, sur la table basse, lui tapaient sur le système. Elle redressa ses épaules voûtées et réagit au quart de tour :

« Tu veux dire, si elle était morte centenaire, et qu'entre-temps Senior l'alligator m'avait déchiquetée ? »

Ou si j'avais attrapé le crabe, comme Maman. Ça ne lui faisait pas peur. Mais elle préférait ne pas évoquer cette possibilité.

« Eh ben, tu t'en serais occupé, que veux-tu que je te dise, trancha-t-elle. Comme de ma maison et de tout le reste. »

Et si ça, et si et si…

Et si quelqu'un d'autre qu'eux avait barboté la deuxième enveloppe dans *le tiroir de votre maman*, les deux cents billets de vingt dollars présentement étalés sur la table basse de Mama Cass auraient effectivement terminé aux Bahamas, dans la poche du costard flottant d'un cambrioleur chanceux.

Quatre mille dollars en petites coupures, et une dizaine de lignes. Voilà ce que Mama Cass avait trouvé. Sous les affaires de Maman.

Un tee-shirt taille 36 imprimé d'un grand soleil, des bijoux de pacotille dans de petites boîtes en carton, un bandana imprimé du drapeau américain, un flacon de parfum presque vide, des bricoles.

Un mémorial qui tenait dans un tiroir que Mama Cass n'ouvrait jamais.

Et, bien à plat dans le fond, quatre mille dollars.

Mademoiselle Cassie,
Quand je serai morte, ramenez-moi chez moi, s'il vous plaît.
Tulum se trouve dans l'État du Quintana Roo, dans la péninsule du Yucatán, au Mexique.
Ce n'est pas loin.
Si vous ne le pouvez pas, si personne ne le peut, je souhaite que mes cendres soient jetées dans l'océan, les vagues m'emmèneront.
Pardon de vous demander.
Prenez bien soin de vous.
Soledad

C'est ce qu'avait écrit la vieille femme de ménage mexicaine, comme une bouteille à la mer. En serrant le mot entre ses doigts, Mama Cass s'était demandé si Soledad y croyait vraiment. Croyait-elle qu'il se trouvait dans cette société individualiste une personne qui respecterait ses vœux – et alors que cette personne était précisément la moins capable de le faire ?

Tulum. Quintana Roo. Yucatán. Mexique.

Cela la dépassait. Mama Cass n'avait jamais quitté la Floride.

« Tu vas faire quoi ? » demanda Oleg.

Elle le regarda, perdue. Elle aurait aimé qu'il ne pose pas la question, c'était en quelque sorte homologuer la situation, ratifier un calendrier à venir. Elle l'avait appelé pour qu'il l'aide, pas pour qu'il la confronte à son problème.

Elle secoua la tête, écarta les bras en signe d'impuissance.

« Je ne sais pas, Oleg. Qu'est-ce que je suis censée faire ?

— Tu peux opter pour la solution de secours.

— La jeter dans l'océan ?

— Ce ne serait pas la jeter, Mama, tu exagères. J'ai vu une cérémonie, une fois, à South Pointe. Il y avait des gens en blanc et des fleurs, c'était joli. (Il haussa les sourcils, devant une subite évidence.) En tout cas, moi, c'est ce que je veux qu'on fasse pour moi.

— Première nouvelle. Tu l'as écrit quelque part ? Je m'en occuperai, ironisa-t-elle.

— Ne t'inquiète pas, Mama, je tiendrai dans une boîte d'allumettes, tu n'auras qu'à la lancer bien loin dans la mangrove. »

Mama Cass haussa les épaules, entreprit de réunir les billets en petits tas de dix, comptant à mi-voix pour s'empêcher de penser.

« … dix.

— Quand on est mort, on est mort, Mama. Si tu ne veux pas aller au Mexique, il y a l'océan, c'est aussi bien.

— Non, ce n’est pas aussi bien. Elle n’aurait pas mis tous ces sous de côté si c’était juste pour finir à trente miles d’ici. »

Et cet argent, c’était elle qui le lui avait donné. Pour son travail, ses attentions, tous ses petits gestes du quotidien. Tant de fruits et légumes choisis, découpés, tant de calories estimées, de plats soupesés, d’épices calibrées.

Et ces billets qu’elle lui avait déposés sur la table de la cuisine, chaque vendredi pendant trente ans, Soledad les lui tendait à son tour. Toutes ces années, elle avait travaillé pour payer son dernier voyage. Mademoiselle Cassie du Wild Sun Safari était la seule à pouvoir boucler la boucle.

« Bon, je vais dormir », annonça-t-elle en posant sa bière à côté des petits tas de billets. Elle était terriblement consciente de l’énergie qu’il lui faudrait, demain et les jours d’après. Et elle était persuadée de ne pas avoir les épaules.

« La nuit porte conseil », fit Oleg, claquant ses cuisses de mouche pour se donner de l’élan.

Qu’elle était bête, cette réflexion. La nuit, au contraire, tout était pire. On se réveillait à trois heures du matin et le grain de sable qui avait grippé le beau mécanisme de votre journée s’était transformé en montagne rocheuse. À coup sûr, aux petites heures de l’aurore, la distance entre la Floride et le Yucatán aurait quintuplé et les jours considérablement raccourci.

Oleg referma la porte. Pour une fois, il ne lui avait été d’aucune utilité.

Il y a des destinations qu’il faut atteindre seule.

15

Certains endroits et circonstances finissent par ne plus s'encombrer de démarches officielles. Dans les consortiums immobiliers où les maisonnettes de cité ne sont qu'une source d'emmerdements peu rentables mais la file longue pour y accéder, le temps compte double.

Il s'agit d'assurer la rotation des locataires, vite, de ne jamais laisser un logement inoccupé sous peine qu'il se dégrade parce que, franchement, quand on gère des villas à cinq millions de dollars, on n'a pas que ça à faire que d'entretenir des taudis de banlieue.

Alors, puisque le papier ligné avait été signé par Soledad Arroyo, on pouvait le considérer comme un testament olographe – et Mama Cass se retrouvait propulsée son exécutrice.

Peu importait que son nom n'y figure pas entièrement, sur Tamiami Road il n'y avait qu'une *Mademoiselle Cassie du Wild Sun Safari*, alors bon.

On lui donna les clés.

« Les meubles. Qu'est-ce que je dois faire des meubles ? » demanda-t-elle la nuit suivante, à voix haute comme si quelqu'un dans l'air pouvait lui répondre.

Papa ?

Maman ?

Non, elle ne croyait pas à ces choses-là. Aux signes de l'au-delà, au sentiment d'inexplicable certitude qui vous envahit, comme chez les passeurs d'âme, les médiums, les conneries comme ça.

« Quand on est mort, on est mort », avait dit Oleg. Elle était d'accord avec lui. Alors Mama Cass s'adressait à son frigo. Dans le carré de lumière projeté par la porte ouverte, elle se tenait debout, sa bouteille de kombucha à la main, et elle parlait à son frigo.

À ton putain de frigo, rumina-t-elle entre ses dents.

Les clayettes étaient désertées. Ne restaient plus qu'un yaourt au soja et une courgette flétrie. De toute façon, elle n'avait pas faim. Elle aurait juste eu besoin d'un Boston Creme mou et gras, avec cet arôme de friture délicieusement culpabilisant en comparaison duquel toutes les résolutions trahies du monde n'étaient qu'anecdotes.

Elle avala de longues goulées de kombucha, espérant que l'acidité gazeuse du champignon fermenté qui flottait entre deux eaux lui ferait passer l'envie de sucre.

Il n'y avait rien dans l'enveloppe qui concerne un éventuel héritage, même s'il avait dû se composer simplement d'une table de nuit ancienne et d'une batterie de casseroles en cuivre. Soledad n'attachait pas d'importance à ce qui était matériel et resterait après elle.

« Pourquoi l'a-t-elle cachée dans le tiroir de Maman ? » demanda-t-elle au frigo, étouffant un renvoi.

Parce que tu ne l'ouvres jamais, répondit-il.

Elle retourna dans sa chambre, des *floc floc* plein l'estomac. Peut-être était-il temps, murmura-t-elle en avisant la commode blanche dans laquelle elle rangeait soigneusement ses chaussettes, bien utiles quand on porte des chaussures fermées tous les jours, mais bourrait en vrac ses soutiens-gorge et ses culottes.

Peut-être que Soledad, en cachant ses économies dans ce tiroir consciencieusement ignoré, avait-elle voulu rendre leur place aux choses. Si la jeune Cassie avait pris la peine, vingt-huit ans auparavant, de réunir ces reliques maternelles, elles méritaient d'être de temps en temps aérées, contemplées en silence, avec le sourire ou pas, la larme à l'œil ou pas, mais en tout cas, chéries. Et pour cela, retrouvées.

Mama Cass s'expédia une nouvelle gorgée, comme s'il s'était agi d'un mauvais whisky simplement destiné à se saouler, et tira sur la poignée dorée, dont le cliquetis rebondit en écho lorsqu'elle retomba sur le bois. Elle eut l'impression, comment dire… elle eut vraiment l'impression de faire coulisser vers elle le casier numéroté d'une morgue. *Wyman Marjorie 08/20/1990.*

Elle posa la bouteille vide sur la commode, chassant l'image d'une étiquette attachée à un orteil blanc. Est-ce qu'on étiquetait tous les morts, même s'ils n'avaient pas été assassinés comme dans les séries télé ?

Elle n'avait pas été aussi nerveuse, cet après-midi, lorsqu'elle avait soulevé les affaires de Maman, parce qu'elle était en pleine enquête, déconnectée de ses émotions.

Là, en pleine nuit, sans réponse à chercher, ce n'était pas pareil. D'abord, le tee-shirt. D'un blanc devenu crémeux avec le temps, floqué d'un grand soleil souriant et d'une petite inscription en lettres cursives : *Florida Sunshine State.* Mama Cass le déplia devant elle. Seigneur, qu'il était petit. Même à huit ans, elle-même ne serait jamais rentrée dedans. Elle eut un petit rire, peut-être devrait-elle se mettre à fumer comme un pompier pour rentrer dans une taille 36 ?

Ce tee-shirt. C'était Maman. Tellement Maman que lorsqu'il avait fallu apporter au funérarium des vêtements propres pour elle, Mama Cass avait été obsédée par la seule décision qui lui paraissait encore importante : fallait-il que Maman brûle dans son tee-shirt fétiche, ou devait-elle le garder ?

Peut-être avait-elle à ce moment-là partagé sans le savoir la réflexion, frappée au coin du bon sens, d'Oleg le Sage – *Quand on est mort, on est mort* – parce qu'elle l'avait troqué au dernier moment contre une blouse mexicaine parme à petites fleurs jaunes que Marjorie Wyman affectionnait aussi.

Mademoiselle Cassie avait rangé soigneusement le tee-shirt *Sunshine State*, le soir après la crémation, et plus tard, lorsqu'il s'était agi de débarrasser la chambre où Maman s'était longuement évaporée, elle avait réuni quelques objets épargnés par les remugles de l'agonie, qui étaient allés rejoindre le soleil plié en quatre dans le tiroir.

Elle ne l'avait plus jamais ouvert.

Soledad, oui.

Mama Cass imagina la femme de ménage mexicaine lisser les affaires de Maman de sa main noueuse, aérer le tee-shirt, sûrement. À quoi pensait-elle, ce faisant ? Avait-elle de l'affection pour Maman, l'avait-elle bien connue ? Et inversement ?

Hésitante, elle approcha par à-coups le coton pelucheux de son nez. Elle ferma les yeux. Il ne sentait rien d'autre que le bois de cèdre dont Soledad éparpillait des billes dans tous les placards – la Floride, ses mites, ses cafards, c'était un vrai sujet de thèse.

En revanche, le parfum qu'elle déboucha racontait encore son histoire.

C'était à l'origine un voile d'agrumes et de vanille, le fond s'était concentré, l'odeur était aussi puissante que celle d'un cake aux fruits confits sortant d'un four brûlant. Le flacon n'en était pas un : une flasque de rhum, celle qu'on utilise pour faire des crêpes. Maman la portait à une petite boutique de Homestead qui vendait des savons et des bougies faites maison, et fabriquait des parfums sur mesure. La dame la remplissait – *dedans, il y a de la vodka, des huiles essentielles et de l'essence de vanille*, se rappelait Mama Cass. Puis la boutique avait fermé, comme tant d'autres, il y avait beaucoup de turnover en Floride, aucun commerçant ne s'installait sur la durée.

Peu avant sa mort, il n'y avait presque plus de parfum dans le flacon. C'était comme si Maman avait voulu laisser juste un peu d'essence d'elle-même, ne pas mourir tout à fait pour sa fille. Il paraît que quand on meurt, c'est l'odeur de soi qui s'en va en premier, comme un souffle.

Mama Cass revissa le bouchon sur la flasque, résistant au besoin de déposer une goutte derrière son oreille. Dans l'air, l'alcool s'évapore, l'esprit du parfum se révèle au contact de la peau tiède. Elle aurait peut-être retrouvé Maman, quelques heures, mais à quoi cela aurait-il servi ? Ensuite, tout aurait de nouveau disparu, et le vide dans la flasque aurait anéanti à jamais tous les possibles.

C'était assez pour aujourd'hui. Mama Cass écarta le bandana imprimé du drapeau américain, le souvenir d'un *road-trip* à moto dont Maman lui avait montré des photos – oh, elle était si jeune, Maman ! – la traversa sans qu'elle ait la force de s'y attarder. Il y avait trop de choses, trop de beauté, trop d'émotions dans ce qu'elle racontait alors, sa clope au bec, ses doigts bronzés chargés de bagues argentées effleurant les clichés de Californie et du Nouveau-Mexique.

Elle n'ouvrit pas les petites boîtes en carton où tintait la pacotille, elle savait ce qu'il y avait dedans, les bagues, bien sûr, qu'il avait fallu ôter lorsque la vie ne tenait plus qu'à un cathéter enfoncé dans un poignet maigre. Et de gigantesques créoles en argent. Elle porta par réflexe la main à son oreille douloureuse, grimaça. Referma précautionneusement le tiroir de Maman. Puis, elle se coucha avec à l'esprit l'idée que la vie était un tas de petites boîtes qu'on laissait aux gens qu'on aime.

Demain, elle irait à la recherche des petites boîtes de Soledad, chez elle. Ce qu'elle y trouverait la conduirait – peut-être – jusqu'au Yucatán. Et cela lui faisait très peur.

16

« Ma mère a ramené mon père au Mexique dans un Tupperware. Elle ne me l'avait jamais dit jusque-là.

— Tu plaisantes, Oleg ? Ta mère ?

— Oui. La même qui passe ses journées sur son canapé à regarder *Amour, gloire et beauté* et des conneries comme ça. Eh ben, un jour, elle a pris l'avion pour Acapulco. Elle avait foutu les cendres dans un Tupperware. C'était avant les scanners dans les aéroports, les réglementations, tout ça… Je t'ai dit que mon père était plongeur à Acapulco dans sa jeunesse ?

— Oui. Tu me l'as dit. »

Si elle y avait réfléchi un peu, Mama Cass aurait noté ce schéma salvateur qui se dessinait systématiquement dans leur relation. Chaque fois qu'elle manifestait une faiblesse, un doute, ou, exceptionnellement, une peur, comme c'était le cas aujourd'hui, Oleg convoquait un membre de sa famille, ou même une vague connaissance, pour lui venir en aide de façon indirecte.

Elle avait enfilé un tee-shirt supplémentaire et semblait soulever ses cuisses comme deux branches pourries qu'il aurait fallu élaguer ? Eh bien, la belle-sœur d'Oleg pesait trois cent vingt kilos qui tenaient dans un mètre cube et se portait comme un charme.

Elle restait muette, engluée de nostalgie, devant son café de midi parce qu'elle était tombée sur une photo de Maman dans un tiroir du bureau ? Oleg, lui, connaissait un type qui avait été enfermé dans une cave par ses parents toute son enfance et avait fini par leur faire la peau des années plus tard – d'ailleurs, il était dans le couloir de la mort de la prison de Starke, le type.

Et ainsi de suite. Habilement, il permettait à Mama Cass de relativiser.

Aujourd'hui, les pompes funèbres la pressaient de prendre une décision – fallait-il incinérer Soledad et la saupoudrer dans le jardin du souvenir du cimetière de Homestead, ou lui rendre les cendres afin qu'elle se charge de les répandre peu importait où ? Tout le monde s'en foutait tant qu'elle remplissait les papiers *ad hoc*, et Mama Cass était au bout de sa vie. Alors Oleg exhumait opportunément son père plongeur à Acapulco du Tupperware où il avait fait le voyage retour.

Mama Cass piqua une frite molle dans la barquette, histoire de s'occuper l'esprit. De se donner un air. De gagner du temps qu'elle n'avait pas. La pause administrative de midi allait prendre fin, et il lui faudrait rendre une réponse définitive.

« C'était bien, comme boulot, plongeur à Acapulco ? demanda-t-elle bêtement.

— Hein ?

— Pourquoi il est venu aux États-Unis, ton père ?

— Il était devenu presque aveugle. À force de plonger, les gars se décollent la rétine, comme les pélicans qui finissent par s'écraser sur les rochers.

— Je ne savais pas, pour les pélicans.

— Les touristes savent pas non plus, pour les plongeurs. »

Oleg eut un petit sourire. Comme d'habitude chez Mama Cass, les animaux primaient sur les humains.

« Pardon, lui dit-elle en levant les yeux au ciel. Ton père. Raconte. »

Elle ne savait pas si c'était vrai, mais Oleg avait ce talent de conteur qui, même en quelques phrases serrées, savait alléger l'air parfois écrasant du microcosme à l'intérieur duquel elle se cantonnait. Affabulateur ou pas, c'était, sous ses airs de moustique en short, un bonhomme d'une grande culture. Il lisait, il surfait sur Internet. Elle savait qu'il passait de longues soirées devant les documentaires télé avec sa vieille maman. Ce n'était certes pas les voyages qui l'enrichissaient intellectuellement. Comme elle. Mais au moins il n'était pas seul.

« Ils se cassent le dos, les avant-bras, les plongeurs, en sautant à quarante-cinq mètres entre les rochers. La falaise de la Quebrada, ça s'appelle. Mon père, à vingt-cinq ans, il avait les tympans perforés. Y a jamais eu de mort, mais les mecs, ils dégustent pour faire le spectacle.

— Alors pourquoi ils le font ? Pour l'argent ?

— Oui, c'était plutôt bien payé. Mais surtout, mon père disait qu'il aimait ça. Un défi chaque fois, comme une ivresse, tu vois. Il a fait partie des premiers, il était pêcheur, et c'était un concours de bravoure entre eux. Après, c'est devenu une attraction. »

Mama Cass reprit machinalement une frite froide, pensant à Soledad. De quelle bravoure pouvaient bien vivre les filles mexicaines ? La broderie ? Et quoi d'autre ? Quand décidaient-elles de partir faire le ménage dans un autre pays que le leur, puisque le balai-brosse semblait être leur seul horizon ?

« Bref, fit Oleg en repoussant sa barquette, quand il est arrivé en Floride, mon père était sourd comme un pot et il y voyait pas clair, mais il était bien musclé, donc il a fini par empiler des briques. Je pense qu'il a bâti la moitié des bâtiments de Homestead. J'ai pas hérité de lui, faut croire, rigola Oleg en bandant le biceps. Ma mère est tellement petite qu'elle tiendrait dans une boîte de Kellog's ; alors, merci, Maman. »

Oleg souleva sa canette de Diet Coke à la santé de sa mère, et Mama Cass pouffa pour la forme, réalisant qu'elle n'avait jamais rencontré la femme qui tiendrait dans une boîte de Kellog's.

« En parlant de boîte », fit Oleg.

Elle comprenait, pas la peine d'en dire plus.

« Je ne sais pas si on a le droit de transporter des cendres en avion, maintenant, répondit-elle, une boule de frites en purée dans la gorge.

— Oui, on a le droit. J'ai regardé. (Oleg fit glisser sa chaise à roulettes jusqu'à l'ordinateur.) C'est écrit sur le site du Service des douanes et de l'immigration : *Os propres et secs ou fragments d'os ; cheveux humains ; dents ; ongles de doigt ou d'orteil ; ou restes humains qui ont été incinérés sont admis à l'intérieur des États-Unis sans restriction, quelle que soit la cause de la mort.* »

Il avait plissé les yeux en lisant, alors que, contrairement à feu son père le plongeur d'Acapulco, il avait une très bonne vue. Oleg se vantait de pouvoir distinguer un martin-pêcheur à cent mètres.

Mais là, on sentait qu'il avait besoin de se concentrer sur chacun des mots, dont il savait que la morbidité frapperait Mama Cass comme une salve de petits plombs. Et que de leur portée dépendrait un virage de la vie de son amie.

« Et dans l'autre sens ? demanda-t-elle simplement. Vers le Mexique ?

— Honnêtement, le Mexique n'est pas le champion du monde des procédures, alors je suppose que oui. Y a rien de marqué. Tant que tu décolles avec Soledad dans ton bagage à main, tu atterriras au Mexique, à moins qu'un douanier ne prenne ça pour de la coke et ne sniffe ta femme de ménage.

— Oleg, bon sang…

— Comme Keith Richards, des Rolling Stones. Un jour qu'il était encore plus bourré que la veille, il a sniffé les cendres de son père, Keith Richards, tu le savais ? »

Mama Cass explosa de rire, il la suivit. Dieu que ça faisait du bien. Le rire vous mettait en vacance de tout.

« Il se passe quoi, ici ? » demanda l'un des pilotes en venant récupérer son café. Puis un deuxième, puis le troisième. Mama Cass et Oleg étaient partis si loin qu'ils ne voyaient plus personne. Cela dura un moment, un fou rire hors du temps, inaccessible aux conventions, jusqu'à ce qu'un crissement de freins et un nuage de poussière de graviers annoncent l'arrivée d'un minibus, derrière la haie, et la reprise des affaires courantes.

Oleg se leva, répondant à l'appel de Nelson, là-bas sur le ponton – *Oleg, woh, Papi !*

« Mais alors, souffla Mama Cass en s'essuyant le coin des yeux, pourquoi ta mère a emporté ton père dans un Tupperware ? »

Il la regarda, les yeux ronds, baignés de larmes d'allégresse.

« J'en sais fichtre rien », dit-il.

17

Bien sûr qu'elle emmènerait Soledad à Tulum. Elle ne savait pas quand elle l'avait décidé – l'autre nuit devant son frigo, ou en sortant les objets du tiroir de Maman, ou en discutant avec Oleg, hier midi.

Mais c'était ancré là, dans la zone la plus caverneuse de son esprit, et comme toutes les décisions cruciales, le plus compliqué était de la verbaliser.

Parce que à ce moment-là, elle ne pourrait plus revenir en arrière. Elle aurait aimé vivre quelques jours de plus avec la simple satisfaction de savoir qu'elle allait le faire, mais c'était impossible.

« Signez là », fit l'assistant funéraire, un type qu'on avait probablement embauché sur casting, comme à Hollywood. Planté entre deux pots de faux hibiscus dans une queue-de-pie noire, il avait le teint gris, le cheveu rare et le visage osseux d'un Bela Lugosi en cire. Bien sûr, dans un tel lieu qui répandait une musique aussi blafarde que les murs vert d'eau, on ne pouvait pas s'attendre à se trouver face à Ken Croque-Mort ni à entendre *Dancing Queen*, mais tout de même, tant d'ostentation dans l'accompagnement du deuil pouvait gravement nuire à la tristesse, se dit Mama Cass en réprimant un rire nerveux.

Elle signa le registre en se mordant la lèvre, l'autre lui tendit le réceptacle comme s'il tenait la couronne d'épines du Christ dans un coffret – une main dessus, une main dessous.

Elle avait choisi une urne blanche, avec un liseré d'or, sans colombe ni ange ni truc lénifiant du genre dessus – qui était-elle pour prendre une telle décision pour Soledad ? Maman aimait les flamants roses, elle avait eu le sien, gravé sur de la bakélite imitant l'ambre, mais pour Soledad, elle ne savait pas.

Le liseré d'or était comme elle, discret, droit. Et précieux.

« Prenez garde, madame, fit le croque-mort, le couvercle n'est pas scellé, puisque selon vos vœux et ceux de la défunte ses cendres seront répandues dans la nature.

— Mais il est vissé, n'est-ce pas ?

— Oui, mais il est préférable que nous mettions l'urne dans un carton, pour le transport. Si vous changez d'avis et décidez de la garder chez vous, je vous conseille le double face.

— Le double face ?

— L'adhésif double face. Celui qu'on utilise pour coller les miroirs, le plus résistant. Ainsi, même en cas de chute…

— Merci, oui. »

Au secours.

Au bout de tout – du rire, du ridicule, du pathétique –, Mama Cass se dépêcha de vérifier que c'était bien le bon nom, celui de Soledad Arroyo, qu'on collait sur le carton, se sentant prise entre du chaud et du froid, les bouffées qui vaporisaient ses tee-shirts et l'air de la clim qui lui glaçait les os.

Bon Dieu, infligeait-on toutes ces conneries aux familles en souffrance, celles qui avaient perdu un mari, ou pire, un enfant ? On ne lui ferait jamais croire que certains deuils n'étaient pas pires que d'autres. Cela ne se disait pas, c'est tout.

Il avait déjà fallu répondre la veille à une série de questions émises d'une voix qu'on aurait cru sortie d'une publicité par un autre employé, habillé comme un agent d'assurances et aspergé d'after-shave :

Comment faut-il coiffer madame ?

Quelle teinte de rouge à lèvres lui conviendrait le mieux ?

Porte-t-elle un pacemaker – ou un appareillage électronique quelconque susceptible de faire exploser le crématorium, avait ajouté Mama Cass pour elle-même.

Avant cela, elle avait sorti d'un sac plastique les vêtements choisis dans le placard de Soledad – elle avait fait vite, cinq minutes à peine dans la chambre qu'elle n'avait pas osé regarder, et puis ce n'était pas compliqué, il n'y avait que quelques robes toutes taillées de la même manière, droites et boutonnées devant, comme des tabliers. Et des pantalons fluides que la vieille Mexicaine utilisait pour venir à vélo jusque chez elle, des chemisiers blancs tout simples.

Soledad avait brûlé dans une robe à manches courtes imprimée de myosotis, ses cheveux gris réunis en tresse et roulés en chignon. Pas de rouge à lèvres, espèce de con.

Le plus difficile avait été de sortir des sous-vêtements du petit tiroir le plus personnel d'une femme. Parce qu'on n'y pensait pas, à ça, mais il fallait aussi enfiler une culotte et un soutien-gorge à une femme qu'on allait incinérer. Que croyait-on ? Qu'il fallait juste faire joli, en couvrant la surface ? Non, il s'agissait d'intégrité.

Tout cela, Mama Cass l'avait déjà fait pour Maman, il y a vingt-huit ans. Bien sûr. Mais à ce moment-là, Maman était déjà partie depuis si longtemps, petit à petit, que ce n'était plus qu'un passage comme un autre, après celui de l'annonce de la maladie, celui de la première chimio, celui de l'alitement, celui de la première cuvette et du dernier change.

Le deuil d'après lui avait semblé tellement plus court que celui d'avant.

Elle s'était appliquée à l'oublier, cet ultime passage du crématorium. Le cerveau rejette certaines choses comme un estomac le repas de trop. Soledad avait fait ressortir tout cela. Elle était maligne, la femme de ménage.

Et, à sa grande stupéfaction, Mama Cass n'en avait pas été triste. Mais soulagée. L'humain se frayait un chemin dans son cœur. Ce n'était pas si mal, ce sentiment.

Voilà pourquoi, au moment de déposer le carton dans le coffre de sa Chevrolet, elle n'hésita qu'un instant, puis, frappée par la logique, elle l'attacha sur le siège passager avec la ceinture de sécurité.

« Bon, maintenant, qu'est-ce que je fais ? Vous me dites quoi chercher, et où le trouver ? »

Soledad était rentrée chez elle, déballée du carton. Installée sur le canapé du salon, l'urne blanche au liseré doré ne prenait pas bien plus de place que jadis la personne qu'elle contenait, mais elle dégageait une autorité que la vieille femme de ménage mexicaine n'avait peut-être jamais eue.

Le mystère fait autorité, souvent davantage que la présence.

Il fallait vider les meubles, c'était la première tâche à accomplir, et elle ne s'annonçait pas longue. Mama Cass avait contacté Goodwill, le camion passerait demain et tout irait aux nécessiteux, Soledad n'avait sans doute pas envisagé les choses autrement.

« Les cartons. On va commencer par ça. D'accord ? »

Les mains sur les hanches, elle patienta un peu dans le silence, puis, réalisant qu'elle attendait vraiment une réponse, leva les yeux au ciel.

Tu parles à ton frigo, et maintenant à une urne funéraire. Tout va bien.

Et, maugréant contre elle-même, elle entreprit de se rendre moins vaine en dépliant des panneaux de carton et les bourrant de coups de poing pour leur donner la forme attendue. Elle déchira l'air confiné de la pièce en tirant des longueurs de rouleau adhésif, s'assura de la solidité des emballages qui contiendraient la vaisselle puis, en nage, se décida à aller ouvrir les fenêtres. Il faisait plus chaud dehors que dedans, mais au moins l'air circulerait.

La climatisation avait été coupée, l'électricité aussi, constata-t-elle en allant ouvrir le frigo. Il était encore plus vide que le sien, et sa première pensée fut que c'était heureux, parce qu'elle n'aurait pas aimé y trouver du poisson dégoulinant ou de la viande avariée.

Seule dans cette retraite funéraire, elle s'efforçait de rester… spirituellement pratique. Sinon, ce serait compliqué.

Déjà que le contenu d'un frigo dévoilait beaucoup de l'intimité d'une personne – en ce qui la concernait, d'ailleurs, elle aurait dit qu'il dévoilait l'essentiel, bien plus qu'un tiroir de table de nuit. Alors, des quelques légumes flétris et du litre de lait probablement caillé mais bien fermé qui restaient elle ne fit pas l'inventaire, les fourrant dans un sac-poubelle. Les pommes dans le compotier sur la table de la cuisine suivirent, puis elle rafla l'étagère à épices dans un grand geste, fermant le sac avec son lien, le posant dans un coin.

Soledad mangeait beaucoup de conserves. En ouvrant le placard, Mama Cass en eut un coup au cœur. Les conserves, ce n'était pas cher. Lorsqu'elle faisait ses courses pour Mademoiselle Cassie, la propriétaire en surpoids du Wild Sun Safari, la vieille Mexicaine n'en achetait jamais. Mademoiselle Cassie devait manger équilibré. Pas de ces boîtes de soupe ou de chili premier prix.

Freinée dans son élan, Mama Cass rangea lentement les boîtes dans un carton, pour GoodWill, puis retourna au salon.

« Qu'est-ce que vous pensiez, Soledad, lorsque vous faisiez peser mes filets de saumon par le poissonnier ? Et quand vous choisissiez mes steaks ? Pourquoi n'en avez-vous jamais profité pour en prendre pour vous ? Je suis sûre que vous n'y avez même jamais pensé, n'est-ce pas ? Ce n'était pas votre genre. Pourtant je n'y aurais vu que du feu. »

Soledad mangeait du chili en boîte et mettait des sous de côté pour qu'on la ramène au Yucatán, une fois morte. C'est ce qu'on faisait lorsqu'on avait un job d'étudiant et qu'on économisait pour se payer un *road-trip* jusqu'en Californie. Quelle excitation on devait avoir alors à ajouter un billet dans l'enveloppe, chacun d'entre eux vous rapprochant des grands espaces, imaginait Mama Cass en faisant crier le rouleau adhésif. Comment pouvait-on transposer cette exaltation dans un contenant aussi hermétique qu'une urne funéraire ?

Si elle avait encore eu la moindre hésitation au moment d'acheter son billet pour le Mexique, celle-ci fut anéantie par une conserve de Mac'n'cheese Heinz.

Un grand bouleversement tient souvent à peu de choses.

18

« Et que vas-tu faire, une fois là-bas ?

— Je suppose que je vais aller à la mairie pour acheter une concession au cimetière de Tulum.

— J'ai regardé sur Internet. Regarde, il est chouette, ce cimetière. »

Oleg ouvrit la page qu'il avait mise de côté. « Chouette » n'aurait pas été l'adjectif que Mama Cass aurait employé pour qualifier un cimetière, mais les tombes colorées dans des violet, orange, ou rose vif défiaient l'austérité de circonstance.

À première vue, elle aurait cru que l'image avait été pigmentée après coup, comme ces filtres Instagram ou je ne sais quoi, mais il y en avait plein d'autres – il suffisait de taper « Cimetière Tulum » et l'on se retrouvait dans un tableau de Diego Rivera.

« Oui, c'est chouette », dit-elle, mécaniquement. Elle avait des fourmis au bout des doigts. Le Mexique se rapprochait et elle avait peur. Bientôt, il n'y aurait plus d'écran entre ce cimetière si bizarre et elle.

« Et si une concession existe déjà ?

— Oleg, je ne veux pas faire l'Américaine condescendante, mais des Arroyo, il doit y en avoir des dizaines, comme des Johnson chez nous, alors comment je saurais ?

— Smith.

— De quoi ?

— C'est Smith, le nom le plus répandu chez nous. Il y a un Smith pour cent vingt et un Américains. Au Mexique c'est Hernandez. Arroyo n'arrive qu'en 165e position. »

Allons bon, se dit Mama Cass en attrapant la souris pour fermer la page sur l'ordinateur. Il avait dû passer des heures là-dessus. Sans doute aurait-il aimé être à sa place ? Et si…

« Si elle t'a choisie c'est qu'elle savait que tu ferais bien les choses », la coupa-t-il alors qu'elle ouvrait la bouche pour lui proposer l'impensable – *et si tu allais à ma place au Mexique ?*

« Peut-être que sa famille aimerait l'avoir auprès d'elle ? suggéra-t-il.

— Qu'est-ce que tu veux dire ? Qu'il faut que j'aille toquer à la porte de tous les Arroyo du Yucatán ? »

Oleg haussa une épaule. « Tu es organisée, elle le savait, Soledad. C'est pour ça. »

Il avait l'air énervé, lui qui ne l'était jamais. Pourquoi ? Lui donnait-elle l'impression de renâcler, de prendre les choses par-dessous la jambe ?

« Viens avec moi », lui dit-elle alors. C'était venu comme ça. Sans lui, elle ne s'en sortirait pas – Mama Cass ne faisait jamais rien sans Oleg, pas vrai ?

Il la regarda, une lueur dans ses yeux noirs, et en ce fugace instant elle régla tout ce qui allait suivre – ils fermeraient le Safari pendant une semaine, quelle affaire franchement, elle paierait les deux billets et les chambres séparées et il sonnerait aux portes de tous les Arroyo du Yucatán, après tout, il était Mexicain même s'il était né en Floride, ses parents parlaient espagnol, il devait savoir, *bordel, pourquoi je n'y ai pas pensé plus tôt ?*

Mais non, ce n'était pas ça, la petite lueur, elle le sut très vite :

« Je suis content que tu me le demandes, ma copine, mais pas question, dit-il. Pour tout te dire, j'avais peur que ça ne te traverse pas l'esprit, d'emmener ton vieil Oleg avec toi, ça m'aurait vexé, franchement.

— Alors pourquoi, pas question ? bredouilla-t-elle.

— Eh ben, parce que c'est pas à moi que Soledad a demandé, et d'une, et puis je pense que c'est important pour toi de le faire, pour tout un tas de raisons. Et de deux. »

Mama Cass fit couiner sa chaise à roulettes en se levant brusquement pour aller baisser le store. Il allait pleuvoir, l'après-midi était probablement foutu, et le « tout un tas de raisons » en question, elle préférait qu'il ne développe pas. Cela inclurait toutes les considérations possibles sur le mal-être des gens en général et ô combien il est important de faire le point avec soi-même, de s'éloigner pour se trouver, bla bla bla, les conneries qu'il avait probablement entendues dans une émission sur le développement personnel pendant que sa mère qui tenait dans une boîte de Kellog's crochetait son énième napperon aztèque ou elle ne savait pas quoi.

« C'est tout noir, là-bas, maugréa-t-elle. Les autres feraient mieux de rentrer, ils vont nous noyer les touristes.

— Ne me fais pas la gueule, Mama, c'est pas parce que je pars pas avec toi que je ne peux pas te filer un coup de main, je sais pas, moi, en faisant des recherches, en passant des coups de fil.

— Je vais me débrouiller.

— *Rah*, tu vois comme t'es, râla-t-il en raflant sa casquette sur le bureau. Je vais voir où en sont Nelson et Johnnie. Tu as raison, ça va péter. »

Quand l'hydroglisseur fut parti, Mama Cass abaissa davantage le store. La pluie commença à tomber, éparse, puis dans ce chaos subit dont le système tropical a le secret, l'eau s'écrasa en étoiles sur le bois du ponton. Si lourde qu'elle semblait grasse.

Mama Cass se dit qu'elle allait attendre que tout le monde soit rentré pour prendre son billet d'avion sur Internet. On ne savait jamais.

Des pensées inavouables lui traversaient la tête, à la vitesse incontrôlable qu'impulse le découragement quand le cerveau est en roue libre : il n'y avait jamais eu d'accident dans les Everglades, mais peut-être qu'aujourd'hui, avec ce qui dégringolait…

Depuis la création du parc, pas un seul visiteur n'avait été victime d'un alligator, mais peut-être qu'aujourd'hui… Oh, si, il y avait bien eu ce jeune Brésilien qui s'était retrouvé sur le dos d'un reptile de trois mètres on ne savait comment – il pilotait une espèce de mobylette au milieu des bosquets de bois dur, quelle idée, et paf, d'un coup, la mobylette en l'air, et dégringolade dans le marais. L'alligator, surpris, avait chopé l'imbécile dans ses gigantesques mâchoires, sa mère qui suivait s'était jetée à l'eau pour ouvrir la gueule du monstre, évidemment en vain. Du coup, elle s'était mise à prier et l'alligator avait illico libéré le gamin, qui en avait été quitte pour quelques côtes cassées. Un miracle, disait Nelson qui aimait raconter cette histoire aux touristes en touchant la croix en argent qu'il portait autour du cou.

Ça ne s'était pas passé au Wild Sun Safari, mais peut-être qu'aujourd'hui un alligator boufferait un touriste allemand avant qu'il ne vienne se plaindre de la pluie en cassant une chaise contre la cahute de l'accueil.

Du coup, il y aurait une enquête, la police, les Eaux et Forêts, tout ça.

Et Mama Cass ne pourrait pas partir au Mexique.

De toute façon, elle n'avait rien trouvé chez Soledad qui lui serve de guide, là-bas. Aucun papier personnel, aucune photo, rien que des factures soigneusement rangées et annotées « PAYÉ » en lettres bâtons, avec la date. Après l'épisode des boîtes de conserve, elle avait continué à remplir des cartons avec peu de choses, quelques vêtements, deux petites lampes, des babioles de pas très bon goût comme un bougeoir avec deux anges dorés et des vide-poches publicitaires.

L'âme de la maison s'était évaporée.

Elle avait hésité à jeter la collection de magazines de voyages, seuls à vouloir exprimer quelque chose de celle qui avait si longtemps habité ici. Mais ce n'était pas quelque chose d'heureux, ce n'était pas du rêve. Ces magazines de plages blondes et de forêts lumineuses vendaient des espoirs perdus. Mama Cass les avait fourrés dans un sac-poubelle, vite, empêchant la boule des boîtes de conserve de remonter dans sa gorge. Elle y penserait plus tard.

Elle avait gardé les canevas. Pour elle. Ça, c'était important, c'étaient les mains de Soledad. Mais ça ne la conduirait nulle part. Alors elle attendrait que les hydroglisseurs soient rentrés pour prendre le billet. On ne savait jamais.

Collant son menton sur ses mains posées sur le comptoir, elle guettait, maussade. Comment pouvait-elle seulement envisager des choses pareilles, un accident, un drame salvateur ? Elle était bonne à jeter, vraiment.

L'eau tombait en rideau, maintenant. L'odeur âcre des terres marécageuses, la nuit en plein jour et cette promesse d'apocalypse balayée en quelques minutes par le soleil ressuscité, le chaud et le froid, le vacarme des moteurs qui s'approchaient et les relents d'essence, elle n'y prêtait plus attention, parce que c'était son monde. Sa zone de confort, dans l'œil du cyclone.

Elle vit débarquer les passagers trempés des hydroglisseurs, les invita de la main à venir s'abriter sous l'auvent, mais déjà la pluie s'affinait, bientôt il n'y aurait plus d'autre trace de cet épisode que des flaques sur le bois, sous la lumière vive du ciel parfaitement bleu.

Elle laissa Oleg, Johnnie et Nelson offrir une tournée de café aux visiteurs qui riaient de leur aventure dans une langue nordique qu'elle ne reconnut pas, et alla s'asseoir derrière son bureau, faisant défiler les offres du site de voyages, vérifiant les dates, les heures, sortit sa carte de paiement de son sac et acheta ses billets, aller dans deux jours, retour dans huit – une bonne fois pour toutes.

19

Oleg avait tout prévu.

« Je resterai à l'accueil entre midi et deux, je gérerai les appels, les réservations, tout ça ; le reste du temps quand je serai à l'hydro, le neveu de Domingo s'occupera de la caisse.

— Le neveu de Domingo ? Il est comptable, le neveu de Domingo ?

— Non, mais c'est un ancien dealer.

— Un ancien trader, tu veux dire ?

— Non, non. Un ancien dealer. De drogue. »

Mama Cass ôta ses lunettes, une main en suspens au-dessus du clavier de l'ordinateur – elle remplissait les fiches de paie, vérifiait les factures, comme si elle allait s'absenter trois mois.

« Tu plaisantes ?

— Absolument pas. Il a fait un peu de prison mais il a une calculette dans la tête, on peut pas lui enlever ça. »

C'était une blague, c'était sûr.

« N'importe quoi », tenta-t-elle.

Il avait l'air parfaitement sérieux. Elle recula sur son siège alors qu'il la regardait avec ses yeux innocents.

« Tu ne peux pas me demander d'embaucher un ex-taulard, Oleg, tu es fou ou quoi ?

— Je suis pour donner une seconde chance à ceux qui ont mal débuté dans la vie.

— Mon Dieu, dans quelle émission télé tu as vu ça ? Chez Oprah ?

— On l'embauche pas, Mama, c'est pour quoi, six ou sept jours ? Fais-moi confiance.

— Confiance ? Et lui, il est digne de confiance ?

— Ah ça oui, il lui manque un doigt. »

Mama Cass ferma les yeux, passant la main sur son front. Elle transpirait, elle était fatiguée, elle n'avait rien dormi de la nuit.

« Un caïd le lui a coupé parce qu'il ramenait pas le compte exact, ça lui a servi de leçon. Alors je peux te dire qu'il ne manquera pas un *cent* dans la caisse. »

En quelques jours, il semblait que la Terre avait effectué une légère rotation, que les normes s'étaient décalées et que toutes les conversations devenaient lunaires. D'abord avec le croque-mort, maintenant avec Oleg.

Et ce matin la fille de chez Krispy Kreme qui lui avait demandé si elle voulait du thé avec son Boston Creme. Elle était devenue folle ?

« Question con, tu as peur de l'avion ?

— Comment tu veux que je le sache ?

— Moi non plus, j'ai jamais pris l'avion. »

Un silence s'installa, découpé avec une régularité hypnotique par les pales du ventilateur. Mama Cass chaussa de nouveau ses lunettes, le nez sur l'écran. Elle n'était plus du tout à ce qu'elle faisait. Il y avait comme une ambiance de fin de règne.

« *Hola*, fit Domingo par-dessus le comptoir. Je l'ai vu, il va bien.

— Ah, tant mieux ! s'exclama Oleg.

— Qui va bien ? demanda Mama Cass.

— Senior, répondit Oleg. Pas vu hier après l'orage, j'étais inquiet.

— Non, il va bien, Senior, confirma Domingo. Il nage dans l'herbe. Comme un poisson dans l'eau. »

Mama Cass embrassa du regard son équipe de bras cassés. Domingo, le tonton bien propret d'un dealer de drogue, là-bas sur le ponton les inséparables Johnnie et Nelson auxquels on ne donnait pas d'âge mais à qui on accordait les mêmes airs burinés que Charles Bronson, et l'autre moustique, là, obsédé par son alligator.

Elle allait devoir les laisser tous, et peut-être que l'avion s'écraserait, et peut-être qu'elle serait enlevée par un cartel mexicain, et peut-être qu'elle se ferait engloutir par les sargasses – il paraît que sur les plages de Tulum, les algues vertes étaient une vraie plaie.

Alors tant mieux si Senior allait bien, mais alors elle, ça n'allait pas du tout.

Elle n'avait aucune idée de quoi mettre dans sa valise – à part Soledad.

L'urne blanche était posée sur la commode de sa chambre, à côté du carton où elle ne la rangerait qu'au dernier moment. En attendant, la vieille Mexicaine n'était pas loin du tiroir de Maman.

Sa maison avait été vidée par Goodwill, ce matin. George, le jeune détaché de l'agence immobilière, avait supervisé l'opération, récupéré définitivement les clés et lui avait passé un coup de fil pour lui dire que – citation – *l'opération* était *terminée.*

Pour eux, oui. Pour elle, la mission Soledad ne faisait que commencer, et Mama Cass ne savait absolument pas quoi mettre dans cette putain de valise.

À vol d'oiseau, le Yucatán était à quoi ? neuf cents kilomètres ? Une heure quarante-trois de vol, avait-elle vérifié en achetant son billet Miami-Cancún. Alors on ne pouvait pas s'attendre à un énorme écart météorologique avec la Floride. Les tee-shirts qui allaient ici iraient aussi là-bas, finit-elle par se dire en raflant une pile monochrome dans son dressing aussi déserté que les steppes d'Asie centrale.

Elle avait réservé un hôtel au centre de Tulum, un « hôtel-boutique » comme c'était écrit sur le site – elle n'avait aucune idée de ce que c'était, un truc qui faisait à la fois chambres et magasin, ils étaient bizarres ces Mexicains.

« Non, lui avait dit Oleg, j'ai regardé – *évidemment* –, un hôtel-boutique ça veut dire petit hôtel avec une personnalité, à l'opposé des grandes chaînes. Tu seras plus tranquille que dans un Hyatt avec mille chambres. »

Et au milieu de cinq cents bimbos en string-ficelle et du menu fretin composé de retraités pétrifiés dans le silicone et de familles bêtifiant sur leurs gamins braillards, avait-elle ajouté *in petto*.

Elle était d'une humeur.

Elle n'avait jamais été comme ça. Dépressive, OK, méchante, jamais. Enfin, pas souvent.

« Comment on s'habille, chez vous ? demanda-t-elle à Soledad. Et si je dois rencontrer des membres de votre famille, s'il y a une cérémonie, il me faudra autre chose qu'un short et des baskets, non ? Seigneur, je ne crois même pas ce que je suis en train de dire. »

Elle enveloppa dans un sac plastique Target une paire de Stan Smith complètement blanches qu'elle avait à peine portées et qui pourraient donner l'illusion de l'élégance, une autre de Skechers marron pour le tout-terrain, prépara un legging et un sweat-shirt noirs – faisait-il froid en avion ? – et, tiens, ses Nike Dunk noir et blanc.

Ce faisant, elle réalisa quelque chose. Elle aimait les baskets. Il lui fallait pour la première fois de sa vie prendre un peu de recul sur son placard pour s'en rendre compte. Elle qui pensait n'avoir de goût pour rien, surtout pas vestimentairement parlant, elle avait aligné au fil des années un certain nombre de paires d'Adidas, de Reebok et de Nike. Et elle en prenait parfaitement soin. Et elle avait plaisir à les toucher.

« J'aime bien les baskets », dit-elle donc à Soledad. Un peu surprise. Puis goguenarde, était-ce donc là la Première des Révélations de cette retraite funéraire qui illuminerait sa vie ?

Elle referma sa petite valise, prit une douche, crut étouffer sous l'eau tiède et le sentiment cérémonieux que ces ablutions étaient celles de la condamnée, comme dans le couloir de la mort de la prison de Starke. Elle répondit à un appel d'Oleg par un bref « Ça va, salut, ouais » d'une voix aussi épaisse qu'une pâte à pizza Hut, fila vomir ce qu'elle n'avait pas mangé, régla son portable et son réveil sur cinq heures du matin et, vaincue par les nuits sans sommeil et une angoisse bien trop lourde pour elle, finit par s'endormir toute droite sur son lit, dans son legging et son sweat-shirt noirs, Nike Dunk aux pieds.

20

Évidemment qu'à presque cinquante ans, Mama Cass n'avait jamais pris l'avion.

Pourquoi l'aurait-elle fait ? Le monde entier voulait venir passer des vacances en Floride, c'est ce que disait toujours Papa. Il était heureux comme Ulysse qui tous les jours ferait un beau voyage – sans bouger de chez lui.

Maman, elle, avait fait du chemin, dans sa jeunesse. Mais après la Route 66, était-elle au bout de ses évasions, ça, Mama Cass ne l'avait jamais su. Peut-être aurait-elle voulu découvrir l'Europe, sortir de son bureau au milieu des palmiers, arrêter de fumer au moins dix heures jusqu'à Paris ou Barcelone.

Les sièges étaient trop petits, trop serrés. Mama Cass ne rentrerait jamais là-dedans. C'est la première chose qu'elle s'était dite en entrant dans la cabine éco, avec la même impression de fin de vie que sous la douche, hier soir. Comment tous ces gens, qui avançaient à petits pas dans le corridor tel un troupeau dans le goulot d'étranglement d'un abattoir, pouvaient-ils être aussi dociles ?

Et comment faire entrer ses grosses fesses dans un siège aussi étroit ? Elle était nauséeuse, ses mains fourmillaient, dans ses Nike Dunk ses pieds ne lui envoyaient plus aucun signal. C'était comme marcher dans du coton.

32 A. Bon Dieu, elle plaignait la personne qui devrait s'asseoir à côté d'elle.

Et puis non, merde, ce n'était pas possible.

Elle se retourna, le souffle court, sur la longue file qui la suivait, elle voulait sortir, terminé. Elle aurait sacrifié vingt ans de sa vie pour être à l'Endroit, la clairière aux alligators, entourée de mâchoires béantes, plutôt que dans ce boyau saturé d'êtres humains.

« Ça ne va pas ? » lui demanda le type derrière elle, une espèce de hippie avec des cheveux tressés en queue-de-cheval. Il sentait la vanille.

Elle voulut lui dire qu'elle avait oublié son passeport, sa valise, n'importe quoi, que quelqu'un chez elle était mort, et puis elle pensa justement à Soledad qui était dans son grand sac en toile, sous son bras, et visualisa la pile de magazines de voyages qu'elle avait fourgués dans le sac-poubelle en même temps que les rêves de la vieille femme de ménage mexicaine.

Elle lui en devait bien un.

Alors elle répondit « Non », un « Non » flûté comme l'air qui s'échappe d'un ballon de baudruche, et elle se tortilla pour atteindre le siège 32 A, près du hublot. Elle rentrait dedans, entre les accoudoirs, fesses et hanches comprises. Ces trucs étaient une illusion d'optique, comme tout dans ce tube volant qui d'en bas paraissait minuscule quand il passait dans les airs au-dessus de Homestead. Alors qu'il y avait plein de gens dedans qui se levaient pour aller aux toilettes – c'est la réflexion qu'elle se faisait quand elle était petite, elle avait un esprit fonctionnel qui, au lieu de rêver à la destination possible, la portait vers des considérations gastro-intestinales.

Oleg lui avait refilé des petits cachets tout à l'heure, au cas où. Elle qui n'ingérait jamais rien d'autre que du paracétamol et du citrate de bétaïne avait contemplé les ogives blanches comme s'il s'était agi de gélules de cyanure avec lesquelles les nazis se foutaient en l'air à la fin de la Seconde Guerre mondiale – elle regardait des documentaires, elle aussi.

« Xanax, lui avait-il dit. Ma mère en prend pour dormir. Avec ça, tu auras juste l'impression de t'être torchée au champagne. »

Elle avait rangé la tablette en alu dans son porte-monnaie en grognant, Oleg avait sorti son bagage cabine du coffre – « t'emmènes que ça ? » – et elle n'avait pas quitté ses lunettes pour lui dire au revoir. Il attendait quoi, ce nigaud, planté devant elle, la bise ?

Il était reparti en haussant les épaules. Elle avait reniflé un peu.

Quel cirque, franchement.

En y repensant, elle se dit qu'elle aurait dû lui faire la bise, un dernier adieu devant les bornes d'enregistrement d'American Airlines avant de voir sa photo de permis de conduire dans le trombinoscope d'une catastrophe aérienne, ça aurait eu de la gueule, comme souvenir, pour lui.

Elle colla l'anxiolytique sous sa langue, comme il le lui avait dit, et bizarrement, son amertume eut un goût de réconfort – même si ça la faisait mourir, au moins ce serait vraiment fini, cette histoire et tout le reste.

Elle eut juste le temps d'avoir quelques noires pensées pour l'hôtesse de l'air qui souriait de toutes ses dents blanches sans savoir qu'elle finirait probablement sa vie en purée diluée dans un océan quelconque, puis le noir se délita, devint gris, et c'est à travers une espèce de brume tiède qu'elle regarda une fille longue comme une racine-échasse de palétuvier se plier sur le siège à côté d'elle. Elle sentait le Boston Creme.

« La galère », fit la fille, essoufflée. Et elle lui sourit, avec une petite moue sur le côté peinte en rose. Mama Cass lui sourit aussi.

Elle aimait bien le Xanax.

La fille bourra son sac en rotin sous le siège devant elle, et c'était bizarre parce que les moteurs démarraient en même temps et qu'on avait l'impression que la fille faisait décoller l'avion à coups de pied.

Arrête, se dit Mama Cass, les yeux rivés sur les New Balance couleur pêche et crème. *Il n'est pas si fort, ce cachet.*

Non, il n'était pas si fort, mais elle n'avait pas l'habitude, et par un curieux phénomène psychosomatique elle accompagnait la molécule dans son organisme, potentialisant son effet, si bien qu'elle avait l'impression d'être complètement bourrée.

La vitesse la cloua à son siège, son estomac se souleva tandis que le Boeing quittait le tarmac, et lorsqu'il entama un grand virage au-dessus de Miami Beach, elle se cogna le nez contre le hublot et la fille à côté rigola doucement. « Waouh ! » fit-elle, comme au manège. Bon Dieu, comment un si gros engin pouvait se pencher à ce point sans se casser la gueule, se demanda Mama Cass avec un détachement mêlé de résignation.

Elle avait l'impression de plonger. Ce n'était pas désagréable. Au contraire.

C'était beau, Miami, vu d'en haut. Les buildings de Downtown, les villas de Coral Gables et de Coconut Grove serties de verdure, les turquoises des piscines taillées en rectangle, et la frange d'écume de l'Atlantique qui venait lécher le sable blond sur la langue de South Beach…

Après, plus rien, l'infini.

Mama Cass n'avait plus peur, et ce n'était pas seulement l'effet du petit cachet – la peur était terrestre, un système bien commode d'alerte devant le danger, mais quand on était si haut et qu'on n'avait aucune maîtrise, la peur ne servait plus à rien.

À vrai dire, elle aurait aimé rester ici longtemps. Très longtemps.

Est-ce que c'était comme ça, quand on était mort ? Est-ce qu'on était en haut ?

Bien sûr, elle avait fait ce rêve où l'on tape du pied et l'on s'envole, sur une simple impulsion. Elle s'était sentie planer. Pourquoi tout le monde rêvait de voler, pourquoi pas de respirer sous l'eau ou de se téléporter ? Pour ça, se dit-elle en collant son front sur le verre. Pour ce sentiment de liberté ultime qui, peut-être – peut-être – ressemblait à la mort.

Si c'était ainsi, Papa, Maman et Soledad étaient bien plus puissants que n'importe quel être vivant sur terre.

Bon Dieu, elle aurait voulu qu'Oleg voie ça.

Elle tira maladroitement son téléphone de la poche de son sweat-shirt ficelé dans la ceinture de sécurité, cadra le hublot, appuya, vérifia sa prise de vue, déçue.

« Ça rend jamais rien, en photo », dit la fille à côté d'elle.

L'avion s'était stabilisé, le sud de la Floride n'était plus qu'un patchwork dont le collier des Keys était la dernière attache à la terre. On survolait la mer des Caraïbes.

Mama Cass dut sourire à la fille sans s'en rendre compte, car elle continua : « Chaque fois je fais des photos pour mettre sur mon Insta, mais je suis obligée de mettre des filtres à mort, et même avec ça on n'a pas le sens de la perspective. »

Perspective, un bien grand mot pour une si jolie tête, se dit Mama Cass. Elle n'avait jamais cru que la beauté et l'intelligence soient antinomiques, elle n'y avait même jamais pensé, mais disons qu'elle avait un assez bon jugement en fonction de la manière dont les gens organisaient leur physique.

En l'occurrence, la jeune personne posée sur le siège 32 B additionnait tous les éléments qui formaient le spécimen le plus volatil de Floride : la fille de Miami Beach. Les cheveux d'un blond sable tournicotés en vagues plastifiées, les cils si longs qu'ils faisaient tomber une espèce d'ombre d'insectes sur les joues découpées au blush, la bouche enduite de gloss incolore – genre, j'ai de grosses lèvres, si vous croyez que c'est facile, c'est une plaie que je dois soigner en y collant de la pommade toute la journée.

Ces filles-là apparaissaient au début d'Ocean Drive, sur la promenade sinueuse en bord de plage, et disparaissaient tout au bout, vers South Pointe, sans qu'on puisse leur imaginer une vie propre en dehors de cet avènement. Et elles se reproduisaient aussitôt, toujours les mêmes – Noires, Blanches, Latinas, le schéma principal était le même.

Celle-ci portait une veste de survêtement rose taille 34, un legging gris floqué *Pink*, la sous-marque décontractée de *Victoria's Secret* que toutes les touristes ados enfilaient même pour slalomer entre les alligators.

Mama Cass replia ses Nike Dunk sous le siège – enfin, quand même, elle n'avait pas de quoi avoir honte avec ça aux pieds et son ensemble noir tout ce qu'il y avait de propre et net. Elle renfonça ses lunettes de soleil sur son nez. Pas trop envie de faire la conversation, même sous anxiolytique.

« Vous allez à Cancún ? » demanda la fille.

Non, j'ai pris ce vol pour aller pêcher le saumon en Alaska, gloussa intérieurement Mama Cass – voilà typiquement le genre de blague qu'Oleg aurait sortie, pourquoi n'était-il pas venu, ce con ?

« Tulum, laissa-t-elle tomber de sa bouche.

— Aaah, moi aussi.

— Ah oui ?

— Vous connaissez ?

— Non. C'est ma première fois. »

La fille en rose n'avait pas l'air d'être surprise outre mesure qu'une quadra obèse – *arrête, tu n'es pas obèse, tu rentres entre les accoudoirs, Mama* – se rende toute seule dans « l'un des spots les plus hype du moment », comme elle l'avait lu sur Internet en proie à une certaine terreur. Elle devait la prendre pour une échangiste, conclut-elle en voyant le joli nez se plisser.

Mais la fille en rose porta une main fine aux ongles violets à son visage, et éternua deux fois. Ce n'était donc pas une grimace d'aversion.

« Pardon, mais alors l'air comprimé ou je sais pas quoi des avions, ça me file le rhume. Au fait, je m'appelle Viva. »

Ça ne pouvait pas être son vrai nom.

« Cassie, fit Mama Cass.

— Alors, vous ne connaissez pas Tulum ?

— Pas du tout.

— C'est super. La nature, ça change de Downtown. »

La fille en rose ne la prenait donc pas pour une vieille lubrique, mais alors pour qui ? Une avocate surmenée des buildings de Brickell, le quartier des affaires de Miami ? *Arrête de te poser des questions, elle discute, c'est tout. C'est ce que les gens font. Sois aimable, un peu.*

Le vol ne durerait qu'une heure quarante-trois, franchement moins, maintenant, pourquoi ne pas faire un effort, pour une fois ?

La voix de la raison lui souffla qu'il fallait éviter de débuter un échange civilisé dans un avion par *« Je n'habite pas en ville et je transporte l'urne funéraire de ma femme de ménage mexicaine dans le sac à côté du vôtre. »*

« La nature, je connais, dit-elle donc maladroitement. Je tiens un safari dans les Everglades.

— Nooon ? Avec les airboats, les alligators, les pythons, tout ça ?

— Oui. Les pythons sont un vrai problème pour l'écosystème. Ils viennent de Birmanie et se sont installés là et mangent toutes les espèces natives. »

Elle faisait rarement des phrases aussi longues avec des étrangers. Fallait-il qu'elle plane à quinze mille.

On aurait dit Domingo clamant son speech par-dessus le bruit de l'hélice.

La fille en rose frissonna.

« Il paraît qu'on a le droit de les tuer ?

— Oui, sur les propriétés privées. Pas besoin de permis de chasse pour ça.

— Ça vous est déjà arrivé ?

— Pas moi personnellement, mais mes employés, quelques fois. »

Elle se rappelait le spécimen de quatre mètres que Domingo et Oleg avaient tiré jusqu'au ponton, sillage mort mais encore ondulant de l'hydroglisseur. Les services vétérinaires étaient venus récupérer le reptile. Des pythons, il y en avait certes beaucoup trop, mais des si gros, pas tant que ça. Des échantillons de peau iraient à des institutions variées et le squelette serait un outil d'études, avaient-ils dit. L'équipe du Safari ne savait pas trop pourquoi. Un gros serpent était un gros serpent, point.

« Enfin, il paraît qu'on a prélevé un millier de pythons, mais ça représente quoi, dix pour cent ? » conclut-elle. La voix de Domingo sortait de sa bouche. La fille en rose ouvrait des yeux ronds. C'était gratifiant d'avoir un auditoire intéressé, se dit Mama Cass.

Après son amour pour les baskets, c'était là la Deuxième Révélation de sa retraite funéraire qui illuminerait sa vie.

21

Durant le voyage, Mama Cass avait déroulé son grand exposé sur la faune et la flore des Everglades – elle avait été aussi intarissable que les cascades du Moulin du Diable à Gainsville. C'était certainement une façon de rester chez elle et de repousser ce moment où, par un formidable phénomène spatio-temporel, elle poserait sa Nike Dunk sur une planète inconnue.

La fille en rose avait descendu deux mignonnettes de vodka et un paquet de Pringles en l'écoutant avec application. On aurait dit qu'elle absorbait tout ce qui lui était possible d'absorber, autant en alcool et en graisses saturées qu'en données géographiques et animalières. Que l'heure quarante de vol comptait.

À l'atterrissage à Cancún, Mama Cass ne savait rien de sa voisine, et le Xanax ne faisait plus effet, si bien qu'elle n'avait qu'une envie, boire un litre d'eau et se réfugier dans le mutisme. Et puis elle avait mal à l'oreille. L'altitude avait dû faire enfler son lobe comme une tique gorgée de sang, elle n'osait pas y porter les doigts, ça la dégoûtait.

« Bon séjour », lança-t-elle en récupérant son bagage à main, vaguement honteuse de ne pas s'être intéressée à la fille – comment s'appelait-elle déjà ? Elle ne savait plus. Elle avait faim, soif, envie de dormir, et faute de pouvoir satisfaire aucun de ces besoins, son cerveau avait opté pour une angoisse nauséeuse qui, maintenant qu'elle était retombée sur terre, lui donnait l'impression de peser une tonne. La magie légère du vol s'était dissoute dans l'odeur de plastique qui s'échappait des filtres à air.

Les gens avaient l'air si pressé, à rester debout dans l'étroit corridor alors que les portes mettaient un temps fou à s'ouvrir. Trois ou quatre personnes la séparaient maintenant de la fille en rose, et Mama Cass en éprouva un étrange regret, non, vraiment, elle aurait dû être plus aimable avec elle, faire ce que font les gens normaux, échanger. Elle l'attendrait à la sortie de la cabine, allez. Pourquoi était-ce d'un coup si important pour elle d'être sympathique – ou du moins, de donner l'impression de l'être à une parfaite inconnue ?

C'était peut-être vrai, ce qu'on voyait dans les *feel-good movies*, une parenthèse dans les airs pouvait créer des liens, en tout cas ça devait avoir quelque chose à voir avec le syndrome du survivant, se dit-elle en tirant sa valise à roulettes entre les sièges quand la colonne finit par s'ébranler.

À la sortie, la fille en rose avait des lunettes hublot sur le nez et l'oreille collée au téléphone. Elle passa devant elle sans la voir.

Mama Cass haussa intérieurement les épaules. Une bimbo comme une autre.

À première vue, Cancún n'était pas différent de Miami. Les mêmes palmiers, le même ciel turquoise, la même chaleur humide qui vous tombait dessus comme du béton fumant dégringolant d'un camion benne.

Les gens aussi étaient les mêmes. La Floride était peuplée par un quart d'Hispaniques – d'ailleurs, quand une vendeuse vous offrait son aide dans un magasin, c'était, par défaut, en espagnol, ce qui agaçait Mama Cass. Non, elle n'était pas xénophobe, raciste ni rien, mais tout de même.

S'extirpant du flot des voyageurs en se servant de sa valise à roulettes comme d'un pare-buffle, elle se sentit donc un peu rassurée quand elle déboula sur le parking. Là, un van devait l'attendre, avec son nom sur le pare-brise : *Miss Elliot.* Oleg avait tout organisé, et il lui avait promis de ne pas lui faire de crasse, du genre *Mama Cass* écrit en violet sur un combi Volkswagen à fleurs.

Elle aurait peut-être préféré, se dit-elle en avisant le panneau sur l'élégant minibus Mercedes noir. Elle eut l'impression de se rendre aux obsèques de Richard Nixon habillée comme une plouc.

Miss Cassie Elliot. Mon Dieu. Pourvu qu'il n'y ait pas un fan des Mamas and Papas à l'aéroport de Cancún, sinon il était bon pour se retrouver sur le divan d'un psy à traiter un syndrome Elvis – Oleg lui avait appris que 7 % des gens croyaient que le King n'était pas mort. Bref.

Tout ce que la Mama Cass des Everglades souhaitait à cet instant précis, c'est que le chauffeur ne parle pas anglais. Tulum était à cent trente kilomètres, il y en avait pour deux heures de route, elle avait besoin de se recentrer. Il lui sourit, un homme sans âge, aussi petit qu'Oleg, mais deux fois plus large. Pantalon noir, chemise blanche impeccable, la totale.

En s'approchant, il sentait le frais. Elle se sentait suer dans son survêtement.

Pourquoi n'avait-elle pas plutôt loué une bagnole ? se demanda-t-elle une nouvelle fois en laissant l'homme enfourner son maigre bagage dans le vaste coffre. Eh bien parce que depuis trente ans qu'elle avait le permis de conduire, elle n'avait jamais roulé que sur Tamiami Road et l'Interstate 75, et qu'elle n'était pas fichue de se servir d'un GPS. À tous les coups, elle se serait retrouvée au Texas.

« Tulum ? La Veleta ? » lui demanda sommairement le chauffeur souriant. Il voulut la débarrasser de son sac en le lui désignant du doigt – « *bolso ?* » Elle secoua la tête, soulagée : non, il ne parlait pas anglais.

Et Soledad resterait sur la banquette arrière, avec elle. Elle sentit le poids de l'urne heurter sa cuisse quand elle grimpa dans le van. *N'oublie pas pour qui tu es là. Oublie ton petit égoïsme de bourgeoise américaine.*

Alors qu'elle faisait coulisser la portière, elle perçut un mouvement à travers la vitre fumée, une paire de jambes qui moulinait, un chapeau, des roulettes sur le béton.

« Cassie ! »

Mais qu'est-ce que...

La fille en rose la poursuivait.

« Quelqu'un devait m'attendre, mais il a un empêchement, je crois. On partage la course ? »

Ça avait commencé comme ça. Comment dire non ?

On en était maintenant à peu près à la moitié du trajet – « *Playa Del Carmen* » avait jovialement annoncé le chauffeur en tendant son bras sur la droite – et la fille en rose avait bien rattrapé son retard en matière de discussion.

Son débit de parole était aussi tendu que la route entre Cancún et Tulum, et Mama Cass mobilisait à grand-peine toutes ses capacités d'écoute. La voiture n'avait pas changé de vitesse depuis que le chauffeur avait passé la cinquième en s'élançant hors de la zone aéroportuaire, le défilé lénifiant des palmiers à travers la vitre l'entraînait sûrement vers le gouffre du sommeil, et la petite musique de Viva aurait pu shooter un alligator de quatre cents kilos.

Viva. Ce ne pouvait pas être son vrai prénom, se répétait Mama Cass en se pinçant la cuisse régulièrement pour tenir le coup. Elle s'en faisait une sorte de mantra du matin – elle avait essayé la méditation bouddhiste devant sa télé, quelque temps.

Mon esprit est clair.

Je suis détendue.
Je suis calme.
Je suis patiente.
Ma journée se déroule avec aisance et grâce.
Je suis ouverte et j'accueille de belles choses.
J'apporte de la joie à tout ce qui m'entoure.
J'apporte de la lumière partout avec moi.
J'ai une influence positive sur le monde.
L'Univers veille sur moi.
Elle s'appelle Viva.
Viva, ça peut pas être son vrai prénom.

« … du coup elle m'a dit que ce serait du sans solde, mais j'ai quand même pris ma semaine, si j'avais su, je me serais mise à l'assurance, j'ai des collègues qui se gênent pas… »

Mama Cass essayait de recaler ses globes oculaires dans ses orbites, entendant comme un bruit de grelot chaque fois qu'elle hochait la tête. Après son grand oral sur la faune et la flore des Everglades dans l'avion, elle s'était poliment réduite à ça : hocher la tête régulièrement.

Il était actuellement question du congé que Viva avait dû prendre chez Victoria's Secret, où elle était vendeuse. Parfois, le monde se remettait à tourner rond. Viva, blonde, bronzée, taille haricot vert, Victoria's Secret. Simple.

Viva allait rejoindre son copain à Tulum, il avait une maison là-bas, *« sur la Costera »*. Mama Cass se demandait bien quelle utilité on pouvait avoir d'une résidence secondaire dans un endroit qui devait ressembler en tout point à celui où l'on habitait – en l'occurrence, Miami Beach, avait dit Viva.

« C'est le patron de la boîte de nuit où je travaillais avant, j'étais *bottle-girl*, je faisais les parades tu vois, avec les petits feux d'artifice dans le champagne ? »

Non, Mama Cass ne voyait pas. Mais elle hocha la tête.

« Je bookais des tables, tout ça. Tu sais, les tables à cinq mille dollars ? »

Non, Mama Cass ne savait pas non plus. Mais elle hocha encore la tête.

« Mais j'ai dû arrêter, je suis trop vieille, grimaça-t-elle. Les talons hauts m'ont fusillé les pieds, je me retrouve avec un *hallux valgus*, du coup. »

Elle désigna ses New Balance avec une moue toute mignonne. *Trop vieille ?* Mais quel âge avait cette fille ? À vue de nez, on lui aurait donné vingt-cinq ans, mais la lumière crue qui lui tombait dessus à travers le pare-brise éclairait quelques détails qu'elle s'évertuait à couvrir. Sous le fond de teint dilué par le soleil, des ridules froissaient le contour de sa bouche, le gloss s'y était échappé. Un pli plus profond suivait un temps la branche de ses lunettes Dior, puis s'esquivait sur la tempe.

Viva avait ôté sa veste, et Mama Cass supposa que les nichons qui pointaient sous le débardeur crème n'étaient pas d'origine – à Miami Beach, ils l'étaient rarement.

« Victoria's Secret, c'est pas mal, du coup, comme reconversion, disait Viva, l'air assuré. On a 15 % sur le magasin, toute l'année, et y a des jolies choses, c'est vrai, hein ? »

Oui, ça, Mama Cass le savait, c'était difficile de l'ignorer quand on tombait sur les chaînes people à la télé, où les sœurs Kardashian et assimilées se baladaient avec un simple élastique en strass en guise de soutien-gorge. Ça ne la gênait pas, elle n'était pas jalouse. Le quotidien était plus simple pour certaines femmes que pour d'autres, c'était comme ça. Et il devait l'être pour Viva, son 90C et sa taille 34.

Mama Cass hocha la tête. Elle se faisait l'effet d'un chat porte-bonheur japonais, avec sa patte qui se balançait de haut en bas.

« Bon, moi j'aime plus trop les trucs avec des lacets partout, continuait Viva. Avec le temps, j'aime de plus en plus la soie ; le flou, c'est plus classe. »

À qui le dis-tu ? Mama Cass tira sur le tee-shirt qui dépassait de sa veste de survêtement.

« Et puis, du coup, avec Miguel, on a des vies autonomes, tu vois. Chacun son job. Être l'un sur l'autre sans arrêt, c'est pas bon pour les couples. »

Viva avait laissé la fin de sa phrase grimper légèrement dans les aigus, ce qui lui donnait un ton interrogatif. Le furtif coup d'œil de côté sous la branche en écaille siglée invitait aussi à la confidence.

Mama Cass n'avait rien à répondre, alors elle hocha la tête. Épuisée. Où était cet hôtel-boutique ? Dehors, les palmiers et les voitures défilaient toujours à la même allure.

« Tu as vu, ton oreille est rouge », se ravisa Viva en renfonçant ses lunettes sur son petit nez.

Mama Cass opina du chef – non, elle n'avait pas vu, préférait ne pas voir, elle espérait juste ne pas avoir oublié de mettre son paracétamol dans sa valise, le Mexique était quand même très réputé pour ses contrefaçons de médicaments.

« Bref, du coup qu'est-ce que je voulais dire, Miguel répond pas au téléphone, mais il bosse tout le temps, même ici, il monte une boîte, Tulum ça devient super branché depuis quelques années. Mais bon, heureusement j'ai la clé. »

Elle l'extirpa de son sac, la tournant dans tous les sens avec un grand sourire égrenant ses dents trop blanches, comme si elle voulait prouver qu'elle n'était pas ce qu'on appelait en Floride une *gold-digger* – une michetonneuse.

« Et toi, du coup, tu viens en vacances ? Un club, un truc comme ça ? »

Viva aimait bien dire « du coup », nota Mama Cass, se demandant quelle réponse elle allait lui inventer, et de quel genre de club elle parlait. Elle serra son sac contre son mollet.

« Je vais visiter de la famille », dit-elle.

22

À première vue, Tulum était un mix improbable entre les quartiers résidentiels de Coconut Grove et les recoins coupe-gorge de Little Haïti.

De toute sa vie Mama Cass n'avait jamais débarqué dans une ville qu'elle ne connaissait pas. En presque cinquante ans, elle n'avait jamais éprouvé l'exaltation de la découverte. Jamais oublié la fatigue d'un voyage, jamais effacé les kilomètres parcourus, jamais remis le sommeil à demain ni les pendules à l'heure.

Maman avait bien dû lui raconter les éclosions magiques de San Bernardino, Las Vegas ou Albuquerque sur la Route 66, elle ne s'en souvenait pas bien, il faudrait qu'elle se remémore ses mots, la couleur de son regard lorsqu'elle évoquait son voyage. Parce que elle, à cet instant où elle atteignait son but géographique, ne ressentait qu'un formidable inconfort. C'était physique. Ses os lui semblaient avoir été coulés dans le béton, le Mexique réclamait sa livre de chair. Elle avait mal partout. Comme si elle avait été trimballée dans un sac. C'était psychologique. Le long transit l'avait menée à sa propre absence. Loin de chez elle, Mama Cass n'avait plus d'autre valeur que son poids sur une terre inconnue.

C'était elle, dans l'urne funéraire.

Le van finit par rétrograder après cent trente kilomètres de ligne droite et virer dans ce qui semblait être la rue principale, une large artère à quatre voies bordée de restaurants colorés et de petites boutiques dont les cintres frémissaient au vent dans des envols de macramé, blanc, beige, grège. De là se perdaient des ruelles plus ou moins sombres dont on ne voyait pas le bout.

« Moi, je vais un peu plus haut, sur la Costera, c'est la route côtière dans la zone hôtelière, expliqua Viva. Du coup, on va te déposer avant. »

La fille en rose avait pris les commandes. Repliée dans son survêtement noir, Mama Cass la voyait tapoter l'épaule du chauffeur qui n'avait pas prononcé un mot depuis Cancún, lui répétant « La-Veleta-la-Costera » au milieu d'une logorrhée hispanisante.

Puis, sur les indications de Viva, la voiture s'engagea sur un chemin pierreux, cahotant paresseusement, ce qui acheva d'anéantir son oreille interne. Luttant contre la nausée, Mama Cass ferma les yeux sur un paysage postapocalyptique de bâtiments en pièces – des colonnes par-ci, des balcons par-là et des terrasses un peu partout – et lorsque le roulis cessa elle ne s'en aperçut pas, misérablement concentrée sur le ronron du moteur. Elle avait la tête à l'envers, débarquait à ses antipodes sans que la moindre pellicule d'atmosphère lui maintienne les pieds au sol. Le Yucatán était une péninsule, comme la Floride, mais la Floride était grande, elle tenait solidement à la terre, alors que la presqu'île où était planté le Quintana Roo lui semblait flotter comme un vieux bout de bois prêt à se détacher et à l'emporter là où personne ne la retrouverait jamais.

« Ils construisent beaucoup par ici », fit la voix flûtée de la fille en rose.

Alors c'était ça. Des constructions. Pas les ravages d'une guerre civile.

« Il est mignon, ton hôtel, ajouta Viva.

— Ma valise », articula Mama Cass. Elle fit coulisser la portière avec une force qui lui parut herculéenne, bouscula Soledad en fouillant dans son sac et tendit au chauffeur une liasse de billets qu'elle avait rangés dans une enveloppe marquée « Trajet Cancún-Tulum » et s'éjecta de la voiture sans répondre aux protestations de Viva – « On avait dit qu'on ferait la moitié ! »

« Au revoir », dit-elle à la cantonade, et, à bout de nerfs et de fatigue, elle se précipita vers l'entrée.

Un sentiment de tristesse écrasant lui dégringolait dessus, comme les murs de pluie des Everglades évaporées du monde.

« C'est joli. La chambre est jolie. Ne vous inquiétez pas, toi et les autres.

— Mais on ne s'inquiète pas, Mama. »

Elle avait avalé un petit cachet, se disant que ça ne devrait pas devenir une habitude, pris une douche, allumé la télé sur Anderson Cooper. Le présentateur de CNN, si familier, si classe avec ses cheveux blancs et ses lunettes rectangles, les élections de mi-mandat dans l'Ohio et le Dow Jones à moins 0,18 % combinés aux molécules de l'anxiolytique, la faisaient se sentir mieux.

Elle n'aurait jamais osé avouer à Oleg que par-dessus le marché, elle s'était flanqué la couette du lit double sur la tête. Assise en tailleur sur le matelas, elle avait considérablement rétréci ses perspectives mexicaines en se focalisant sur CNN et les soucis géopolitiques de son pays. Une enclave américaine sous une toile de tente.

Mais oui, pour ce qu'elle en avait vu en sortant de la salle de bains, la chambre était jolie. Spacieuse, claire avec sa literie blanche, très continentale. Évidemment, ses préjugés l'avaient préparée à une espèce de fatras multicolore de cotons surbrodés – et pourquoi pas des piñatas accrochées partout, idiote, s'était-elle dit en se frottant énergiquement le crâne avec sa serviette pour se remettre à l'endroit.

« Un rez-de-jardin au bord d'une piscine, décrivit-elle. Il y a même une balancelle en osier accrochée au plafond de la terrasse. Comme une espèce de cocon. Avec des coussins.

— Waouh, madame est une princesse. Envoie-moi un selfie.

— Si je m'assieds là-dedans, Oleg, on retrouve mon corps dans quinze jours. À supposer que le bâtiment ne s'écroule pas directement. »

Il ne rit pas. Il ne riait pas aux mauvaises plaisanteries qu'elle s'infligeait.

« J'ai jamais dormi à l'hôtel, dit-il. Jamais de ma vie. Tu te rends compte ?

— Moi non plus.

— Même pas un motel en bord de route. Des fois quand je passe devant le Baymont à Homestead, je me dis que je devrais essayer. C'est que cinquante dollars la nuit.

— Pour quoi faire ? Un motel à côté de chez toi.

— Pour dormir au motel.

— Ah. »

Elle resserra la couette autour d'elle, avisa le plateau de courtoisie posé sur la commode, à côté de la télévision où flashaient les habituelles pubs immondes pour les burgers et pizzas de chez Cheesecake Factory – qui servait à peu près toutes les saloperies possibles en dehors des cheesecakes, bougonnait-elle lorsqu'elle était dans son état normal.

« Je peux même me faire du café ou du thé dans ma chambre.

— Waouh. (Il siffla.) Et qu'est-ce que tu vas manger ? Le ceviche, c'est super. Il paraît que la bouffe est pas chère du tout, au Mexique. Tu vas visiter, un peu, ce soir ?

— Soledad n'a pas laissé tout cet argent pour que je fasse du tourisme, Oleg. D'ailleurs, je ne l'ai pas utilisé pour payer le billet d'avion, et je ne vais pas profiter du voyage pour m'attabler au restaurant et visiter les ruines locales. Et du ceviche, on en a mangé dix mille fois en Floride. C'est pas parce qu'on change de pays que les choses deviennent nouvelles.

— Question con, tu vas en faire quoi de l'argent, alors ? Garder les billets dans l'enveloppe en souvenir ? Elle serait contente, Soledad, de savoir qu'elle a économisé tout ça pour rien.

— Pas pour rien, elle va s'offrir un bel endroit au cimetière de Tulum.

— Tu es allée voir ?

— Je viens d'arriver, Oleg. Et il est plus de huit heures du soir, puisqu'il y a Anderson Cooper dans ma télé. Pas de cimetière aujourd'hui. Je vais me faire livrer un truc à manger. J'ai sommeil.

— Bon courage, les Mexicains, c'est pas des rapides. Tu auras ton dîner pour le petit déj. Sors donc faire un tour. Je suis sûre que ta femme de ménage t'a envoyée ici pour que tu découvres son pays, alors si tu ne le fais pas pour toi, fais-le pour elle. »

Mama Cass releva le coin de la couette, regardant sur la table de nuit, à côté de la petite lampe en verre dépoli, l'urne blanche à liseré doré. Elle était contrariée, car les lignes de la fine marbrure du couvercle étaient légèrement décalées par rapport au reste.

Hier soir, elle avait suivi les conseils du croque-mort, de peur que Soledad ne se déverse en vrac dans son sac à main. Elle avait acheté de l'adhésif double face spécial miroir, et, sans respirer, avait soulevé le couvercle de quelques millimètres pour en glisser deux petits bouts dessous, chaussant ses lunettes pour viser, puis appuyant bien.

Ensuite, elle avait décidé de ne plus se souvenir de ce moment idiot, morbide, inconvenant, de toute sa vie.

Mais les rayures n'étaient pas droites.

« Qu'est-ce qu'ils t'ont demandé, à la douane ? s'enquit Oleg avec cette clairvoyance qui ne la surprenait même plus.

— Rien, juste les papiers des pompes funèbres. J'avais peur que le type ne me demande d'ouvrir la boîte, pour vérifier. Elle est collée.

— Pour vérifier ? Tu croyais qu'il allait s'en frotter les gencives ? s'esclaffa Oleg.

— Idiot. »

Elle savait qu'Oleg était sincèrement curieux de tout, et que tout un tas de questions allaient suivre sur son parcours à l'aéroport. Et elle n'avait aucune envie de lui en décrire les étapes. Tout, là-bas, n'avait été qu'un insupportable malaise. Le monde, les files d'attente, le bruit des caisses en plastique dans lesquelles il fallait déposer ses affaires, à la chaîne, allez, allez, les chaussures qu'on devait enlever, puis remettre en trébuchant, vite, vite, et entre-temps cette cabine dans laquelle il fallait bien positionner les pieds, lever les bras comme dans une prise d'otage. On voyait à travers vos vêtements, là-dedans, et Mama Cass s'imaginait les agents se foutre de sa gueule.

Ce qui l'avait effrayée par-dessus tout, et elle semblait bien la seule à l'être, c'était la fantastique docilité des gens. Elle n'avait jamais vu ça ailleurs.

Alors elle faisait comme pour l'histoire du Scotch double face, elle tâchait d'oublier.

Si seulement les rayures étaient droites, tout serait plus facile.

« Vous avez eu du monde ? coupa-t-elle donc court.

— Où ça, au Safari ?

— Non, chez ta mère. Mais oui, au Safari. »

Oleg riait et même si on se trouvait à un millier de kilomètres, cette espèce de hoquet grinçant qu'on aurait plutôt cru sorti du gosier d'une mouette était immuable. Mama Cass eut un sourire, le premier depuis au moins vingt-quatre heures.

Oui, il y avait eu du monde, comme d'habitude, il n'avait pas plu une goutte et le neveu de Domingo avait fait son job avec le sérieux d'un agent fédéral de l'administration fiscale. Il ne barboterait rien dans la caisse, et puis quoi d'ailleurs, les billets de un dollar que les gens glissaient dans le bocal en guise de pourboire, pour le reste tout le monde ou presque payait en carte bancaire, elle l'avait oublié ?

Senior n'était pas mort, un iguane vert de quatre-vingts centimètres avait passé la journée sur le ponton sans bouger d'une patte, agitant les pans de peau lâche de son cou à l'arrivée des touristes, si bien que le neveu de Domingo s'amusait à lancer le refrain de la *Macarena* sur ses mini haut-parleurs chaque fois que l'animal battait des fanons. Cet imbécile.

Bref, en son absence, tout le monde rigolait bien, se renfrogna Mama Cass sous sa tente. Et quoi ? Elle aurait préféré qu'on lui dise que la foudre était tombée sur la maison ? En un sens, oui. Cela aurait consacré un Janus en elle. Le dieu des commencements et des fins. Mais aussi des portes et des passages…

« Il faut que je te laisse, lâcha-t-elle. Je vais sortir manger quelque chose.

— Ah ? Oui, c'est bien. Demain, qu'est-ce que tu vas faire ?

— Aller à la mairie. »

Au moins, elle serait à sa tâche, se dit-elle après avoir raccroché. Elle serra les dents en enfilant un survêtement propre, accrochant son oreille au passage. Quand avait-elle pris son paracétamol ? Il y a deux heures ? C'était trop tôt pour en avaler un autre, et elle avait l'impression toxique d'être une pharmacie ambulante. Mais il lui fallait quelque chose pour faire désenfler ce truc. Elle avait à peine osé jeter un coup d'œil dans le miroir de la salle de bains, en combien de temps dégonflait-on après un voyage en avion ? Ses chevilles étaient de vrais poteaux. De l'ibuprofène, ce serait mieux, il y avait de l'anti-inflammatoire dedans, non ?

Elle n'en avait pas. Il lui fallait trouver une pharmacie avec des médicaments non frelatés. Elle traversa le patio, bizarrement galvanisée par la mission qu'elle avait à accomplir. Cela la replaçait au centre de son monde. Elle avait besoin de gérer pour se sentir normale.

Il ne faisait pas plus chaud qu'en Floride, pas plus humide. Au moins, son corps ne serait pas bouleversé, il semblait se tenir. C'était là la pensée qu'elle avait, lorsqu'elle aperçut un éclat rose fuser d'un cocon en osier et entendit son propre nom, celui qu'elle n'utilisait jamais, fendre l'air bleu marine du crépuscule :

« Cassie ? »

23

Ce n'était pas possible. C'était un film. Cette fille en rose avait été engagée par Oleg pour la suivre.

« Je ne connais pas de… Oleg ? »

Viva montait toujours légèrement dans les aigus à la fin de ses phrases, comme pour poser une question dont elle craignait le ridicule. Mama Cass la regardait, saisie, l'idée la traversant qu'il lui fallait remonter dans sa chambre téléphoner à ce crétin de moustique, là-bas dans les Everglades, mais quelque chose dans l'attitude de la fille en rose la maintenait sur place. Le sentiment de sa propre inconsistance face à ce qui se tramait contre elle lors de ce voyage surréaliste.

« Oleg, répéta-t-elle mécaniquement. Ou quelqu'un du Wild Sun Safari.

— Le Sun Safari ? Là où tu travailles ? »

Viva se laissa retomber dans le cocon en osier, et Mama Cass redressa son sac sur son épaule avec la vague intention de le lui balancer dans les genoux, mais la fille sembla complètement oublier de quoi elle parlait, ses yeux devenus vagues se remplissant d'un flot de mascara noir.

« J'ai pas les clés de la maison, Miguel, il a changé les serrures.

— Pardon ?

— Il a changé les serrures, du coup, j'ai juste dit au chauffeur de me ramener à ton hôtel, j'en avais pas d'autre en tête, là tout de suite, puisque ici j'habite toujours chez Miguel, tu sais. »

Mama Cass secoua la tête, passa d'un pied sur l'autre : « Ça n'existe pas, les gens qui font connaissance dans un avion et qui se retrouvent exactement au même endroit. Sauf dans les films », lâcha-t-elle, atone.

Viva leva sur elle un visage froissé.

« Il ne répond pas au téléphone depuis deux jours, du coup, je pensais qu'il était occupé.

— Qui ça, Oleg ?

— Non, qui, Oleg ? (Viva renifla doucement.) Miguel. Miguel, il ne répond pas au téléphone, il a changé les serrures… Je crois ? »

Et puis, sur ce *do* majeur, elle se replia sur elle-même, en sanglots. D'un coup, la starlette des airs n'avait plus que le petit volume osseux d'une gamine flottant dans un survêtement au logo strassé qu'elle aurait payé avec son argent de poche.

Par réflexe, Mama Cass tendit le bras vers elle, laissant tomber son sac sur son coude. Cette fille ne pouvait pas être aussi bonne actrice, sinon elle ne serait pas employée à la surveiller par un couillon des marais qui vivait chez sa mère.

Il n'y avait pas d'Oleg dans cette histoire. Il y avait un Miguel.

Voilà la première conclusion qui la perturba tout de même – elle n'avait aucune idée de ce qu'il fallait faire en cas de désespoir féminin – aussitôt remplacée par la seconde, *tu vas voir qu'elle va te demander de l'argent.*

Aucune chance qu'elle finance la rupture amoureuse d'une inconnue avec le capital obsèques de sa vieille femme de ménage mexicaine.

Mais elle serait incapable de ne pas faire un geste. Elle n'était pas comme ça. Elle aurait pu recueillir un crapaud-buffle s'il avait agonisé sur son paillasson, alors cette Viva-là, qui à ce moment précis ressemblait à un bébé lamantin, elle ne pouvait pas la laisser complètement démunie.

« Écoute, lui dit-elle donc en s'accroupissant devant le cocon en osier dans lequel s'était recroquevillée la fille en rose. Je peux te prêter ce qui te manque pour passer la nuit dans un petit hôtel, il paraît qu'ici la vie n'est pas chère. Tu y verras plus clair demain matin.

— Hein ? » fit Viva.

Elle bougea dans son cocon, terminant de ruiner son maquillage du dos de la main. Pas possible de se coller autant de trucs sur la figure, se dit Mama Cass, devant l'étalage morveux de noir, de doré et d'orangé qui faisait ressembler la fille en rose à un Picasso sous acide. Elle fouilla dans son sac tombé à terre et en extirpa un paquet de Kleenex mentholés.

« Ça pique, lui fit remarquer Viva après s'être essuyé les yeux. Tu es gentille, tu sais.

— Euh. Non.

— De l'argent, j'en ai un peu, t'en fais pas pour ça. Au pire, ma sœur me fera un PayPal. »

Un PayPal. Évidemment, les gens normaux d'aujourd'hui font des selfies sur Instagram, se parlent sur Twitter, ont des banques en ligne, commandent leurs petites cuillères sur Amazon. Et se font des PayPal. Mama Cass était vraiment larguée loin de chez elle, il fallait qu'elle commence à le reconnaître.

« J'ai pris une chambre ici. Après, je verrai. » Viva se tamponna le visage, chercha à se lever du cocon qui se balança, Mama Cass lui tendit une main secourable. Voilà donc qui était réglé.

« Je crois que je vais tomber dans les pommes, conclut la fille en rose de nouveau debout. Il faut que je mange quelque chose, vite. Je fais ce truc-là, de l'hypoglycémie. Tu allais sortir ? Tu peux m'accompagner du coup ? »

Oh, merde...

« En fait, j'allais acheter de l'ibu... »

Mama Cass s'arrêta. Ferma la bouche. Viva la regardait avec des yeux de panda nain.

« J'ai peur, toute seule », lui dit-elle.

« Franchement, tu aurais dû demander au pharmacien. Si tu veux que je te dise, c'est pas beau à voir. On va y retourner.

— Écoute, Viva, j'ai avalé deux cachets, ça va aller, je veux juste qu'on finisse de manger et dormir. Non ! Ne touche pas, s'il te plaît ! »

Comme piquée par une guêpe, Viva recula vivement ses doigts qui, après un examen rapide, allaient se poser sur le lobe de l'oreille de Mama Cass.

Un taxi cahotant les avait emmenées hors de La Veleta où la nuit n'était trouée que par les flèches des phares, jusqu'à la petite ville goudronnée et scintillante. Le contraste était saisissant. D'un côté, des petits hôtels neufs et chics, comme des oasis de lumière au milieu d'un désert opaque et accidenté, de l'autre une enfilade de lampadaires, de lanternes et de bougies géantes.

Le silence puis le bruit.

Elles étaient remontées à pied sur l'avenue principale, avaient trouvé une officine devant laquelle les gens, malgré l'heure tardive, faisaient la queue sans avoir l'air de souffrir de quoi que ce soit – comme devant une de ces boutiques éphémères à la mode qui éclosent régulièrement en Floride.

Sauf que sur les panneaux publicitaires, il n'était pas question de sacs à main italiens ou de parfums français, mais de Celebex, Prozac, Lipitor, Zoloft, une liste impressionnante de molécules en vente libre dont Mama Cass ignorait pour la plupart les indications.

Deux boîtes achetées, une offerte, les mêmes promos que chez Pizza Hut.

« C'est des vrais ? avait-elle demandé à Viva.

— De quoi, les médocs ? Ben oui. Y a plein de gens qui viennent au Mexique rien que pour ça.

— Pour rapporter des boîtes de Viagra ?

— Ben oui.

— Drôle de tourisme. »

Elle avait eu une pensée pour Soledad, posée sur sa table de nuit, et s'était dit que le sien n'était pas banal non plus.

Curieusement, ça lui était facile de parler avec Viva, elle, la sauvage des marais. Contre toute attente, sa compagnie ne la gênait pas tant que cela. Pourquoi ? Parce que cette fille avait l'âge d'être la sienne ? Parce qu'elle n'était pas très maligne ? C'était un jugement de valeur qui ne l'honorait pas, se dit-elle alors qu'elle regardait

Viva chipoter son assiette de tacos aux crevettes. *Tu la supportes parce que tu la crois inférieure à toi.*

Elle eut une brève bouffée de honte en même temps qu'une remontée de Tabasco. Viva était simplement gentille. Et malheureuse. Dans le cadre coloré et bruyant du restaurant sur lequel elles avaient jeté leur dévolu en sortant de la pharmacie, sa tristesse détonnait.

Viva leva un œil morne sur les mariachis qui venaient lui jouer la sérénade. Il y avait trop de musique, ici, se dit Mama Cass, attendant que ça se termine en mâchant consciencieusement son ceviche. C'était frais, c'était délicieux, il fallait le reconnaître. Meilleur qu'en Floride. Des calamars, du poisson blanc et des crevettes parfaitement épicés, arrosés de citron vert, accompagnés de mangue et d'avocat. Oleg adorerait ça.

Viva glissa un billet aux mariachis et ils changèrent de table. Ouf.

« Alors, ce Miguel ? »

Viva reposa ses couverts, joignant ses mains sur ses genoux comme une petite fille prise en faute. « J'aurais dû le savoir, dit-elle. C'est tout moi, ça. Il ne répond pas au téléphone et quand j'appelle son club on me dit qu'il est occupé. Mais ça fait rien, je lui envoie un SMS pour lui dire que je le retrouve à Tulum, il répond pas non plus, et moi, je viens quand même. Une belle gourde, tiens.

— Et il y avait eu des signes avant-coureurs ?

— Avant-coureurs de quoi ?

— D'une rupture, Viva. Dans son comportement. Il t'avait dit quelque chose ? »

Mama Cass n'aurait jamais cru être capable d'avoir une discussion de ce genre. Elle n'avait aucune expérience en matière de couple. Ses relations amoureuses se résumaient à deux flirts de jeunesse avec des types pas très regardants et à une séance de trampoline avec Oleg.

Comme quoi, à mille kilomètres de chez soi, dans un pays étranger, on se découvrait des ressources inconnues. L'intimité s'installait plus vite.

« Non. Il m'a juste ghostée.

— Ghostée ? »

Qu'est-ce que c'était encore que ça ?

« Plus de message, plus d'appel, plus rien sur les réseaux sociaux. Comme s'il était un fantôme, quoi. Un mec mort ou qui n'a peut-être même jamais existé, du coup tu finis par croire ça. Tu es sur Insta ?

— Non.

— Facebook ?

— Non plus. Ni sur Twitter.

— Ah bon ? »

Viva la regardait comme si elle lui avait avoué avoir vingt-cinq orteils. « Et comment tu fais pour parler aux gens qui habitent loin ?

— Je ne connais personne qui habite loin. Bon, demandons l'addition, j'ai sommeil. Et si tu veux mon avis, ton Miguel est un beau lâche.

— Et moi une belle idiote.

— On peut dire ça comme ça. »

24

La nuit avait été compliquée. Mama Cass avait sombré par bribes, se réveillant brusquement comme si elle sortait de l'eau. Manquerait plus qu'elle fasse de l'apnée du sommeil, s'était-elle dit pour la centième fois au moins – comment pouvait-elle le savoir, qui pouvait le lui dire ? Elle aurait dû aller passer des tests dans un centre du sommeil, mais elle repoussait sans arrêt le projet : à l'hôpital ou hors de chez elle, elle ne réussirait jamais à dormir, alors tu parles d'un test.

Le souffle court, elle s'était demandé où elle était. En presque cinquante ans, elle n'avait jamais dormi ailleurs que dans son lit. Et puis son oreille s'était rappelée à son bon souvenir. Chaque fois qu'elle reposait la tête sur l'oreiller à mémoire de forme, cela lui faisait un mal de chien. Elle s'était levée, avait avalé des ibuprofènes, doutant de leur composition et de leur efficacité, malgré ce que lui avait affirmé… Viva.

Mon Dieu, la journée avait été si longue. Un voyage.

Et maintenant elle connaissait une fille qui s'appelait Viva, elle avait même dîné avec elle et s'était mêlée de sa vie privée. En vingt-quatre heures.

En pleine nuit, debout au milieu de sa chambre mexicaine, elle aurait voulu avoir le refuge de son frigo, son carré de lumière rassurant sur le carrelage blanc. À défaut, elle avait fait fonctionner la machine à thé, en avait bu trois tasses et s'était de nouveau réveillée trois fois pour faire pipi.

À huit heures pétantes, alors qu'elle sortait de la douche, on toqua discrètement à la porte.

« Salut, je savais pas si tu étais réveillée, on va déjeuner ? Ils servent jusqu'à dix heures.

— Viva. »

Sa première réaction aurait dû être de l'agacement et uniquement cela. Elle n'allait pas la lâcher, et ça, ce n'était pas possible. Mais ses sentiments étaient moins tranchés. Cette fille, toute fraîche et souriante dans son petit short en jean et son tee-shirt argenté, était le seul visage connu ici.

« Ensuite, je pensais qu'on pourrait aller se baigner ? Sur la Costera, il y a les plages privées des hôtels dans lesquels on peut entrer, c'est pas cher. »

Il allait tout de même falloir avoir une petite explication.

« Écoute, Viva, je ne peux pas me baigner. Je ne suis pas là pour me baigner. Du tout.

— Pourquoi ? Être à Tulum pour ne pas aller à la plage, c'est un peu… »

Elle ne termina pas sa phrase, comme si elle avait peur d'employer le mot qu'il ne fallait pas – *idiot, débile ?* Mama Cass voyait qu'elle ne voulait pas la fâcher. Probablement parce qu'elle était seule, elle aussi.

« Tu n'as pas pris ton billet retour ?

— Il est pas échangeable, j'ai regardé. Je suis bloquée là jusqu'à la fin de la semaine, alors du coup…

— Je ne vais pas me baigner, Viva. Vraiment pas.

— Pourquoi ? » insista l'autre.

Elle avait remué les jambes, était-elle au bord du caprice ? se demanda Mama Cass.

« Entre », lui dit-elle, résignée. Elle ferma la porte derrière elle, soupira en resserrant son peignoir sur elle. Par où commencer ?

« Bon, Viva. Je ne sais pas nager, et d'une.

— Ah bah ça, on s'en fout, c'est pas fait pour nager, la mer ici ! Juste on barbote et on se fait bronzer.

— Je n'ai pas de maillot de bain, et de deux.

— Pas grave, c'est pas ce qui manque sur la Costera.

— Mais enfin, Viva… (Mama Cass secoua la tête.) Tu m'as vue ? JAMAIS je ne me mettrais en maillot de bain sur une plage.

— Pourquoi ? »

Oh, mon Dieu, la répétition des « pourquoi » était un mécanisme normal chez les enfants de trois ou quatre ans, mais chez une fille de vingt-cinq ans…

Qu'est-ce qui lui manquait donc tant, en dehors de son enfoiré de Miguel, qu'elle ait besoin de combler par des questions incessantes ?

Mama Cass se souvint de l'attention appliquée – assoiffée, même – que Viva avait portée à ses récits dopés sur les Everglades, et se dit que cette espèce de bulle dans laquelle elles se trouvaient toutes les deux lui permettrait de tout absorber – enfin, presque tout.

« Mais parce que je suis grosse ! Et de trois. »

Viva recula comme si elle lui avait soufflé dessus. C'était donc si difficile à entendre, l'aveu d'un complexe, est-ce que cela bousculait l'état du petit monde bling-bling éclos ici, au milieu de la jungle maya ?

Mama Cass s'attendait à une réponse logique, du genre : « Mais pourquoi venir au Mexique alors que tu pourrais prendre des vacances à Seattle où il pleut les trois quarts de l'année et où les gens font de chouettes randonnées en imperméable ? »

Mais Viva dit simplement : « T'es pas si grosse. »

Tiens, une autre Oleg qui refusait de la voir telle qu'elle était.

« Ben non, poursuivait-elle, sûre d'elle. Regarde Lizzo, elle, elle est vraiment grosse, elle est même carrément obèse, et elle chante en body et elle dit que tout le monde doit s'assumer tel qu'il est. »

On aurait dit qu'elle récitait un mantra tiré d'un bouquin du dalaï-lama.

« Je ne sais pas qui est Lizzo.

— La chanteuse noire. Très, très grosse. Elle chante *Juice*, trop bien ! »

Et elle se mit à fredonner un air vaguement disco-dansant qu'effectivement Mama Cass avait déjà entendu. Elle se demandait comment il était possible de caser « noire » et « grosse » dans la même phrase de nos jours.

« Oui, eh bien, elle fait ce qu'elle veut, cette Rizzo.

— Lizzo. Rizzo, c'est la fille dans *Grease*, celle avec les cheveux noirs.

— Oui, assena Mama Cass fatiguée, eh ben, moi, j'en ai marre de tous ces nouveaux diktats. J'ai le droit d'être complexée. Je ne me baignerai pas. Je ne suis pas là pour ça, je te l'ai déjà dit. »

Comment en était-on arrivé à cette improbable discussion matinale ? Viva sembla presque blessée. Peut-être Mama Cass avait-elle parlé trop fort. Cette pauvre fille n'avait vraiment pas besoin de ça en ce moment, se dit-elle.

Alors elle choisit d'avancer son quatrième point, qui, au lieu de toutes les considérations physiques dans lesquelles elle s'était noyée comme une adolescente, aurait dû être le premier.

« Je suis là pour enterrer ma femme de ménage mexicaine. Elle est morte chez moi. Très vieille. Elle m'a laissé de l'argent pour la ramener chez elle. Ici, donc, à Tulum. (Mama Cass tendit un bras vers la table de nuit.) Voilà, elle est là. Soledad. »

Elle se serait attendue à ce qu'une bimbo floridienne qui, comme ses semblables, usait probablement de tous les moyens pour empêcher la vie de filer, pousse un hurlement devant ce qu'il y avait de plus dégoûtant pour elle, la vieillesse et la mort dans une boîte.

Au lieu de cela, après un silence équilibré, Viva s'approcha de l'urne blanche au liseré doré, puis, à distance raisonnable, tendit à son tour le bras, haussant ses sourcils parfaitement épilés.

« Elle est là-dedans, ta femme de ménage ? »

Cette fille était désopilante. Désarçonnée, Mama Cass ôta la serviette qu'elle avait oubliée sur sa tête, grimaça lorsqu'elle effleura son lobe gauche.

« Euh. Oui. Les rayures sont pas droites parce que j'ai glissé du double face sous le… Enfin bref. »

Un nouveau silence. Viva contemplait l'urne, fascinée. Mama Cass se laissa tomber sur le coin du lit.

« Alors tu vois, je ne suis pas là pour me baigner. Aujourd'hui, il faut que j'aille à la mairie, peut-être que je retrouverai sa famille… (Elle soupira.) Et ensuite, je rentre chez moi. Voilà mon séjour au Mexique. »

Viva hochait la tête, regardait l'urne, et Mama Cass ne savait pas par où commencer sa journée. Bon sang, au moins que cette fille sorte de sa chambre, au lieu de rester paralysée devant sa table de nuit, bordel, qu'allait-elle en faire, était-elle au bord d'une crise de tétanie ?

« Je vais avec toi. Je vais t'aider. Je parle un peu espagnol. »

Viva avait enfin bougé, elle semblait même franchement vivante.

« Quoi ? souffla Mama Cass.

— Je la trouve belle, ton histoire. »

25

Tulum était bien autre chose qu'un paradis balnéaire en stuc sur lequel les hippies chics en recherche de zénitude avaient jeté leur tapis de yoga après avoir épuisé tous les spots des côtes caraïbes de Punta Cana à Montego Bay.

Tulum, c'était avant tout une cité maya dont le nom signifiait « barrière », ses murailles abritant cinq temples et étant dominées par un *castillo* ayant longtemps repoussé les peuples ennemis, jusqu'aux conquistadors espagnols.

Mais les barrières étaient maintenant parmi les ruines les plus parcourues des voyagistes, on faisait du kitesurf sous le *castillo*, et la ville en perpétuelle évolution essayait tant bien que mal de conserver une identité architecturale.

En témoignait la mairie, une bâtisse toute de peinture blanche et de pierres rousses, édifiée sur une place plantée de statuettes dont on ignorait si elles étaient réellement anciennes ou de simples artefacts.

Et derrière le comptoir, la première objection à l'imaginaire patrimonial des touristes :

« Ça va être difficile de retrouver une trace de Mme Soledad Arroyo, la municipalité n'existe que depuis 2008. »

Voilà quel était le résultat de l'addition du produit d'un carrefour touristique à une population locale flottante : il n'y a pas plus de dix ans, Tulum n'était qu'une utopie autour d'une pyramide en ruines.

Et donc, Soledad ne pouvait y être née il y a soixante-quinze ans.

« Du moins, pas officiellement. Pas dans nos papiers. »

L'employée de mairie, serviable et intéressée, était tout le contraire de la fille plastifiée et antipathique à laquelle Mama Cass avait eu affaire à Homestead. Et, comme sa ville, elle était elle-même un contraste, c'était une petite femme cubique aux traits obliques encadrés de tresses noires, telles qu'on les voyait sur les photos des magazines de géographie, mais parlant parfaitement anglais.

Nul besoin de Viva pour traduire, mais sa présence était, sinon d'un réconfort, d'un confort simple pour Mama.

« Zut, alors, fit Viva, à défaut d'être plus utile.

— Vous voulez dire que personne n'habitait ici avant 2008 ?

— *Si, señora*, mais ils étaient tout au long de la Riviera Maya, entre Puerto Morelos et Punta Allen, cela faisait cent trente kilomètres de petits villages. Si elle est née dans une grande ville comme Cancún ou Playa Del Carmen, peut-être vous trouverez trace dans les papiers.

— Elle m'a bien dit Tulum, dit Mama Cass.

— Cancún et Playa, c'est loin, intervint Viva. Elle aurait pas dit Tulum si c'était si loin. »

La petite femme les regarda un moment puis leur fit signe – *venez*. Elle contourna le guichet en chaloupant, puis les fit entrer dans un bureau minuscule où un énorme ventilateur semblait vouloir faire décoller le plafond – des pierres étaient posées sur des piles de documents papillonnant au vent tournant.

Elles furent invitées à s'asseoir, et comme sur une liste que son cerveau devait tenir, Mama Cass nota que les longues mèches blondes de Viva venaient se coller à ses lèvres, et qu'elle les en ôtait sans arrêt par le même geste.

C'était idiot, mais elle était coincée dans une double temporalité : à la fois très impliquée dans la mission qu'elle devait accomplir, et curieusement détachée, son esprit voletant à la recherche de chaque détail sur lequel se poser.

Était-ce cela, l'état de conscience auquel devait s'abandonner le visiteur d'un nouveau pays ? L'observation, presque malgré lui, de chaque chose, son impression dans un coin du cortex, pour pouvoir les dire plus tard, les dire encore, à n'importe quel moment, en faire ressentir toute la substance – comme Maman lorsqu'elle lui racontait sa Route 66.

Pour le moment, perdue entre deux mondes qu'elle ne parvenait pas à stabiliser, elle pensait à la fois qu'aucune administration ne la ferait renoncer à trouver Soledad, et que le gloss était une invention stupide, un piège à cheveux.

« Voyez, dit la petite femme en faisant courir son doigt sur les pages plastifiées d'un classeur qu'elle avait sorti d'un tiroir couinant. Aujourd'hui, il y a 33 374 habitants à Tulum. En 2010, il y en avait 18 233, en 1995, 3 603 et en 1980… seulement 540.

— Mais alors, on en connaissait la population avant que cela ne devienne une ville, objecta Mama Cass.

— On l'a… comment dites-vous ? Comptée ?

— Recensée ! s'exclama Viva.

— Oui, recensée en 1980, lorsqu'on a voulu créer le Parc national Tulum, parce que Cancún devenait très touristique et les touristes venaient visiter les ruines de Tulum et le site archéologique a été… placé sous contrôle fédéral. Pour développer le tourisme, ils ont… intégré des grandes parties de territoire, alors ils ont… compté les habitants. »

La petite femme releva la tête et eut un sourire. Elle avait beau bien maîtriser l'anglais, son travail ne consistait certainement pas à faire des exposés démographiques, avec un vocabulaire particulièrement aride. Contente d'avoir relevé le défi, elle conclut :

« Maintenant, il y a beaucoup d'habitants… à cause du développement de l'activité touristique. La majorité sont des migrants. Nous, les Mayas, nous sommes peu nombreux. Votre amie était-elle maya ? »

Mama Cass réfléchit, convoquant le visage de Soledad, ses petits traits comme de la dentelle, essayant de rajeunir son souvenir. Elle était effilée, ses pommettes étaient… *Oh, bordel, Mama, essaie de te souvenir de celle qui te préparait ton repas il y a trente ans !* Elle était plus grande, alors, elle avait un long cou, des épaules dégagées.

Elle regarda furtivement la petite dame cubique et oblique, en face d'elle, un peu honteuse de ce qu'elle allait dire, de la signification que cela allait avoir pour elle, tous ces préjugés racistes dont on faisait débat à la télévision.

« Non, je ne crois pas, dit-elle en s'éclaircissant la gorge.

— Vous voulez dire qu'elle ne me ressemblait pas ? »

Seigneur, cette gentille dame souriait encore.

« Vous pouvez le dire, vous savez, *señora*, ce n'est pas méchant. Nous, les Mayas, nous ressemblons à des Mayas. Nous sommes petits et larges, pas comme la *señorita* ici, dit-elle en souriant aussi à Viva. Chaque peuple doit être fier, n'est-ce pas ? »

Viva hocha son cou gracile.

Oh, oui. Il y avait donc, quelque part dans le monde, encore des gens comme cette employée de mairie de Tulum, la ville qui n'existait presque pas. Des gens peu prompts à l'offense, qui savaient que l'offense était l'avatar de l'insulte mais que comparaison n'était pas insulte ni offense. Qu'on pouvait se parler sans tourner sept fois sa langue dans sa bouche.

Mama Cass lui rendit son sourire. Dans ce bureau borgne brassé à grand air, elle ne se sentait pas mal. C'était déjà ça.

« Des Arroyo, il y en a beaucoup, dit la petite dame. Mais je peux demander… »

Elle se pencha pour attraper un rolodex – un rolodex, mon Dieu, qui utilisait encore un rolodex ? Elle fit tourner le répertoire, et sous le ventilateur, ce fut comme un envol.

« Je peux demander à quelqu'un de… compter ? (Elle eut un regard interrogateur vers Viva.)

— Recenser, se rengorgea Viva.

— Oui, recenser les Arroyo de la Riviera Maya. C'est une dame vieille qui travaillait ici, avant. Elle aime bien travailler encore. Vous restez combien de temps ?

— Jusqu'à vendredi. Cinq jours, compta Mama Cass.

— Il faudra revenir.

— Quand ? »

Mama Cass eut un flash sur sa table de nuit, l'urne aux liserés dorés, les rayures pas droites. Avait-elle vraiment besoin de rechercher la famille de Soledad ? La vieille femme de ménage mexicaine ne serait-elle pas mieux, à se reposer tout de suite, à l'ombre du cimetière de Tulum ?

Puisque c'était là où elle voulait aller, et puis c'est tout.

« Sinon, pour acheter une concession ? » demanda-t-elle. Mais elle sentait dans sa propre voix le bout du souffle de quelqu'un qui n'est pas convaincu par ce qu'il dit. D'ailleurs, Viva le lui fit bien sentir, qui tourna vers elle d'un bloc sa frêle silhouette.

Tout en elle demandait : pourquoi t'es là, alors ?

Elle était là pour bien autre chose que de déposer une urne dans un caveau. Cela aurait été facile, pour Soledad, de réserver, de payer sa propre tombe sur Internet, tout se faisait sur Internet, maintenant. Mama Cass n'aurait eu qu'à faire le voyage, l'urne dans son sac, deux jours aller-retour et c'était plié.

Non.

Autant d'argent économisé valait autre chose. Un voyage. Une quête. Soledad avait mis une intention, dans cette enveloppe qu'elle remplissait tous les jours. Pour elle, mais aussi pour Mama Cass, la quadra dont elle remplissait le frigo avec l'attention d'une mère.

Pourquoi, allez savoir. L'affection n'a pas d'explication. Est-ce l'habitude, la familiarité ? Pourquoi certains êtres nous touchent plus que d'autres ?

Pourquoi veut-on les sauver ?

Mama Cass ne se posait pas ces questions – croyait-elle.

En sortant de la mairie, elle était dans un drôle d'état. Elle se sentait… elle n'aurait pas su le définir, alors que son pas alourdi par le soleil la menait tête baissée vers le taxi commandé par Viva, qui jacassait comme dans un épisode de *L'Amour du risque* sur ses espadrilles compensées.

Elle se sentait habitée, voilà.

Et rien n'aurait pu l'empêcher de suivre le chemin de Soledad, comme la vieille femme l'avait voulu, en laissant une enveloppe dans le tiroir de Maman.

26

« J'aimerais bien voyager. Un jour, je voyagerai. »

Mama Cass entendait la voix d'Oleg comme s'il était sur la Lune, manquaient plus que les bips et les *wizz* entre ses mots. Comment les Everglades pouvaient-elles s'être autant éloignées ?

En l'entendant, elle avait l'impression de faire quelque chose d'exceptionnel. Elle se disait que c'était, d'une certaine façon, renoncer à une part d'elle-même. Mourir un peu.

« Là où je suis, c'est impossible de s'y retrouver la nuit, dramatisa-t-elle. Pas de lampadaires. Même avec la lumière de mon portable, j'aurais trop peur de me retrouver face à une bestiole.

— Quoi comme bestiole ? »

Oui, quoi comme bestiole ? Quelle bestiole différente des Everglades ?

Mama Cass se tortilla sur le lit où elle était assise en tailleur, fraîche sortie de la douche. Ce soir, pas besoin de toile de tente. La télé était allumée sur une scène symphonique de *Amour, gloire et beauté*, mais c'était là le seul bout de territoire qui restait aux États-Unis d'Amérique.

« Des serpents, dit-elle pauvrement.

— Des serpents ? *Rah*, tu m'aurais dit des dinosaures à trois têtes, j'aurais compati. »

Elle et lui auraient pu réciter toute une liste de serpents avec lesquels il fallait cohabiter en Floride : le southern copperhead avec sa robe camouflage, le cottonmouth qui nageait entre les roseaux, l'eastern coral à rayures très *seventies*, l'eastern diamondback, crotale à triangles gris, le dusky pygmy rattlesnake, le plus commun des serpents venimeux.

C'était comme les rats dans les grandes villes, des espèces endémiques : les serpents, on n'aimait pas tomber dessus, c'est tout, parce qu'un dusky pygmy, avec son nom tout mignon, pouvait, sinon vous expédier *ad patres*, vous faire perdre le doigt qu'il avait mordu – ce qui était arrivé à Domingo, il y a une dizaine d'années.

Alors, dans son milieu naturel peuplé de crotales, de crapauds-buffles et d'alligators, Oleg n'était pas impressionné par un coin de terre plein d'ornières – Mama Cass n'avait qu'à pas sortir la nuit à pied, c'est tout, lui fit-il remarquer.

Elle passa à autre chose, racontant la mairie ce matin, la ville qui n'existait pas à la naissance de Soledad. « On va visiter le cimetière, cet après-midi.

— On ? Qui, on ? »

Là, Oleg était en alerte, bien plus que pour un hypothétique serpent venimeux. Qui l'avait remplacé, en si peu de temps ?

« Une fille que j'ai rencontrée dans l'avion, lui lâcha-t-elle, pas mécontente de la pointe de jalousie qu'elle avait perçue dans sa voix.

— Toi, tu sympathises avec une fille rencontrée dans un avion ?

— Et alors ?

— Et alors ? Je sais pas. Je me demande quelle nouvelle Mama je vais voir rentrer du Mexique. C'est qui, cette fille ? Elle est mexicaine ?

— Non, américaine. C'est une jeune de Miami Beach. Elle s'appelle Viva. Tu vois le genre. Mais elle est gentille. Elle est bloquée ici parce que son mec l'a larguée, alors elle m'aide, pour Soledad.

— C'est bien. Les ruptures, c'est compliqué. »

Et il savait de quoi il parlait, avec ses deux divorces au compteur. En matière de relations amoureuses, ce moustique à qui on n'aurait pas accordé, de prime abord, une réputation de séducteur, avait bien plus d'expérience qu'elle.

« C'est bien pour ça que j'aime le célibat, enchérit-elle.

— Oui, enfin…

— Quoi, oui enfin ?

— C'est bien aussi d'avoir quelqu'un à qui tu racontes ta journée le soir.

— C'est ce que je fais avec toi.

— Tu passes tes journées avec moi, nuance. T'as pas besoin de me les raconter. Question con, Viva, c'est son vrai nom ? T'es sûre qu'elle en veut pas à ton enveloppe, la fille ?

— Oleg. Je ne sais pas si c'est son vrai nom. Et j'ai même cru que c'était toi qui me l'avais envoyée pour me surveiller.

— Quelle idée ! (Il éclata de rire.) Tu me vois organiser une filature ? Y a des matins où je suis même pas foutu de trouver le chemin de mes toilettes, Mama ! »

Elle rit aussi. Quel couillon, celui-là.

« Et non, Viva n'en veut pas à mon enveloppe. Elle a même refusé que je la dépanne le premier soir où elle s'est retrouvée à la rue. Elle a de l'argent, ça va. En parlant de ça, le neveu dealer fait bien son job ?

— Je t'ai dit que oui. Tout va bien. On a eu des grands groupes de voyages organisés, ce matin, ça n'a pas arrêté. Ce sera plus calme cet après-midi, l'orage va nous tomber dessus. Quel temps il fait, à Tulum ?

— Tempête de ciel bleu. Ressenti cinquante degrés. On peut pas faire un pas.

— Va te baigner, tu as une piscine ! »

Lui aussi ? Mais qu'est-ce qu'ils avaient, tous, à ignorer l'évidence ?

Elle l'expédia en bougonnant.

Plutôt le cimetière que la piscine.

Le gardien du *Panteón municipal* était aussi petit et cubique que l'employée de mairie. Il souriait, lui aussi. Mon Dieu, se dit Mama Cass, ces gens étaient-ils donc les plus gentils du monde ? On avait si peu l'habitude de la vraie gentillesse, dans cette nouvelle société, que chaque sourire était suspect.

Malgré ce qu'il était, une nécropole où l'on marchait sur les morts, l'endroit niché entre La Veleta et Tulum Centro n'inclinait pas au désespoir. Les monuments colorés étaient aussi éclatants que les têtes de mort en céramique qu'on vendait partout dans la ville. Mama

Cass reconnut les photos comme surexposées qu'Oleg lui avait montrées sur le Net.

« La mort n'est pas triste, chez nous, dit le gardien. C'est certainement pour cette raison que votre amie a voulu revenir. Les familles mexicaines croient aux âmes qu'il y a ici, alors elles leur apportent des cadeaux, elles se racontent des souvenirs drôles. »

Bien sûr, il faudrait pour cela une famille, se dit Mama Cass en s'arrêtant devant un monument commémoratif auquel on portait visiblement grand soin depuis des années : la peinture turquoise était neuve, combien de couches avait-on passées depuis le 1er juillet 1954, date du décès de l'ancêtre tout en haut d'une liste de Hernandez ? Elle s'appelait Carmela, disait la gravure dorée que l'on devait régulièrement polir.

Mama Cass pensa aux rayures pas droites de l'urne de Soledad et eut honte. Même pas fichue de coller un bout de Scotch double face correctement.

« Mais alors, fit Viva en calant ses lunettes de soleil géantes sur son petit nez. En 1954, la ville n'existait pas mais il y avait un cimetière ? C'est bizarre ? »

Elle avait de la jugeote, la bimbo de Miami Beach, même si son short en macramé et son débardeur rose disaient tout le contraire.

« Oui, rigola le gardien. Tulum s'est construite autour de ruines et d'un cimetière ! »

Mama Cass portait toute son attention sur les motifs mayas qui entouraient les noms des morts, les petites vasques plantées de poinsettias et de soucis éclatants qu'on arrosait régulièrement.

Soledad serait bien, ici.

« Des Arroyo, il y en a derrière, et puis aussi ici, ici et là, dit le gardien en consultant son plan en papier. Ils sont nombreux. »

Il les emmena à sa suite, les sandales compensées de Viva crissant dans les graviers rouges. *À tous les coups, elle va se vautrer sur une tombe*, se dit Mama Cass, mi-inquiète, mi-admirative. Elle se passa le dos de la main sur le front, en essuyant une sueur grasse. Viva, elle, était impeccable. Un de ces fonds de teint matifiants dont on faisait des pubs pleine page dans les magazines.

« Qu'est-ce que tu fais ? » demanda-t-elle à sa jeune acolyte en rose alors qu'elle la voyait sortir son portable de son sac en crochet. Elle n'allait tout de même pas faire un selfie dans un cimetière ?

« Ben, je vais prendre les noms en photo, du coup, fit Viva en désignant un monument devant lequel ils s'étaient arrêtés. Comme ça, on pourra faire des recherches. Avec la dame de la mairie. »

Décidément, cette fille était frappée au coin du bon sens.

Juan Arroyo 1921-1978

Carmen Lopez, épouse Arroyo 1923-1987

Juan José Arroyo…

Il y en avait une vingtaine, comme ça, la plupart des *Juan* quelque chose, deux *Carmen*, une *Guadalupe*, trois *Teresa…* Mama Cass était au bord du malaise. Elle aurait dû prendre une casquette, avec son bermuda kaki, ses tee-shirts et ses Skechers marron, cela aurait parfait son look de touriste plouc. Et son oreille lui faisait un mal de chien.

À cet instant précis, si elle s'était écoutée, elle aurait laissé tout le dossier à Viva. Tiens, voilà l'urne, tu es beaucoup plus dégourdie que moi. Au lieu de cela, elle la suivit péniblement à travers les allées, alors que le gardien conduisait leur maigre cortège, son plan à la main.

« *Aquí*, dit-il en arrivant devant la quatrième tombe d'Arroyo. Peut-être vous trouverez laquelle est sa famille.

— Et sinon ? demanda Viva.

— Sinon vous pourrez acheter une concession pour elle. Mais c'est triste, de reposer seule, non ? »

Ça dépend avec qui, se dit Mama Cass alors qu'elle se traînait derrière les deux autres jusqu'au portail. Si Soledad avait quitté sa famille depuis des décennies, elle avait ses raisons.

Tout ça était un imbroglio…

« Tu sais quoi ? demanda la fille en rose en claquant la portière du taxi jusqu'auquel Mama Cass s'était traînée. On devrait louer une voiture. Parce que, du coup, c'est une enquête, hein. »

27

Elle n'arrivait même pas à intégrer comment elle s'était retrouvée là, en tunique blanche sur un transat d'hôtel de luxe sur la Costera. Avec un énorme pansement sur l'oreille.

« Tu ne veux vraiment pas finir ton homard, du coup ?

— Non, Viva. Mange-le. Les antibiotiques me brassent un peu. Tu es sûre que c'est le même médicament qu'en Amérique ?

— Mais oui ! Je suis venue ici dix fois, je me suis soignée pour un tas de trucs, des migraines, la turista, évidemment, et puis j'ai pris les mêmes médocs que toi parce que je m'étais ouvert le pied sur un rocher. Jamais eu de problème. »

Mama Cass hocha la tête, mais elle aurait volontiers payé trois cents dollars pour une prescription délivrée derrière le comptoir de Walgreens à Homestead. Ces médicaments pas chers, c'était suspect.

Elle observa un silence grimaçant, se retenant de porter la main à son pansement pour vérifier si le médecin mexicain ne l'avait pas carrément amputée. Elle se raisonna, essayant de penser à autre chose – et la première idée qui lui vint fut Viva enfermée dans des toilettes avec la turista, mais elle était inconcevable.

« C'est quand même dingue, fit la jeune femme, la bouche pleine. Une salade de homard à douze dollars. À Miami tu paierais ça dix fois plus cher. »

L'histoire du jour avait commencé sur le coup des trois heures du matin. Mama Cass s'était réveillée en nage, malgré la clim descendue au maximum. Il y avait un truc collant sur son oreiller qui lui avait donné l'impression que sa tête s'en arrachait quand elle l'avait soulevée, serrant les dents sur une douleur fulgurante. Cela sentait mauvais. Elle avait envie de vomir. Son premier réflexe avait été d'appeler Oleg, mais non, qu'aurait-il fait, il était loin. Elle n'était pas bien. Vraiment pas.

Alors, elle avait traversé le couloir, regardant les numéros sur les portes, les larmes aux yeux, incapable de se souvenir de celui de la chambre de Viva.

Elle avait besoin d'être prise en charge. C'est ce qu'elle se répétait, frénétiquement : *besoin d'être prise en charge, d'être prise en charge...*

Le gardien de nuit l'avait regardée d'un air ébahi alors qu'elle arrivait dans le hall, se tenant droite mais le souffle court. « Un médecin, avait-il dit en la prenant par l'épaule. Il faut un médecin.

— La chambre de Viva, vous pouvez me dire ? » avait-elle répondu.

Faites seulement que ce soit son vrai nom. Elle avait besoin de quelqu'un qu'elle connaissait. Même à peine.

« Viva Quinn ? »

Viva *Queen*, entendait-elle, essayant de rassembler ses idées. C'était une blague ? Personne, en dehors d'une danseuse nue à Las Vegas, ne pouvait s'appeler *Viva Queen*. Elle devait délirer. Et tout de suite après Viva était là, un masque de sommeil argenté remonté sur ses cheveux en pagaille, les yeux nus, les lèvres enduites d'une épaisse couche de pommade.

Viva avait enfilé un survêtement rose et appelé un taxi : « On va aux *urgencias* », avait-elle lancé.

Et elle l'avait emmenée au Centro médico Maranatha, une enseigne rouge sur un bâtiment blanc qui clignoterait longtemps dans sa tête, c'était la première fois de sa vie qu'elle se sentait mourir.

De là-bas, en revanche, elle n'avait que des souvenirs vagues, une infirmière qui grimaçait sur son oreille, un médecin en blouse blanche, la sensation d'une piqûre dans le bras, d'une autre, noyée dans la douleur, dans le lobe. Et puis le bruit métallique d'un scalpel dans une bassine, et finalement, une sorte de fil dentaire en plastique que le jeune homme approchait de son visage. Elle avait fermé les yeux.

Le reste, elle ne voulait pas le savoir.

Sauf que Viva, avec son petit visage nu et chiffonné, était restée avec elle tout du long. Alors quand elle lui avait intimé, ce midi : « Il faut te reposer, il a dit, le docteur, du coup, on va aller se poser sur des transats, et on commencera notre enquête demain », elle n'avait pu que hocher la tête.

Il fallait avouer qu'elle n'était pas mal. La tunique de coton blanc que Viva l'avait poussée à acheter dans une petite boutique sur la rue côtière était légère comme tout.

Le maillot de bain, elle n'avait pas voulu, n'exagérons rien. Elle avait les pieds nus, ce qui n'était pas son spectacle préféré, mais l'air qui passait entre ses orteils… eh bien, c'était agréable.

Elle jeta un regard paresseux sur les ongles de Viva, laqués de bleu piscine au bout d'un pied délié et bronzé, et recroquevilla ses doigts de pied boudinés comme les saucisses italiennes sous Cellophane de Publix.

Viva avait un piercing au nombril, évidemment, un tatouage tribal sur les reins, évidemment.

« Tu sais ce que ça veut dire, au moins, lui demanda-t-elle. Ton tatouage ?

— Ça veut dire *Force avec toi.*

— Tu es sûre ?

— Ben oui. Le mec qui me l'a fait me l'a dit.

— Où ça ? À Miami ?

— Ouais.

— Donc ce n'était pas chez les Maoris de Nouvelle-Zélande ?

— Ben non. »

Pourquoi, même pleine de reconnaissance pour Viva, se sentait-elle obligée d'être ironique ? C'était une sorte de défense, pour elle, devant le corps parfait et le mini-maillot doré de la jeune femme.

« Et quand tu seras vieille, tu ne vas pas regretter ? Ce sera tout fripé.

— Je suis pas vieille, pour le moment, Cassie. Alors je m'en fous. S'il fallait tout faire en réfléchissant à ce que ça deviendra plus tard, on ferait plus rien. »

Cassie. Cela faisait si longtemps qu'on ne l'appelait pas par son prénom.

« Personne m'appelle comme ça », lâcha-t-elle en fixant les rayures du parasol. On entendait des cris d'enfants, mais ils lui paraissaient aussi loin que si elle avait allumé la télé en sourdine.

De la musique, aussi, sortant avec une cacophonie hypnotique des enceintes portatives que trimballaient la plupart de leurs voisins de plage.

Une espèce de petite tractopelle avait repoussé les sargasses sur les côtés d'une prairie de sable blanc peigné par les balais des employés sous leurs chapeaux de paille. Les algues, une vraie plaie ici quand elles apparaissaient du jour au lendemain, dégageaient une lointaine odeur soufrée dont il fallait vite débarrasser les touristes.

Au-delà, la mer caraïbe était d'un vert très clair. C'était beau.

Mama Cass ferma les yeux, pour capturer tout ça. Elle n'était pas encore prête à rester tout à fait éveillée devant un paysage inconnu.

« On t'appelle comment, du coup ?

— Mama Cass.

— Ah. Tes enfants t'appellent comme ça.

— J'ai pas d'enfants. »

Mama Cass sentit au petit vent de son parfum sucré que Viva tournait la tête vers elle. Elle connaissait son histoire avortée avec ce Miguel, mais Viva ne savait rien de son éternel célibat, de son ventre à jamais inhabité. Pour qui l'avait-elle prise ? Une maman un peu paumée parce que entre le financement des études de ses grands enfants et une vie de ménagère elle n'avait jamais eu le temps ni les moyens de partir en voyage ?

« Pas de mari ?

— Non plus.

— Jamais ?

— Jamais.

— Alors, du coup, qui t'appelle… Mama Cass ?

— Mon père m'appelait comme ça. Ma mère, non. Elle, elle m'appelait Cassie, comme toi.

— Ils sont morts ?

— Oui. »

Mama Cass ouvrit les yeux, déplia ses orteils. Maman aurait adoré être ici. Papa, peut-être ? Elle ne savait pas. Comment pouvait-on être plus vieille que ses propres parents ? se demanda-t-elle. Et ignorer tant de ce qu'ils étaient. Comme elle avait ignoré Soledad.

« Demain, il faudra s'occuper de Soledad. Les Arroyo. Retourner à la mairie, dit-elle.

— Oui, oui. Et pourquoi Mama Cass ? »

Décidément, Viva était curieuse de tout. Avide, même, de connaissances, sans que ça ait l'air le moins du monde perfide. Cela se voyait à cette façon qu'elle avait de balancer une question et de se taire aussitôt après, en attente.

« Tu ne connais pas Mama Cass ?

— Non. C'est qui ? » demanda Viva, décontenancée devant sa propre Mama Cass à l'oreille en chou-fleur – peut-être que l'anesthésique la faisait encore un peu délirer, se disait certainement la jeune femme.

« Tu connais The Mamas and the Papas ? *California Dreamin'* ? »

Mama Cass entonna le refrain à voix basse, et ce n'était pas aussi performant que quand Viva chantait du Lizzo, Rizzo ou Fizzo – cette chanteuse obèse qui apparemment vocalisait en string.

« Oui, oui. *All the leaves are brown, and the sky is gray…*

— Voilà. C'était la chanson préférée de mes parents, parce que ma mère a fait la Route 66 jusqu'en Californie, dans les années 1970. Comme mon père aimait ma mère, il a aimé la chanson. »

Elle s'interrompit. Jamais elle n'avait dit à haute voix que Papa aimait Maman. Ça lui faisait bizarre. Comme de fouiller dans un tiroir.

« On s'appelle Elliot. Notre nom de famille. La chanteuse grosse des Mamas and the Papas s'appelait Cassie Elliot, donc ils m'ont appelée Cassie. Et son surnom, c'était Mama Cass, alors de fil en aiguille, comme j'ai jamais été une sylphide non plus… (Elle réunit les pans de sa tunique entre ses cuisses.) Elle est morte en s'étouffant avec un sandwich, Mama Cass.

— Ah bon ? C'est horrible, fit Viva en repoussant à ses pieds son assiette où reposaient deux feuilles de roquette.

— J'aurais préféré que Michelle Phillips ait un surnom et que je lui ressemble. (Elle jeta un coup d'œil à Viva.) C'était l'autre chanteuse. Elle n'avait pas une aussi belle voix que Cass Elliot, mais elle était fine et blonde. Comme toi. Elle a joué dans *Côte Ouest* plus tard. La série télé. Tu vois ?

— Non. Moi je regarde *Orange is the New Black.* Y a des grosses aussi, dedans. (Viva se reprit.) Mais pas comme toi, hein ! Toi, t'es pas si grosse. »

Mama Cass étira ses jambes. Après tout, ici, qu'est-ce que ça pouvait faire ? Elle ne connaissait personne. Et puis franchement, le groupe qui occupait l'oasis de parasols à quelques mètres n'était pas plus appétissant qu'elle. Des vergetures, de la cellulite, du ventre, le tout saucissonné dans des ficelles pailletées.

Et les trois copines, une Noire, une Blanche, une Latina, comme une Sainte-Trinité des plages, ne veillaient pas à leur posture, se pliant en quatre sur leurs bourrelets et un mojito. Elles avaient l'air heureux, parlant fort, riant fort. Elles s'assumaient, répondant aux injonctions des magazines modernes.

Mama Cass, elle, ne revendiquait rien d'autre que le droit de ne pas s'aimer. Qu'on lui foute la paix avec la liberté des corps. Le sien tenait dans une tunique XL, et c'était au moins une misère qu'elle n'infligeait pas aux autres. Non ?

Sous ses lunettes de soleil, elle observa tout de même un petit moment le trio, une idée lui traversant l'esprit de manière très fugace : il faudrait peut-être qu'elle réfléchisse à tout ça.

À côté d'elle, indifférente aux corps divers qui les entouraient, Viva pépiait en huilant ses jambes parfaites jusqu'au bout des orteils.

« Et du coup, tu n'as pas d'amoureux ? Pour avoir un autre petit nom, parce que Mama Cass, c'est pas terrible. Enfin, si tu veux mon avis. »

Non, Mama Cass ne le voulait pas. Elle remua sur son transat, agacée.

« Miguel, lui, il m'appelle Bébé.

— Il *t'appelait* Bébé. Et c'est vraiment condescendant. Enfin, si tu veux mon avis. »

Mama Cass sentit le poids du silence de Viva et celui de sa propre ingratitude tomber sur ses cuisses blanches et flasques. Lui infliger la vision future de son tatouage maori tout fripé, de sa vieillesse à venir et d'un amant évaporé était cruel.

Voilà donc tout ce qu'elle avait à donner à une gamine qui avait été gentille et attentionnée avec elle.

« Écoute, Viva, je ne voulais pas être… abrupte. Je pense vraiment que tu es une chouette fille, même si je ne te connais que depuis deux jours, alors je me dis que ce serait bien que tu aies quelqu'un qui te mérite. Et ce Miguel, là, après le coup qu'il t'a fait, tu devrais le mettre au passé. Franchement.

— Je ne sais pas qui me mérite. Tu le sais, toi, qui te mérite, Cassie ? »

Mama Cass eut l'impression que son transat n'avait plus de fond. Cela semblait si irréel, cette phrase de psy sortie d'une bouche glossée de rose, sur un corps dont l'activité principale était d'entretenir la convoitise, de régner, d'une certaine façon, sur le désir des hommes.

« J'en sais rien, lâcha-t-elle. Mais moi, il faut que je mérite Soledad, ce sera déjà pas mal. »

« On est allées aux urgences. Mais ça va bien. Le médecin a passé un fil derrière ma boucle d'oreille, parce qu'elle était incrustée dans la peau. »

Quel plaisir prenait-elle à inquiéter Oleg, à lui enfoncer la tête dans son absence ?

« Question con, ta copine a récupéré la boucle ? C'était un diamant, non ?

— Arrête, Oleg, punaise ! Je te dis qu'elle est gentille.

— Nelson s'est fait piquer par un moustique-tigre ce matin. Il a le mollet gros comme un Combi Volkswagen. »

On aurait dit qu'il voulait en rajouter. Entre les Everglades et le Yucatán, il s'était organisé une sorte de concours tacite – à qui aurait dû être davantage au côté de l'autre.

« Il a de la fièvre ?

— Non, et toi ?

— J'en ai eu. Je prends des antibiotiques. Le médecin a dit que j'étais pas loin de la septicémie.

— Ils auraient pu t'amputer de l'oreille, ça aurait été chouette, tiens.

— Je ne suis pas sûre qu'ils ne l'aient pas fait.

— Tu plaisantes ? En même temps, Mama, cette boucle d'oreille, tu l'avais pas enlevée depuis combien de temps ?

— L'or, ça ne craint rien.

— Depuis combien de temps, Mama ? »

Mama Cass remua sur son lit, mal à l'aise. Elle n'aimait pas ça. Elle n'aimait pas le passé. Elle n'aimait pas les souvenirs. Elle n'aimait pas savoir qu'elle avait été petite fille, parce que c'était sans doute la période la plus heureuse de sa vie, qu'elle n'en avait pas assez profité, et que c'était trop rapide de devenir adulte. On avait à peine le temps de se retourner sur un dernier repas en famille qu'on devait s'occuper de soi parce que plus personne ne le faisait.

« Quarante ans. Mais c'est de l'or, je te dis. Toucher mes lobes percés, ça me dégoûte. »

Et à cet instant, elle repensa à ce que lui avait demandé Viva : peut-être qu'il y avait une vraie réponse, peut-être qu'Oleg et elle se méritaient mutuellement. Parce que quelle que soit la question qu'il lui posait, elle répondait, et cela avait toujours été ainsi. Alors d'accord, ils ne seraient plus jamais amants, comme Viva et Miguel l'avaient été, mais c'était sans doute cela, le secret d'une véritable intimité.

« En tout cas, soupira-t-elle, j'ai aujourd'hui accompli un énorme progrès, je suis allée à la plage. En tunique. Mais pieds nus. »

Au bout du fil, il y eut un silence, puis un énorme éclat de rire.

28

« Elle est pas morte en s'étouffant avec un sandwich, Mama Cass ! »

Viva avait déboulé dans la salle du petit déjeuner, triomphante, moulée dans un short blanc très classe et un tee-shirt déchiré bleu électrique, le pas de ses claquettes compensées résonnant sur les tomettes. Après un après-midi de convalescence sur la Costera, elles avaient résolu de retourner aux affaires en se levant tôt et de consacrer la journée entière à Soledad.

Mama Cass n'avait l'esprit qu'à cela, un esprit clair après une nuit de sommeil parfaite. Et voilà que Viva était excitée par une autre enquête.

« Ta chanteuse. Elle est pas morte en s'étouffant avec un sandwich, répéta-t-elle en repoussant son assiette de fruits exotiques pour poser son smartphone géant. Regarde, c'est écrit là.

— Internet, c'est des bêtises », fit mollement Mama Cass. Elle avait du mal à faire basculer son cerveau de ce qui l'occupait tout entier à une conversation inutile.

« Non, c'est écrit sur Wikipédia : "*Une légende populaire bien ancrée – due à la déclaration première de la police sur un sandwich entamé trouvé dans sa chambre d'hôtel à Londres – veut que la mort de Cass Elliot ait été causée par un étouffement dû à un sandwich au jambon, ce qui est faux. L'autopsie a démontré qu'il s'agissait d'une crise cardiaque.*" (Viva haussa les sourcils, sourire aux lèvres.) Puisque je te le dis ! Et j'ai trouvé plein d'autres articles, du coup. »

La jeune femme fit défiler des captures d'écran – Seigneur, se dit Mama Cass en avalant son jus de fruit du dragon par petites gorgées, elle a dû passer sa nuit à apprendre tout ça. On aurait dit Oleg.

Sous le xylophone dissonant des fourchettes sur les assiettes, des tintements des petites cuillères et du chuchotis de bonne humeur qui serpentait autour des pensionnaires, Mama Cass faisait deux découvertes fondamentales. La première : elle était suffisamment captivante pour que quelqu'un de vingt-cinq ans de moins étudie son sujet. La deuxième : toute sa vie elle s'était trompée sur ce qui contribuait largement à faire d'elle ce qu'elle était, son surnom.

Elle termina son jus de fruit, fit grincer sa chaise. Elle penserait à cela plus tard. Elle avait autre chose en tête que son propre cas, et en bénissait Soledad.

« On y va, dit-elle. Tu as raison, il faut aller louer une voiture. À l'accueil, on m'a dit qu'il y avait plusieurs agences regroupées à cent mètres d'ici, sur la nationale. Il faut y aller avant qu'il ne fasse trop chaud pour marcher dans ces fichues ornières.

— Beh, j'ai pas mangé mes *rancheros*, Cassie. »

Mama Cass regarda l'assiette de tacos garnie d'œufs et de sauce salsa, la trouva fort appétissante et jeta un œil vers le buffet derrière lequel une cuisinière en uniforme blanc touillait énergiquement une préparation dans un saladier en Inox, tandis qu'une deuxième faisait grésiller des oignons et des poivrons dans une poêle immense.

Cela sentait bon. Elle en avait envie.

Après tout, si un malheureux sandwich n'avait pas tué Mama Cass seule dans une chambre d'hôtel, un plat mexicain ne tuerait pas Cassie Elliot des Everglades dans la salle de petit déjeuner d'un hôtel-boutique au milieu d'une trentaine de touristes.

Elle avait opté pour la même voiture que la sienne, une Chevrolet, malgré les protestations de Viva qui trouvait une Toyota beaucoup plus confortable.

« Tant qu'on a la clim, avait tranché Mama Cass. Et puis celle-ci, je suis sûre de savoir la conduire.

— Comme tu veux, avait capitulé Viva. De toute façon, je sais pas conduire.

— Tu habites à Miami et tu ne sais pas conduire ?

— Tu habites en Floride et tu ne sais pas nager ? »

Lorsqu'elles eurent récupéré les papiers, Mama Cass s'installa derrière le volant et en éprouva une véritable satisfaction. Dans ce pays inconnu, elle retrouvait un habitacle familier, et, surtout, son autonomie. C'était comme si elle se déplaçait dans sa propre bulle, et que rien de mauvais ne pouvait plus l'atteindre – pas même une septicémie et des médicaments frelatés.

Assise sur le siège passager reculé au maximum pour pouvoir coller ses pieds nus sur la plage avant, Viva jouait les détectives avec le plus grand sérieux. Elle avait sorti un carnet de son sac en crochet, et un stylo, et, lui jetant des regards en biais, Mama Cass était étonnée que quelqu'un de sa génération sache encore écrire à la main.

« Bien sûr que j'écris à la main, se défendit la jeune femme.

— Quoi donc ? Même les chèques se remplissent automatiquement.

— Des chèques ? Ça existe plus, ça. Je recopie des trucs dans un cahier depuis que je suis petite.

— Quoi donc ? répéta Mama Cass.

— Des tas de trucs, des citations que j'aime bien, des chansons, des choses que j'apprends. Mon père me disait toujours, n'arrête jamais d'apprendre. »

Puis elle se replongea dans son carnet, et Mama Cass se contenta de hocher la tête, troublée. Viva *Queen*, avec son nom de danseuse de boîte de nuit et ses vêtements d'adolescente, était décidément pleine de surprises. Peut-être tragiques ? Vu qu'on était en plein dedans.

Mama Cass prit le virage vers la mairie et ses statuettes mayas plantées sur le parking, et au moment où elle immobilisait la Chevrolet devant le bâtiment, Viva releva subitement la tête :

« Oh, merde, Cassie, regarde ça ! »

Par réflexe, Mama Cass se cramponna au volant en regardant à travers le pare-brise, quoi, un python enroulé autour d'un lampadaire ?

« Non, ça ! s'exclama Viva en lui brandissant son carnet sous le nez. Regarde, là, j'ai recopié tous les noms et les dates sur les tombes des Arroyo que j'avais prises en photo, tu t'en souviens ? Alors sur celle-ci, il y a Juan Arroyo 1921-1978, Carmen Lopez, épouse Arroyo 1923-1987, Juan José Arroyo…

— Oui, beaucoup de Juan et de Juan quelque chose.

— Et là, Juan Arroyo, un autre, et Guadalupe Arroyo, 1912-2008, Carmela Arroyo, 1940-2012, et… Soledad Arroyo, 1943-1969 ! Soledad Arroyo, Cassie, c'est écrit là, je l'ai recopié ! J'avais même pas fait gaffe ! »

Mama Cass prit le carnet, vérifia, circonspecte.

« Alors, déjà, des Soledad au Mexique, il y en a plein. Et celle-ci est morte en 1969.

— Oui, mais c'est la seule sur toutes les tombes des Arroyo. Et la date, si tu fais le calcul, ça lui ferait… (Elle posa une soustraction sur le papier.) soixante-quinze ans ! Ça correspondrait ! »

Mama Cass la regarda en silence quelques secondes, cette jeune femme un peu perdue, dont le plaisir de la découverte faisait rosir les joues et briller les yeux.

« Son nom est sur cette tombe, donc elle est morte, lui répéta-t-elle doucement, comme si elle parlait à une enfant.

— Oui, mais si elle n'était pas dedans ?

— Et pourquoi elle n'y serait pas ?

— Parce que, si par exemple elle avait disparu, puisque, apparemment, elle n'avait pas de famille en Floride, et que du coup on avait mis son nom sur la tombe ? C'est ce qu'on fait, au bout d'un moment, non ? Comment on appelle ça, les tombes où les gens ne sont pas dedans ? Comme les disparus dans les catastrophes aériennes, ou ceux du naufrage du *Titanic*, par exemple ?

— Un cénotaphe », répondit Mama Cass, pensive.

Le cerveau de Viva allait beaucoup trop vite pour elle. Mais son enthousiasme était presque contagieux, comme de petites piques sur la peau. La vie ici, depuis trois jours, était en perpétuel décalage. Temporel, corporel, psychologique, affectif. Il fallait se stabiliser.

« Eh bien, on va demander », dit-elle en s'extirpant de la petite voiture.

C'était la même employée que l'autre jour, affable. Elle les reconnut, s'inquiéta à la vue du gros pansement.

« Une morsure ?

— Non, une boucle d'oreille qui s'est infectée. »

Une morsure, manquerait plus que ça, frémit Mama Cass en n'osant se demander quel monstre d'insecte pouvait bien ici venir lui bouffer l'oreille dans son sommeil et que cela semble une aventure normale pour une gentille dame derrière son comptoir.

« Vous avez du nouveau ? se lança Viva, fébrile. Parce que nous sommes allées au cimetière, et nous avons peut-être une piste.

— Du nouveau, oui oui, sourit la femme. Venez. »

Oh, il n'y avait qu'un couloir de quelques mètres entre l'accueil et le petit bureau où elle les avait emmenées la dernière fois, mais Viva eut le temps de brandir son carnet, la photo de son téléphone, en racontant l'histoire aussi clairement que dans un épisode de *Columbo*, se dit Mama Cass. Elle se sentait un peu dépassée. C'est elle qui aurait dû trouver la solution de l'énigme de sa femme de ménage.

Alors, avec un côté vachard un peu enfantin, elle se prit à espérer en franchissant la porte que Viva, étrangère à Soledad, avait tort.

Parfois l'esprit tourne comme ça, en roue libre, et dans le mauvais sens.

Mais il se trouva que Viva n'avait peut-être pas tort.

29

Mama Cass n'avait plus de grands-parents depuis bien longtemps. À vrai dire, elle ne se rappelait pas les avoir jamais vus ni qu'on lui ait parlé d'eux, d'un côté comme de l'autre. Papa et Maman semblaient vivre sans aucun ascendant, en autarcie dans leur système naturel.

L'Amérique est un grand pays, où l'on peut s'éloigner, s'oublier, ou simplement laisser le temps se tendre comme les kilomètres, jusqu'à la rupture.

Au Safari, Mama Cass n'était entourée que d'hommes dans la force de l'âge. Au sein de son microcosme, il n'y avait pas de vieille personne – en dehors de son voisin éloigné galopant après les serpents avec son filet de pêche et sa raquette de tennis. Et, bien sûr, de Soledad.

Mais ni avec l'un ni avec l'autre elle n'avait jamais pris le temps de la transmission.

Elle n'avait jamais pris le temps de s'asseoir sur un perron avec une tasse de café, comme dans les *feel-good movies*, et d'écouter leurs histoires, de goûter leur nostalgie, de recevoir cette fameuse sagesse dont on dit des vieux qu'ils l'ont forcément atteinte, comme le dernier cadeau que la vie leur fait pour que la fin soit plus douce.

Elle ne s'était jamais posé la question de la mémoire, de la part qu'il est nécessaire de donner pour que toute existence ne soit pas vaine. En gravant des idéogrammes sur la roche des terres du Yucatán, les Mayas ne faisaient pas autre chose. Et des siècles plus tard, de longs fragments de vie s'écrivaient sur les ruines, protégés par la calcite – et les dieux, disait-on.

Mais, depuis, dans cette zone grise du temps qui séparait les cités anciennes du monde construit et touristique, la mémoire orale, elle, était la seule possible. Frida était l'une de ces passeuses de mémoire, avait expliqué l'employée de mairie à Mama Cass et à Viva. « Une dame très âgée qui a travaillé ici. Elle connaît toute la population native. Il faut que vous alliez la voir. »

Elle avait fait tourner son rolodex, une fois, deux, vite, puis était revenue en arrière, plus lentement, et on aurait dit que ses doigts se livraient à une espèce de rite incantatoire qu'elle seule pouvait comprendre. Elle avait recopié soigneusement un nom et une adresse sur un papier à en-tête de la mairie de Tulum, et avait tiré une lettre dactylographiée de sous une pierre sur le bureau, qui s'était envolée sous les pales du ventilateur et qu'elle avait rattrapée en murmurant quelque chose en espagnol. Puis, un plan de la ville, sur lequel elle avait tracé une croix.

« Sur la Costera ? s'était étonnée Viva.

— Oui, Frida travaille maintenant dans le magasin de sa fille. Vous lui donnerez cette lettre de ma part, quand je lui demande quelque chose, elle aime que ce soit… officiel. »

Et l'employée de mairie avait souri, de nouveau, mais cette fois, au-delà de la politesse, il y avait une pointe de fantaisie à la commissure.

Mama Cass se serait attendue à devoir entrer tête basse et mains jointes dans une cahute en bois d'où pendraient des attrape-rêves, au beau milieu de la mangrove du Yucatán. Sans doute aurait-elle dû continuer à réviser sérieusement son folklore intérieur – insidieusement, une rotation de ses principes de sédentaire aisée du sud de la Floride avait commencé à s'opérer.

La route côtière, étroite et encombrée de scooters et de groupes de touristes plus ou moins vêtus, longeait une ribambelle d'hôtels – celui dont elles avaient investi les transats la veille était un assemblage de cabanes de luxe plantées sur la plage, mais Mama Cass, toute à son oreille boursouflée, n'avait pas regardé grand-chose.

Face aux hôtels, des restaurants, des terrasses de graviers blancs où l'on mangeait des boules de glace exquises sur des gaufres fondantes, des bars dont les *rooftops* donnaient sur la jungle de palmiers de la Riviera Maya.

« Viens, lui avait dit Viva en lui attrapant le bras, hier on n'a pas pu voir. »

Mama Cass avait eu un geste nerveux – elle n'aimait pas qu'on la touche. Mais l'autre était si vive qu'elle avait dû la suivre dans un escalier en bois, puis un autre, en protestant – « Viva, on n'a pas le temps », « Mais si, on l'a toujours, c'est juste qu'on sait pas le prendre ». Cueillie, Mama Cass s'était dit que la jeune femme avait certainement dû recopier cet aphorisme dans son cahier, puis elles avaient comme débarqué sur le toit du monde : du vert, à perte de vue, un océan de cimes ondulantes, toutes les teintes de vert, des vagues d'émeraude, de sapin, de fougère, de menthe, de kaki.

Le souffle coupé, elle s'était dit que ce ne devait pas être si différent de chez elle. Mais elle n'avait jamais vu les Everglades de cette façon, au ras de l'infini. Elle avait eu l'impression d'avoir les arbres à la taille.

Puis elles étaient redescendues aussi prestement qu'elles étaient montées – « Il faut consommer », avait prévenu le serveur en bas.

En reposant sa Nike Dunk sur le goudron brûlant entre les parfums d'huile solaire et de langouste grillée, des langues différentes, parlées fort, parvenant à son oreille disponible, Mama Cass avait saisi en partie le contraste de Tulum.

Et Frida, la passeuse de mémoire, en était une autre illustration. Car c'est entre une petite boutique de vêtements hippie chic et un bar à cocktails qui diffusait de la musique de boîte de nuit en plein jour que se trouvait l'ancienne employée de mairie.

Assise bien droite dans un fauteuil roulant, elle était occupée à peindre une de ces têtes de mort en céramique dont les touristes raffolaient tout en ignorant certainement leur symbolique, comme Mama Cass.

Parce que des morts, il y en avait partout dans ce magasin de souvenirs tout en longueur – il n'y avait d'ailleurs presque que ça, des crânes, des squelettes dont certains, rangés un peu plus au fond, à l'ombre des tee-shirts *I love Tulum*, forniquaient sur les étagères dans des positions improbables, souriant de toutes leurs dents. Et les gens se pressaient, s'esclaffaient entre les rayonnages, surveillés du coin de l'œil par la propriétaire à la caisse, une quinquagénaire à la peau mate et aux cheveux lisses miroitant sous une guirlande de lampions.

Mama Cass se serait attendue aussi à ce que la passeuse de mémoire corresponde plus ou moins à l'une de ces pseudo-voyantes « psychic » qui s'affichaient sur des pancartes dans les banlieues de Floride, typées, les yeux charbonnés de khôl, de longues tresses, des signes cabalistiques en médaillon – avec beaucoup de rides en plus.

Frida avait un menton altier à la pointe d'un long cou, un front mangé par des lunettes modernes à monture rouge et couronné de cheveux argent, coupés très court. Sa peau duveteuse lui donnait l'âge de Soledad, et Mama Cass, encore à son éducation, fut frappée par la différence qu'il pouvait y avoir entre deux octogénaires mexicaines.

Dans une main, un pinceau, dans l'autre une cigarette électronique qui répandait une vapeur de cannelle dans l'arrière-boutique. La petite pièce était encombrée par les têtes de mort de tous formats, la plupart d'une blancheur de lavabo, d'autres ornées gaiement des mêmes volutes turquoise, rubis, émeraude qui mettaient en couleur le *Panteón municipal*.

Frida posa son pinceau pour saisir la lettre que Mama Cass lui tendait. Cette lettre qui avait fait sourire l'employée de mairie, elle savait ce qu'il y avait dedans, Viva la lui avait traduite dans la voiture. Ce n'était pas grand-chose :

Chère madame Frida Gijon,
La mairie de Tulum vous serait reconnaissante de bien vouloir apporter votre aide à la recherche de Mlle Cassie Elliot, de nationalité américaine, au sujet de Mme Soledad Arroyo, décédée aux États-Unis et qui a émis le souhait d'être enterrée dans sa ville natale, Tulum.
Veuillez recevoir...

et bla bla bla, une signature, un coup de tampon.

Rien de résolument officiel, mais en voyant la vieille dame replier le papier d'un air très sérieux, Mama Cass comprit l'importance qu'elle accordait à être considérée. Peut-être était-ce dû à ce fauteuil roulant ou à cette retraite dans une arrière-boutique borgne, à effectuer une tâche répétitive qui n'avait, au fond, pas grand-chose d'artistique. Qui pouvait savoir quelles revanches avaient à prendre les vieilles dames ? Sûrement pas Mama Cass.

« Savez-vous d'où viennent les *calaveras* ? » demanda Frida d'une voix aussi rêche que la roche des *ruinas mayas*. De la pointe de sa cigarette, elle leur désigna la tête de mort qu'elle était en train de peindre – du violet, les yeux fleuris de pétales multicolores, elle n'avait plus rien de morbide.

« Ces petits objets typiques que vous rapporterez en souvenir sont les lointains descendants des crânes des victimes de sacrifices humains que les Aztèques exposaient lors de la fête des Morts. Bien sûr, nos *Días de los Muertos* sont maintenant beaucoup plus joyeux. On dit que cette fête-là a été apportée par les Espagnols, qui pensaient que les âmes des défunts n'étaient jamais en paix et voulaient emporter les vivants s'ils ne les apaisaient pas avec du pain et du vin. Et c'est devenu ce que c'est aujourd'hui, depuis que dans les années 1920 les gouvernements nationalistes ont voulu unir le peuple mexicain dans une culture typique. »

Elle s'exprimait parfaitement, lentement, détachant bien ses mots. On sentait qu'elle avait dû répéter maintes fois cette histoire, que bien des touristes ignorants avaient dû l'entendre – et le plaisir que Frida avait dû prendre à leur coller sous le nez la superposition d'un crâne de sacrifié sur la jolie composition de couleurs qu'ils avaient en main. Sans doute étaient-ils repartis doublement heureux – de l'objet à déposer dans leur salon et de l'anecdote qu'ils pourraient raconter autour d'un cocktail.

Frida exhala une vapeur de cannelle, attrapa une *calavera* de ses doigts noueux et fins comme les petites branches des palétuviers. « Lors des *Días de los Muertos*, les deux premiers jours de novembre, les âmes descendent au sein des familles, elles ont faim et soif comme les vivants, alors on s'échange des *calaveras* à l'effigie des défunts pour qu'ils participent à la fête. Chez nous, les têtes de mort ne sont pas effrayantes, elles représentent le bonheur de l'au-delà. Croyez-vous à l'au-delà ? »

La vieille dame s'était tournée vers ses deux visiteuses dans un grincement de ressort – pour le coup, la « passeuse de mémoire » faisait son office d'ésotérisme. Viva sursauta, Mama Cass se figea.

« Oui », émit Viva comme un bruit de grelot. Mama Cass la regarda, se demandant si elle s'était sentie obligée. « Non », répondit-elle fermement pour sa part.

Frida n'eut aucune réaction particulière qui puisse donner l'impression qu'elle jugeait l'une ou l'autre.

« Évidemment, continua-t-elle simplement, ces *calaveras* ne sont que des objets. Des souvenirs, des œuvres qu'on expose dans les musées, et même des gourmandises en sucre et en chocolat. Lorsqu'on veut vraiment honorer le défunt, on s'en fait un tatouage. C'est un geste important. »

La vieille dame déposa sa cigarette pour tirer sur la manche de sa tunique blanche. Sur son bras maigre, une *calavera* aux couleurs passées se cachait dans le pli de son coude. Son mari ? Sa mère ? se demanda Mama Cass. Frida ne le dit pas. Elle reprit sa cigarette et son pinceau, et leur tourna le dos pour appliquer de petits points rouges sur les joues creuses de sa tête de mort – moyen format, il y en avait de plus grandes qui contiendraient des bougies et de minuscules qui finiraient en porte-clé.

« Donc, dit-elle. Soledad Arroyo. Je ne l'ai pas connue, j'étais à Cancún, dans ma jeunesse, j'y faisais mes études. (Elle eut un petit mouvement du cou qui disait sa fierté.) Je ne sais que trois choses : elle est morte jeune, il suffit de regarder les dates sur sa tombe. Elle a un seul frère vivant, né douze ans après elle. Rafael Arroyo. Il y a un Rafael Arroyo qui est guide dans la réserve de Sian Ka'an, mais je ne sais pas si c'est lui. »

Elle se retourna, le pinceau en suspension dans l'air sucré de la pièce laissa tomber une goutte de peinture rouge sur la table – comme par hasard, se dirait plus tard Mama Cass qui garderait cette image en tête.

« Et la troisième chose, c'est qu'on dit qu'il y a un cercueil vide au *Panteón municipal*. Mais personne ne sait lequel. C'est une rumeur qui court depuis toujours. C'est peut-être une légende qui fait partie de notre culture mexicaine de la mort. Les âmes qui errent autour de nous. Je ne sais pas si celle de Soledad Arroyo est bien à sa place. »

« Et la troisième chose, c'est qu'on dit qu'il y a un corps vide au Père-Lachaise. Mais personne ne sait lequel. C'est une rumeur qui court depuis toujours. C'est peut-être une légende qui fait partie de notre culture mexicaine de la mort. Les âmes qui errent autour de nous. Je ne sais pas si celle de Soledad Loyola est bien à sa place. »

[illegible]

30

Oleg était excité comme un moustique sur le dos d'un buffle.

« Bon sang, Mama, tu étais partie pour enterrer une vieille femme de ménage, et te voilà en plein milieu de *Sixième Sens* ! Le film où Bruce Willis voit des morts.

— Je connais *Sixième Sens*, et c'est le gamin qui voit des morts, pas Bruce Willis. »

Mama Cass était restée sous la douche plus longtemps qu'elle ne l'avait jamais fait de sa vie. Elle qui réduisait au minimum son temps de partage avec son corps avait étonnamment pris, sinon plaisir, au moins une sorte de contentement à laisser l'eau dénouer les tensions accumulées dans cette journée qui avait la valeur d'un siècle. Elle avait aimé cette sensation de petits coups de poing que donnait la puissance du jet – elle n'aurait pas supporté des caresses à basse pression, qui auraient fait un dessin de ses contours.

Elle s'était vite enveloppée dans le peignoir sans s'essuyer – les caresses, la gratification du corps, toujours le même problème – mais s'était sentie étonnamment moins lourde.

Elle était utile. C'était bien. Pour Soledad, elle passait des étapes.

« Aujourd'hui, j'ai appris plein de choses, Oleg, dit-elle, un œil sur Anderson Cooper à la télé. Les *calaveras*, tu sais, les têtes de mort des *Días de los Muertos* ?

— Non, raconte ! »

Allongée sur son lit, la tête calée sur une pile de coussins, Mama Cass était fière. Oleg était mexicain d'origine, mais il ne connaissait pas grand-chose des rituels du pays de ses parents – ou alors il faisait semblant d'en être ignorant pour lui faire plaisir, mais au fond elle s'en fichait, ce qui comptait c'était de raconter. Cette ivresse du voyageur qui revit ses journées à haute voix et dont il est le premier auditeur, elle la découvrait.

« Je me demande par quoi étaient occupées toutes les zones vierges de mon cerveau, avant », conclut-elle. C'était plutôt lyrique, mais profondément interrogateur.

« Senior va bien… On a eu trois groupes… Il a encore plu… » lui disait Oleg en retour, et elle était heureuse d'entendre cette routine, mais elle éprouvait ce soir le même détachement affectueux qu'une mère qui aurait des nouvelles de ses enfants devenus adultes, qui aurait encaissé le principe d'indépendance et aurait appris la confiance. C'était un sentiment encore ténu, mais d'un étrange réconfort.

« On ira demain à la réserve de Sian Ka'an, dit-elle.

— Avec ta nouvelle copine ? »

Elle se demandait ce qu'il ressentait, était-il vraiment obligé de prendre ce ton amusé ? Il était jaloux, voilà, c'était définitif.

« Avec Viva, oui, répondit-elle avec un sourire en coin.

— J'aurais jamais imaginé que tu puisses te lier comme ça en trois jours avec quelqu'un que t'avais jamais vu de ta vie. Une fille, en plus.

— Pourquoi, *en plus* ?

— Enfin, Mama, tu passes ta vie avec des mecs. Le prends pas mal, mais t'es comme nous. »

Non, elle ne le prenait pas mal, elle savait très bien ce qu'il voulait dire, et cela n'avait rien à voir avec le fait qu'elle s'accorde autant de charme et de délicatesse féminine qu'une camionneuse lesbienne. Cela avait à voir avec la frugalité des échanges, l'économie de la parole, le rendement dans l'action.

« Alors forcément, une gamine de Miami Beach, ça fait bizarre, continua-t-il. Ça te ressemble pas, quoi. Pardon, hein.

— Pardon pour quoi ? Bon sang, Oleg, je n'ai jamais rêvé d'être une gamine de Miami Beach, et rassure-toi, je ne déboulerai pas au Safari avec un survêt rose et de faux ongles. Viva n'est pas une espèce de Barbie gourou. (Elle eut une soudaine envie de rigoler.) Et au cas où tu te poserais la question, mon petit cœur ne s'est pas arrêté de battre au moment où j'ai vu Viva, je n'ai aucune envie ne serait-ce que de lui coller une main aux fesses.

— *Roh* mais, Mama, j'ai jamais pensé un truc pareil !

— Un truc pareil, ça aurait pu, dit-elle en riant franchement. Mais pas là. »

Elle réunit les pans du peignoir sur elle, goûta ce silence si particulier qu'il y avait parfois entre eux.

« Tu sais que Mama Cass n'est pas morte en s'étouffant avec un sandwich ? lâcha-t-elle.

— Mama Cass ? Des Mamas and Papas ? »

C'était devenu tellement commun, cette façon de l'appeler, qu'on en oubliait l'origine.

« Non, je savais pas. »

Peut-être ne savait-il même pas à quoi ressemblait la vraie Mama Cass, peut-être n'avait-il même pas en tête *Make Your Own Kind of Music*, réalisa-t-elle. Au fond, c'était un truc à eux – à Papa, à Maman et à elle.

Mais cela sous-groupait des tas de questions : si Mama Cass, la chanteuse grosse, n'était effectivement pas morte en s'étouffant avec un sandwich, qu'est-ce que cela aurait changé pour la petite Cassie Elliot des Everglades de le savoir plus tôt ? Aurait-elle grandi différemment ? Cela aurait-il simplifié son rapport à la nourriture ? Le sentiment qu'elle avait de se punir en mangeant.

« Eh ben, elle est pas morte en s'étouffant avec un sandwich.

— Et elle est morte de quoi ?

— D'une crise cardiaque.

— Ah bon. »

Une crise cardiaque, en même temps… Cela pouvait aussi avoir un rapport avec le surpoids, non ? On y revenait toujours, se dit la Mama des Everglades, rabattant son peignoir sur ses mollets. Elle avait pris des coups de soleil, tiens. Pas forts, mais quand même, sa peau blanche avait changé de couleur. Et si elle se rasait les jambes, ce serait plus joli.

Elle en était là, au troisième jour de son voyage, à envisager d'utiliser le rasoir jetable bien emballé au milieu des produits de courtoisie dans la salle de bains.

Et à se dire qu'elle aimait bien que quelqu'un l'appelle Cassie, comme Viva le faisait.

« Tu as enlevé ton pansement ?

— Hein ?

— Sur ton oreille, Mama.

— Ah. Non, il faut attendre.

— Tu es sûre ? Faut les laisser à l'air, les blessures, sinon ça marine, affirma doctement Oleg. Ils sont bizarres, ces toubibs mexicains. Demande au moins à ta copine de le changer. »

Mama Cass porta la main à son oreille, qu'elle avait presque oubliée. Ce lobe blessé, ignoré, elle ne le réalisait pas encore tout à fait, mais c'était son symptôme. La manifestation symbolique d'une femme désertant ses propres petits territoires – elle ne touchait pas non plus son nombril, cela lui donnait des haut-le-cœur, n'avait jamais inséré de tampon hygiénique de sa vie, pas plus qu'elle n'aurait supporté une ficelle entre ses orteils, tout cela était au même niveau, on en était là.

Enfin, on en était là jusqu'à maintenant. Jusqu'à cette douche satisfaisante, tout à l'heure.

31

Viva boudait son petit déjeuner.

Elle qui débordait d'enthousiasme hier à l'idée d'aller exhumer un cercueil était devenue sombre, ratissant de sa fourchette les haricots rouges épicés qu'elle avait dévorés la veille sans égard pour son short taille 34 – il y a des métabolismes comme ça… –, laissant coaguler ses œufs rancheros sur leur tas de tacos.

« Ça ne va pas ? demanda Mama Cass, devant l'évidence.

— J'ai rien dormi.

— Tu veux rester à l'hôtel ? »

Honnêtement, elle espérait que non. Aller toute seule dans cette réserve de Sian Ka'an où elle trouverait peut-être le frère de Soledad ne lui paraissait pas insurmontable, non, ce n'était pas ça, ça avait à voir avec un sentiment d'abandon qu'elle n'avait pas ressenti depuis son arrivée au Mexique. Comme une main qu'on lâcherait.

« Si, si. Je vais boire du café, ça ira mieux. (Viva soupira.) En fait, toutes ces histoires de cimetière, de têtes de mort et tout, ça m'a fait penser que toi tu allais retrouver ta femme de ménage, et que moi… Ben, du coup, je me dis que Miguel est peut-être mort ? »

Comme chaque fois qu'elle était un peu paumée, Viva faisait monter la fin de ses phrases dans les aigus. Mama Cass commençait à la connaître, même si ses variations d'humeur rendaient la jeune femme plus complexe que ce qu'elle paraissait.

« Viva, il n'aurait pas fait changer les serrures s'il était mort.

— C'est idiot, ce que tu dis. Quelqu'un d'autre aurait pu le faire.

— Oui, tu as raison. Mais je pense quand même que s'il était mort, tu serais au courant, d'une manière ou d'une autre, avec tous les moyens d'aujourd'hui. Personne ne peut presque tousser sans que son bulletin de santé soit partagé sur Internet, alors.

— Je l'ai appelé hier soir, il a encore pas répondu.

— C'est la même messagerie ?

— Ouais. (Viva prit une voix de stentor.) “Salut, c'est Miguel, je ne sais pas où je suis, laissez-moi un message, je vous rappelle dès que je me suis trouvé.”

— Eh ben, il est pas mort, il est juste con.

— On pourra passer à sa villa, en revenant ?

— Franchement, laisse tomber, Viva. C'est juste humiliant. »

La jeune femme soupira de nouveau, ruminant quelque chose comme « T'as raison, t'as raison… » en se levant pour aller remplir sa tasse au buffet. En revenant, elle avait l'air changé, comme si le fait d'avoir slalomé au milieu des quelques couples mal réveillés au-dessus de leurs assiettes l'avait revigorée – des hommes l'avaient suivie des yeux, Mama Cass l'avait bien remarqué.

Viva se rassit, redressant son dos étroit où était imprimé *Beach Girl* sur fond jaune poussin, croisant ses jambes bronzées sur le côté de sa chaise. Elle avala deux gorgées, et attrapa son téléphone :

« Tu as raison. Je vais lui coller un *#MeToo*, à ce salaud, ça va être vite fait.

— Tu vas quoi ? »

Ne sachant si Viva plaisantait, Mama Cass prit le temps de finir d'écraser sa moitié d'avocat sur son toast, puis releva la tête sur le sourire triomphant de sa jeune copine.

« Je vais lui coller un *#MeToo.* Il m'a exploitée, il m'a ghostée, c'est de l'abus, du coup. Sa carrière est foutue, tu vas voir. »

Mama Cass reposa son avocado-toast dans son assiette.

« Viva, est-ce que Miguel t'a… (Elle se pencha, baissa le ton.) violée ? Frappée ?

— Ah non, jamais ! Mais c'est comment dire, une blessure morale, du coup, c'est pareil.

— Une rupture est une blessure morale, enfin je suppose. Lâche ce téléphone. Il s'est jeté sur toi le premier soir ? Tu y es retournée le deuxième ? De ton plein gré ?

— Bah oui, mais c'est comme une emprise, du coup. »

Mama Cass repoussa son verre de jus d'orange.

« Écoute, Viva, je lis les journaux, et je regarde des documentaires. J'observe, c'est ce que je sais faire le mieux, dans la vie. C'est pas forcément con, parce que je sais qu'il y a des femmes qui se font vraiment violer derrière une poubelle en pleine nuit, ou même chez elles, et qui finissent à l'hosto, et que ça n'a pas grand-chose à voir avec toi et ce goujat de Miguel, comme une starlette qui se pointerait plusieurs fois dans la chambre d'un producteur qui l'attend seul en peignoir ouvert et qui irait faire le tour des talk-shows pour se plaindre dix ans après. Sur le mode j'avais pas le choix. Si, dans ces cas-là, tu as toujours le choix. »

Elle soutint son regard un moment puis termina :

« C'est mon avis, et je ne vais pas m'en excuser. Mais à force de *#MeToo*, on va arriver à un point où personne ne croira plus personne. Et surtout pas les vraies victimes qui ont déjà du mal à se faire entendre. Alors ne participe pas à ça. »

Viva ouvrait des yeux ronds, son portable en suspens au bout de ses faux ongles, cherchant l'analogie entre Miguel et probablement Harvey Weinstein. On aurait dit une gamine engueulée par sa mère.

Mama Cass s'essuya les mains dans sa serviette en papier pour en faire tomber les miettes.

« Tu sais ce que c'est que le rouleau de la mort ?

— Hein ? Non.

— C'est le système des alligators et des crocodiles pour manger. Ils ont de grosses dents, mais figure-toi qu'ils ne peuvent pas mâcher. Alors ils mordent en tordant tout leur corps pour démembrer leur proie et la déchiqueter en tout petits morceaux qu'ils peuvent avaler. Ils roulent du dos, du ventre, encore et encore, jusqu'à ce qu'ils soient fatigués.

— Je savais pas, fit Viva, effrayée.

— Eh ben, quand tu le sais, tu sais aussi que quand l'alligator fait le rouleau de la mort, il faut être soit sur lui, soit très loin. Et on le voit venir, crois-moi. »

Viva avait posé son téléphone, buvant ses paroles avec cet air qu'elle avait quand elle voulait intégrer puis stocker une information. Et cette lueur à la fois candide et inquiète dans ses iris bleus donnait l'impression qu'elle découvrait qu'elle faisait partie d'un immense complot.

Mama Cass se demandait qui étaient les parents de Viva, s'ils lui avaient donné l'éducation et la tendre autorité dont les enfants avaient besoin.

Papa et Maman, eux, n'avaient pas été parfaits, trop absents, ils lui laissaient certes un tas de complexes dont elle était en partie responsable, mais surtout un cadre, une forme de culture qui lui avaient permis de toujours avancer droit.

« T'es énervée ? finit par demander Viva.

— Oui, je suis énervée. Cette société me gonfle. Les réseaux sociaux… (Mama Cass secoua la tête.) Tu n'as qu'à commencer à parler de ton harcèlement, et puis après ce sera ton endométriose, tes fausses couches, que sais-je… (Elle hésita.) Ta boulimie. Tes problèmes mentaux. Bilan des opérations, t'es une victime. T'es une victime toute ta vie. Ça devient un système. Une femme n'a pas besoin d'être une victime pour prendre la parole, bon sang ! »

Nom de Dieu, se dit-elle, quelle oratrice, on aurait dit qu'elle présentait une thèse sur l'antiféminisme radical. Cette conversation, elle l'avait eue plusieurs fois avec Oleg, double divorcé qui se lamentait de ne plus trouver sa place d'homme dans ce nouveau monde, mais jamais avec une jeune femme rompue aux nouveaux codes.

« C'est parce que tu n'as jamais connu ça, peut-être », lâcha Viva comme ultime argument. Mais elle ne touchait plus son téléphone. Miguel le bellâtre pouvait l'oublier tranquille.

Mama Cass contempla son assiette, cherchant dans les reliefs de ce petit déjeuner improbable les raisons de sa détestation de son époque. Cela tenait à l'impudeur, oui. La crédibilité souvent entamée. La haine de l'autre. Tout ce qui existait en dehors de son paradis vert peuplé d'alligators.

Elle se dit que si elle avait parlé un peu fort, peu lui importait ce que les convives alentour pouvaient penser d'elle. En revanche, pourquoi ce besoin de faire l'éducation de Viva ? De quoi se mêlait-elle, au fond ?

« Peut-être que je n'ai pas vécu grand-chose, laissa-t-elle tomber. C'est pour ça que je m'intéresse à une morte, sans doute. »

32

C'était un autre endroit du Yucatán qui n'était pas si différent des Everglades. Quand elles quittèrent la route nationale pour s'engouffrer dans un tunnel de verdure, Mama Cass reconnut le cahot particulier sur la terre humifère, cela ondulait de la même façon que lorsque vous sortiez de la Tamiami Road, à l'orée des plantations de Homestead.

Il y avait aussi ce parfum épais, un bruit blanc semblable au ressac de l'océan, ici l'air avait une consistance, comme en Floride après les pluies d'été. À l'image de la rivière d'herbes coulant des terres vers la mer autour du Wild Sun Safari, sanctuaire des oiseaux et des reptiles, Sian Ka'an était une réserve de biosphère, concentrant dans son espace préservé à peu près tout ce qu'offraient les éléments.

L'air, la terre, l'eau. La vie.

Ici et là-bas, cela se manifestait par les cris des toucans sous la canopée, l'explosion de couleurs des orchidées au milieu des cyprès des marais, le clapotis de l'eau sous la nage rasante des sauriens.

« Prends ton maillot, avait supplié Viva après le petit déjeuner. Je te jure, c'est génial, tu vas pas regretter.

— Combien de fois je… Viva, je ne me baigne pas.

— Oui mais là, c'est pas pareil que simplement se baigner. À Sian Ka'an, il y a la *floating water*. C'est extraordinaire.

— La quoi ?

— L'eau flottante. C'est des canaux où l'eau avance toute seule, juste un petit courant, et toi tu flottes. Je l'ai fait avec Miguel, c'était waouh…

— Je n'ai pas envie de flotter, Viva. On ne va pas dans un parc d'attractions. »

Mama Cass avait coupé court, et maintenant qu'elles s'étaient garées sous les palétuviers le regrettait. Déjà parce qu'elle refusait tout ce qui pouvait faire plaisir à Viva alors que la jeune femme se pliait en quatre pour l'aider. Ce n'était pas bien.

Ensuite, parce que l'idée de flotter, même si elle ne savait pas comment, de défier la pesanteur loin du clinquant des plages de Miami et des regards censeurs, remuait quelque chose dans ce qui restait de sa part d'enfance.

Alors on verrait, se dit-elle en tirant le frein à main. Peut-être avant de reprendre l'avion ferait-elle ce plaisir à Viva. Et à elle-même, qui sait.

En plus, culpabilisa-t-elle en laissant son regard glisser sur le profil presque angélique de la jeune femme, elle savait nager. C'était un mensonge, qu'elle lui servait. Et ça non plus, ce n'était pas bien.

Viva avait pensé à demander des dépliants à la réception de l'hôtel. De petites sociétés de guides fleurissaient le long des cent vingt kilomètres de côte de l'aire protégée, autant de maisonnettes et de pontons de bois s'égrenant dans la végétation sans jamais l'entamer – ici, l'Unesco, qui avait classé la réserve au Patrimoine mondial, veillait.

« Comment on va savoir où il travaille, le frère de Soledad ? demanda Viva.

— Déjà, on n'est pas sûres que ce soit son frère. Je veux dire, le frère de ma Soledad. »

Ma Soledad. Hier soir, Mama Cass s'était assise face à l'urne blanche au liseré doré de travers et lui avait posé la question, à voix haute – rien d'elle-même ne l'étonnait plus. « Dites, c'est vous qui n'êtes pas dans le cercueil, Soledad ? Ça ne peut pas se résoudre si vite, cette énigme. Vous ne m'avez pas envoyée ici juste pour ça, hein ? »

Elle n'avait pas eu de réponse. Elle coupa le moteur. Mama Cass et Viva sortirent de la voiture sous l'ombre dansante des palmiers à éventail, avisant le premier ponton auquel étaient arrimées des barques colorées : il fallait bien commencer quelque part.

Deux heures et demie plus tard, elles avaient failli faire demi-tour, vaincues par la chaleur. Les bouteilles d'eau dans la voiture étaient tièdes, Mama Cass avait des ampoules aux pieds – les Skechers, par trente-huit degrés à l'ombre et un taux d'humidité qui frisait les 85 %, ce n'était pas l'idée du siècle. Elle en enviait presque les Birkenstock en cuir turquoise de Viva. Mais même les orteils à l'air, la jeune femme n'était pas bien plus fraîche. Ses cheveux blonds collaient à ses omoplates, une large auréole avait éclos sur le dos de son débardeur. Elle ne se plaignait pas.

« Un dernier », lui avait dit Mama Cass alors qu'elles abordaient ce qui devait être la douzième cabane de la matinée.

Elles avaient été bien reçues partout. Rien ne semblait vouloir entamer le sourire des Yucatecos, pas même l'attelage improbable de Barbie plage avec une baroudeuse en surpoids habillée comme un commando GI, affublée d'un énorme pansement sur l'oreille.

« Vous connaissez Rafael Arroyo ? Rafael Arroyo travaille ici ? »

Chaque fois, le même conseil aimable – *non, mais nous sommes beaucoup de guides, peut-être là-bas ?*

Devant la cahute qui annonçait *Laguna Azul* en cursives multicolores, la réponse fut si vivement différente que ni l'une ni l'autre n'eurent de réaction. Elles se contentèrent de cligner des yeux sur le groupe de touristes qui s'apprêtait à embarquer, heureux d'être là, tandis que l'homme s'affairait aux amarres.

L'esprit subitement vidé de toute substance, Mama Cass pensa au Safari, se raccrochant à un lieu rassurant. Ici, c'était à peu près pareil que là-bas. Alors tout irait bien.

« Oui, c'est moi », avait répondu l'homme.

Il était souriant, comme les autres, petit, râblé, tanné, et c'était comme cette question con d'Oleg – *Comment les Japonais se reconnaissent entre eux ?* – qu'un soliste aurait taxée de racisme crasse, alors que pour Oleg, c'était une vraie question.

On ne donnait pas d'âge à Rafael Arroyo, ses cheveux drus étaient gris, mais il émanait de lui cette sorte de joie tranquille qui, sur les gens d'ici, délayait, étirait les marques du temps.

Il patienta sans rien dire devant le silence du duo si mal assorti devant lui, d'un geste révérencieux invita les aventuriers du jour à rejoindre l'embarcation, puis reprit la parole en même temps que Mama Cass, si bien que leurs mots se mélangèrent :

« Vous me… le frère de… cherchez… Soledad Arroyo ? »

L'homme dut saisir, au milieu de ce bazar de mots, un prénom. Parce que dans une fraction infinitésimale, son sourire changea. Plus horizontal, peut-être, moins ouvert. Cela avait à voir avec quelque chose dans son regard brun, aussi. Mama Cass, qui passait sa vie à observer, perçut la petite bascule.

« Soledad ? répéta-t-il. Pourquoi Soledad ? »

À cette question, Mama Cass prit conscience qu'elles n'avaient rien préparé du tout, tant elles avaient été occupées à répéter la leur. Et d'un coup, elle se faisait l'impression d'une équipe de la brigade criminelle débarquant flingue au mollet pour démanteler un trafic sur les barques des lagons.

« Peut-être que nous connaissions votre sœur », dit Viva.

Mama Cass la regarda – non, elle ne connaissait pas Soledad, mais bon, c'était encore la meilleure manière de présenter les choses. Fallait-il qu'elle se sente impliquée, la gamine de Miami Beach.

Rafael Arroyo haussa les sourcils, laissant glisser son sourire dans un petit rire poli.

« Vous ? Non, *señora*, ce n'est pas possible, ma sœur est morte il y a longtemps. 1969.

— Parce que j'ai bien connu une Soledad Arroyo et il paraît qu'il y a une tombe vide au *Panteón municipal*… »

Mama Cass avait voulu reprendre la main, et le faisait comme à son habitude, bien trop brusquement. Cette fois, le sourire de l'homme s'effaça complètement, et il se signa, comme devant l'apparition du Mal.

Mama Cass en ressentit un affreux malaise – oh non, elle n'était pas le diable, elle se fichait qu'on la traite de quoi que ce soit – grosse vache complexée, coincée, frustrée, c'était le problème des autres, de leur perception, mais mauvaise, ça, ça aurait été le sien et rien que le sien.

Comment s'était-elle débrouillée ?

« Je suis désolée, monsieur Arroyo, vraiment désolée, je ne veux que faire le bien comme Soledad me l'a demandé, simplement je ne sais pas comment m'y prendre…

— Ma sœur Soledad est morte. Je dois emmener ces gens voir le lagon.

— Oui. Je suis désolée, excusez-nous… »

Elle attrapa Viva par le bras, tournant le dos à cet homme qui, malgré les touristes qui l'attendaient sagement assis sur le bateau, restait planté là.

La voiture. Mama Cass ne parvenait à penser qu'à la voiture, là-bas sur le petit parking, l'habitacle où le monde se resserrait, devenait moins pénible, et elle moins conne. La voiture l'emmènerait où elle voudrait pour oublier tout ça.

« *Señora* ! »

Tandis qu'à son côté Viva marmonnait des choses qu'elle ne saisissait pas en essayant de marcher aussi vite qu'elle, Rafael Arroyo les avait rattrapées.

« Qu'est-ce qu'elle a fait, la Soledad que vous connaissez ? »

Il était là, sa casquette rouge à la main où étaient brodées les lettres du Laguna Azul, et Mama Cass, le cœur perdu, vit se superposer l'image d'Oleg sur le ponton du Wild Sun Safari. Il avait l'air solide et gentil, comme son vieil ami. Cela lui donna une petite respiration, où elle put organiser ses mots, cette fois.

« Elle travaillait chez moi depuis longtemps, monsieur Arroyo. Elle est morte, ça fera bientôt deux semaines. Elle m'a demandé de la ramener chez elle. Ici. À Tulum. »

Elle vit dans sa périphérie Viva hocher la tête, c'était bien. *Ne pose pas de question. Dis les choses, c'est tout.*

Le guide jeta un œil en arrière en vissant sa casquette sur son front.

« Je dois y aller, dit-il. Réservez une excursion demain matin, avec moi, pour 8 heures. Après, il fera trop chaud. »

33

« Ce que tu disais, ce matin… »

Viva cherchait les mots précis. « “Une femme n’a pas besoin d’être une victime pour prendre la parole, bon sang…” Tu crois que les femmes peuvent être plus fortes que les hommes ? »

Mama Cass cessa de touiller les glaçons dans son verre et regarda la jeune femme qui se tenait sagement face à elle, les bras croisés sur la mosaïque de la table. Elle-même ne faisait que penser à Soledad, à ce qu’il adviendrait d’elle après le rendez-vous avec Rafael Arroyo, le lendemain. Elle aurait trouvé normal de ne parler que de cela, mais Viva avait des préoccupations différentes, elle était déjà passée à autre chose avec une capacité d’intérêt qui semblait aussi limitée dans le temps qu’une ado de quatorze ans. La génération Z, se dit-elle, celle des réseaux sociaux, des jeux vidéo et des séries en streaming, qu’il fallait challenger en permanence pour ne pas l’ennuyer.

« Non seulement je le crois, mais je le sais, répondit-elle, un peu lasse. Je suis chef d’entreprise, et je mène à la baguette quatre bonshommes virils et tatoués. Et ma mère faisait la même chose avant moi. »

Viva hocha la tête, perdue dans ses pensées. Elles sirotaient une margarita aussi large qu'une piscine olympique dans un restaurant de l'avenue principale de Tulum. Tout ici incitait à la joie, les mariachis dont elles s'étaient tenues à distance sur l'avancée de la terrasse, les guirlandes de lampions, et les tabourets de bar remplacés par des balançoires accrochées au plafond avec des cordes épaisses – malgré cela, Mama Cass avait bien évidemment refusé de s'y asseoir.

« Tu as de la chance d'être forte, rétorqua Viva. On ne l'est pas toutes.

— Oui, eh bien, maintenir les femmes dans un statut de victimes potentielles, c'est ce que font les militantes des réseaux sociaux, et c'est contre-productif. Au lieu de ça, on ferait mieux de montrer de quoi elles sont capables. Mais si tu me demandes ce que je pense, voilà : si on te colle une cible sur le front, il y aura toujours un connard de chasseur pour te tirer dessus. Et le jour où ça t'arrive, plutôt que de te dire *ce n'est pas normal*, tu te dis *voilà, c'est mon tour*, puisque c'est comme ça que tes sœurs t'éduquent. Et ce n'est pas valable que pour les femmes, d'ailleurs, mais pour ce qu'on appelle les minorités visibles. (Elle avala une gorgée de sa margarita, grimaça.) Mais je me ferais probablement lyncher en disant ça sur un plateau de télé, non ?

— Oh, oui, c'est sûr, rigola Viva sur un tintement de glaçons. Tu trouves que c'est la faute des femmes, tout ça ? Elles le cherchent bien, c'est ça ?

— Ce n'est pas ce que je dis, Viva. Pas du tout. Je dis qu'on est saturés par les injonctions. Il faut revendiquer d'être victime, féministe, cisgenre, racisé, non genré, obèse, bipolaire et je ne sais pas quoi encore. (Elle eut un petit rire, une légère ivresse la gagnait.) Mais bon, que veux-tu, je suis une quadragénaire hétéro blanche et bourgeoise, j'ai le parfait profil de la réac, alors, foutue pour foutue, je ne vais pas me gêner pour penser ce que je pense. J'en ai marre qu'on m'éduque, qu'on me dise comment je dois réfléchir. »

Le serveur avait virevolté jusqu'à la table pour y déposer un plateau de guacamole et de salsa, des tacos aux crevettes, et Mama Cass se demanderait toujours comment il était possible de manger d'aussi bonnes choses pour si peu cher. Elle mordit dans sa lamelle de citron vert pour s'ouvrir l'appétit, se nettoyer de l'alcool qui la rendait trop bavarde – comme le Xanax dans l'avion. Et les mariachis qui commençaient à sérieusement ricocher dans son crâne comme une pierre dans un étang boueux.

Viva la regardait, pensive.

« Tu aurais voulu vivre à quelle époque, alors, si t'aimes pas la nôtre ?

— Tu l'aimes, toi ? (Elle réfléchit deux secondes.) J'aurais voulu vivre dans les années 1970, comme dans la jeunesse de mes parents. À cette époque, ils étaient libres. Tout le monde était libre. On se foutait de la sexualité ou de la religion des autres.

— Ben y a plus de tolérance maintenant, quand même ?

— Tu trouves ? Tu trouves que le monde va mieux ? Bon sang, Viva, des ados commettent des massacres dans des écoles, des flics blancs descendent des jeunes Noirs, et tu trouves qu'il y a plus de tolérance parce qu'on colle des panneaux non genrés sur les portes des toilettes publiques ? Parce qu'on met un quota obligatoire de gens de toutes sortes dans les séries télé, au risque de tout rendre artificiel et de bientôt toujours raconter la même histoire, avec les mêmes personnages ? Moi, ce calcul permanent, ça me fait peur.

— Tu es en colère ? »

Mama Cass s'essuya longuement les mains, réfléchit. Il n'y a pas si longtemps, une femme sur un parking de supermarché – l'une de ces voyantes psychiques qui vous attrapent la main sans même vous demander votre avis – lui avait dit exactement la même chose : *Vous êtes en colère.* Elle avait retiré prestement sa main, comme si on l'avait brûlée, craignant la suite. Mais à la réflexion, la brûlure lui était restée.

« Oui, je crois que je suis en colère. Tu as raison. J'ai toujours été en colère. Je ne suis pas quelqu'un d'aimable, Viva, au sens littéral du mot.

— Moi, je t'aime bien. »

Mama Cass lui sourit, trempa une tortilla dans le guacamole et, en plus des mots qu'elle entendait, la texture à la fois douce et piquante eut un effet rassurant.

« Viva, dis-moi, quel est ton plus gros fantasme ?

— Sexuel ? répondit candidement la jeune femme. C'est pas pour ça que je te disais que je t'aimais bien…

— Je sais, rigola Mama Cass. Non, une chose que tu rêves de faire, dont tu rêves qu'elle t'arrive, tu vois ? »

Viva croqua consciencieusement une crevette et haussa une épaule.

« Ben comme tout le monde, je suppose : rencontrer l'homme de ma vie qui prenne soin de moi. »

Mama Cass sourit, hocha la tête.

« Eh bien, moi, c'est de défoncer une porte avec un bélier.

— Un bélier de police ? Comme dans les séries ?

— Exactement. Alors tu vois le problème. »

Alors, tu vois, toutes les femmes ne sont pas faites sur le même modèle, continua-t-elle *in petto*. Et le sien ne prétendait pas être un exemple. Elle était en colère, oui, et avait oublié depuis bien longtemps à quoi pouvait ressembler une satisfaction sensuelle – jusqu'à cette douche un peu plus longue que d'habitude, la veille.

Et il semblait que, comme Oleg, Viva lisait dans ses pensées.

« Et ça ne te manque pas, tout ça, les hommes, la séduction ? »

Elle avait congédié les mariachis qui s'étaient approchés de leur table, avec un sourire enjôleur et un billet, et Mama Cass entrevit là un aspect d'elle jamais vu depuis leur rencontre : à la place de cette fille un peu paumée, attentive comme une élève de collège, une femme dont le charme se déployait en finesse, comme les ailes d'un joli colibri.

« Ça ne fait simplement pas partie de ma vie », lui répondit-elle.

Que dire d'autre devant le ténébreux à guitare qui en une fraction de seconde avait été embobiné par sa jeune amie, alors qu'à elle, il n'avait pas même jeté un coup d'œil ?

« Du coup, depuis combien de temps tu n'as pas eu… euh, de rendez-vous ? »

Une fois sa victime ferrée d'un seul regard repartie la queue entre les jambes, Viva avait reporté toute son attention sur elle, presque timide.

« Tu veux vraiment être choquée ? Je n'en ai jamais eu. Déjà, je te l'ai dit, je ne suis pas une femme… aimable, au sens littéral du terme.

— Oh, Cassie, tu exagères toujours.

— Non, je t'assure que je l'assume complètement. D'autant que si je pouvais séduire, je crois que j'aurais la flemme de tout ce bazar, la séduction, comme tu dis. Raconter ma vie. Faire connaissance de quelqu'un. »

Seigneur, mais que lui prenait-il de se confier ainsi ? Était-ce seulement la margarita très chargée, cette parenthèse dans son monde, le fait d'être loin de tout ? Et de ne jamais revoir Viva, après cela ?

« Je t'ai expliqué, je ne connais pas les codes de cette société. Je ne saurais pas à quel moment il faudrait que j'accepte qu'un type me paie le restaurant, si c'est parce qu'il veut autre chose tout de suite ou s'il est simplement intéressé par moi et gentleman. (Elle fit tinter ce qui restait de glaçons dans son verre, un peu ailleurs.) Mon ami Oleg, il ne sort plus non plus, à cause de ça. Il dit qu'il ne sait plus à quel moment régler la note, c'est la même chose qu'une main aux fesses. Alors non, pas de rendez-vous, jamais.

— Tu es… ? »

Il y avait des mots qui, manifestement, ne pouvaient pas franchir les lèvres de Viva, Mama Cass en avait noté mentalement quelques-uns – *morte, âge, famille, chez moi*, des choses comme ça.

Et *vierge* en faisait maintenant partie.

« Non, je ne suis pas », s'amusa-t-elle.

Le serveur jovial débarrassait les entrées pour faire place à deux immenses assiettes de poulet grillé, sans se douter de la profondeur de la conversation de ces deux femmes dépareillées. Sans doute croyait-il qu'il s'agissait d'une fille qui avait traîné sa mère en week-end.

« … Mais je n'ai jamais eu ce qu'on appelle un rendez-vous, je te dis. Mon premier… Enfin, ma première relation, c'était un copain, au collège. (Elle ricana.) Enfin, un copain qui m'a vite larguée, je pense que j'étais simplement l'objet d'un pari qu'il avait perdu avec des connasses de ma classe. Va savoir, si à l'époque ça avait existé, je lui aurais peut-être collé un *#MeToo*… Et le dernier, c'était Oleg. Mon employé. Mon ami. Une erreur.

— Pourquoi, lui aussi s'est mal comporté ?

— Oleg ? Oh, mon Dieu, non, au contraire. C'est la personne au monde avec qui je m'entends le mieux. Faut pas gâcher ça. On est nés le même jour, comme de faux jumeaux. »

Viva lâcha ses couverts et prit les poignets de Mama Cass entre ses mains fines. Elle avait posé sur elle un regard très doux, si doux qu'il en était paradoxalement agressif pour qui, fourchette et couteau coincés en l'air, n'avait aucune envie de cette douceur – et surtout pas qu'on la touche, jamais.

« Faut pas gâcher ça ? À lui, tu n'aurais pas besoin de raconter ta vie ni de faire sa connaissance, répéta Viva, presque larmoyante. C'est déjà fait. Du coup, tu te rends compte que c'est peut-être ça, l'amour ? »

Sans blague, se dit Mama Cass, gênée, en finissant par se dégager. Amoureuse d'Oleg ? Allons. Oleg, c'était comme son frère.

Elle aurait bien bu une autre margarita, le poulet lui restait en travers de la gorge, d'un coup.

Mange, se dit-elle. *Allez, mange donc, remplis-toi, ça ira mieux.*

Viva dut se sentir aussi mal à l'aise qu'elle, car elle passa à autre chose.

« Oui ben moi, je n'ai jamais vécu sans homme. J'y arrive pas. Avant Miguel, il y a eu Raul, un restaurateur, j'avais seize ans, mes parents étaient furieux, j'ai dû dégager de la maison.

— Tes parents, comment ils sont ?

— Riches. Enfin, mon père. Lui, il avait carrément une chaîne de restaurants, c'est comme ça que j'ai rencontré Raul, d'ailleurs. Ma mère, elle était serveuse, je me demande pourquoi il l'a épousée, à part le fait qu'elle était super belle, parce que toute ma vie je l'ai entendu lui dire qu'elle n'était pas cultivée. Idiote, quoi. Pourtant, il a jamais voulu divorcer. Il a toujours dit que j'étais bien la fille de ma mère, je suppose qu'il me prenait pour une jolie conne, moi aussi. (Elle pouffa.) Heureusement, il avait ma sœur. Elle, elle a eu les études, elle est devenue avocate. Et moi, j'ai eu les mecs. »

C'était donc cela, se dit Mama Cass, émue. Cela, qui faisait de Viva une fille aussi pressée d'apprendre. Vivait-on donc toute sa vie avec un surnom d'enfant ? « Mama Cass » pour elle – alors que Papa l'aimait, cela n'avait jamais fait aucun doute – et « Bien la fille de ta mère » pour Viva. Ce père-là voyait-il simplement en sa fille la beauté de sa femme, d'une façon bourrue, et elle ne l'aurait pas compris ?

Les parents se trompaient-ils dans leurs intentions, ou se trompait-on sur les leurs ? Voilà l'éternelle question qui devait faire la fortune des psychothérapeutes.

« Après Raul, il y en a eu d'autres, continua Viva. Jake, Ron, un autre Jake, deux ou trois autres, et puis Miguel. Ça n'a jamais duré. »

Mama Cass fit un geste qu'elle n'aurait jamais imaginé pouvoir faire. Elle saisit les mains de Viva, retombées sur la table comme deux oiseaux fatigués qui reprendraient vie si on les réchauffait un peu.

« Écoute, Viva, ce n'est pas ta faute. Votre génération… (Elle pressa ses doigts.) Vous, les garçons et les filles, vous ne savez plus vous parler. Vous passez tellement vite à autre chose. »

Viva leva un regard voilé sur elle.

« Moi, je ne suis pas forte, Cassie. Je ne suis pas comme toi. J'ai peur tout le temps. J'ai peur d'être seule, j'ai peur de tomber sur un salaud, j'ai peur de ne pas avoir d'enfant, j'ai peur d'avoir des enfants. J'ai peur de vieillir.

— Oh, ma chérie… »

Jamais Mama Cass n'avait appelé quelqu'un ainsi. Sans doute l'aurait-elle fait avec sa propre fille, mais il était trop tard, n'est-ce pas ?

« Oh, Viva, se reprit-elle, je ne sais pas quel âge tu as, vingt-cinq, vingt-sept ans, tu as le temps que les choses changent, la roue tourne, tu sais. »

Qu'est-ce que c'était idiot, cette réflexion, mais que dire d'autre ? Elle n'était pas le genre de personne à savoir donner de l'espoir. Viva ouvrit plus grand les yeux, une petite larme s'en échappa, traçant un sillon dans la poudre de soleil qui rehaussait ses pommettes.

« Vingt-cinq ans ! dit-elle. Cassie, j'en ai trente-huit. »

Mama Cass cligna des yeux, luttant pour ne pas relâcher son étreinte. Elle ne savait quelle réaction il serait bon de laisser paraître.

Trente-huit ans. Seigneur, le boulot que ça devait être.

Et puis, comme à son habitude, la jeune femme en face d'elle passa à autre chose, serrant les mains et se libérant doucement pour se tamponner les yeux avec une serviette de table.

« Du coup, dit-elle. Tu crois que c'est ce qui est arrivé à Soledad ? Que c'est la faute d'un homme si elle a fini seule ?

— Je ne sais pas, Viva. On verra demain. On verra ça toutes les deux. On est ensemble. »

34

C'était un maillot de bain une pièce, noir, évidemment, le plus classique qu'elles avaient pu trouver au supermarché de Tulum.

Ce n'était pas le genre de modèle que l'on s'offrait dans les boutiques branchées de la Costera, des petites choses hors de prix à ficelles et à paillettes. Non, il avait fallu aller au rayon pas-cher-mémère du Súper Aki, comme l'avait suggéré ironiquement Mama Cass, entre deux ballons de plage gonflables et des tee-shirts souvenirs grande taille.

Ce disant, elle avait essayé de faire rire Viva, mais chacun sait que le rire n'est parfois que la politesse du désespoir, y compris pour une blonde de trente-huit ans qui travaillait quotidiennement à en faire dix de moins et qui en avait eu son propre lot.

Donc, Viva n'avait même pas esquissé un sourire, elle avait juste levé les yeux au ciel.

Le désespoir, Mama Cass l'avait reconnu dans le miroir de la cabine d'essayage, alors qu'elle se débattait pour ôter sa superposition de débardeur et de tee-shirt, enfoncée dans son bermuda kaki. Le désespoir, elle avait dû lutter contre, se tournant le dos pour laisser tomber les vêtements à ses pieds. Le désespoir, elle avait serré les dents dessus en enfilant ses cuisses dans la culotte, en ajustant les bretelles qui avaient claqué sur ses épaules comme un rappel à l'ordre : si tu n'as pas ce courage, ma grosse, tu ne feras pas cette excursion à Sian Ka'an, tu n'entendras rien du frère potentiel de Soledad, et tu pourras dire adieu à ta promesse.

La vérité a parfois besoin de rites, et Rafael Arroyo avait décidé qu'il s'agirait de celui-ci : prendre le bateau sur les lagons, et, loin de tout, se laisser porter par l'eau flottante. C'était son métier, son droit, et il fallait le respecter.

« Eh ben, t'es très bien », avait jugé Viva en passant la tête par le rideau et Mama Cass avait ouvert les yeux.

C'était peut-être vrai, ce que lui avait toujours dit Maman : *arrête de te noyer sous des tonnes de vêtements, on paraît plus enveloppée quand on se cache.*

Car Viva n'avait pas eu le moindre regard dégoûté, elle lui avait simplement dit : « Va aussi te falloir un short, plus court que ton treillis, là. Et puis juste un tee-shirt, s'il te plaît, pour les coups de soleil, pas ta tunique en toile de tente. Et des tongs. Enfin, des tatanes, pas avec le truc entre les orteils, si t'aimes pas. »

En rentrant à l'hôtel, elle avait fait autre chose, d'autorité : le pansement sur son oreille avait été enlevé – « Sinon, ça va s'infecter, c'est bien de le laisser à l'air. »

On aurait dit qu'elle avait si peur que Mama Cass ne renonce qu'elle devançait toutes ses plaintes possibles. Inutile de discuter, voilà quelle était la Viva de ce jour-là.

Mama Cass l'avait laissée désinfecter son lobe, une boule de dégoût dans la gorge, puis elle avait jeté un œil sur cette petite partie d'elle-même, propre et rose. Ça allait. « Le trou s'est pas rebouché, avait dit Viva, les oreilles, ça met longtemps. Du coup tu pourras y remettre une boucle bientôt », et Mama Cass n'avait pu s'empêcher de voir dans cette annonce satisfaite un parallèle avec quelque chose de sexuel. Ça l'avait fait pouffer.

« Quoi ? avait demandé Viva.

— Non, rien. »

Mama Cass n'avait pas appelé Oleg hier soir. Pourquoi ? Parce que la conversation sur la séduction, l'amour, sous le concert des mariachis, l'avait abîmée dans un inconfort mal défini, une fois l'ivresse de la margarita retombée ? Elle ne savait pas. Elle faisait ce qu'elle faisait d'habitude, elle se disait qu'elle y penserait plus tard. Pour le moment, il n'y avait que Soledad qui comptait.

Elle avait passé son doigt le long du liseré doré mal aligné cernant l'urne ivoire, Viva avait fait un signe de croix un peu ridicule et probablement pas dans le bon sens, et elles étaient parties à la recherche de la vieille femme de ménage mexicaine, à Sian Ka'an, où la biosphère se fichait bien d'un maillot de bain de mémère sur une quadra floridienne mal fagotée.

35

Le sourire était différent. Civil, inquiet, peut-être. Le regard noir, plus opaque, ratifiait la fossette qui ne se creusait cette fois que d'un côté. Rafael Arroyo n'était pas entièrement à ce qu'il faisait. Pas complètement là, le guide qui aurait dû partager l'enthousiasme proverbial de ses collègues s'affairant autour de lui, installant les troupes de visiteurs dans de grandes exclamations rieuses. « Mettez-vous à l'aise, *señoras*, *señores*, les sacs sous vos sièges, c'est parti pour une grande aventure ! »

Sur le petit bateau de Rafael, il n'y aurait que deux passagères. C'était son choix, alors il ne leur en avait pas fait payer le privilège, leur réclamant poliment les cinquante dollars des prix de groupe. L'excursion durerait quatre heures, leur avait-il dit, quatre heures à visiter les marais d'eau douce à travers les lagunes, les récifs et les canaux mayas.

Ce n'était pas cher payé, le même prix que pour une heure au Wild Sun Safari, s'était dit Mama Cass, comme si elle se cramponnait à des pensées purement pratiques.

Sinon, d'autres, parfaitement irraisonnées, l'assaillaient. Et si Soledad s'était enfuie du Mexique parce que sa famille était de l'un de ces cartels de drogue qui décapitaient les gens ? Et si Rafael Arroyo allait les conduire au fin fond de la mangrove et les filer à bouffer aux jaguars ?

Elle balaya du regard le contenu de la petite embarcation à moteur : six sièges moulés, des gilets de sauvetage orange, un coffre. Peut-être y avait-il tout un arsenal de couteaux, là-dedans.

« Le soleil ne tape pas trop fort, à cette heure-ci, dit l'homme en leur tendant des serviettes rayées de bleu et blanc. Vous pourrez les mettre sur vos épaules au retour, quand il sera plus haut. Peut-être je ne vous ai pas dit de prendre un chapeau, je suis désolé… »

Triomphante, Viva sortit deux casquettes blanches de son sac à dos, le genre siglé que l'on portait avec la visière à l'envers.

« Je sais, pas de crème solaire, dit-elle doctement.

— Oui, renchérit Arroyo. La crème solaire pollue tout et abîme les coraux. Vous êtes déjà venue, *señora* ? »

Viva acquiesça, toute fière. Son ego malmené reprenait de la vitalité, se dit Mama Cass, pas mécontente de lui en laisser l'occasion. Et puis l'homme, le guide, n'avait plus vraiment l'air d'un lieutenant d'El Chapo lorsqu'il retrouvait son sourire noble de cicérone.

« Dans la langue maya, Sian Ka'an signifie "origine du ciel" », leur dit-il avant de démarrer le moteur et, mon Dieu, dans ces circonstances, cela prenait toute sa signification.

Mama Cass ferma brièvement les yeux sous le vent tandis que le bateau prenait de la vitesse vers l'azur du grand lagon, pensa à Soledad, restée sagement sur sa table de nuit, et se dit que si elle ne revenait pas vivante de cette expédition, peut-être ne regretterait-elle rien, au fond.

Ils s'enfoncèrent dans le bleu, le bleu de tout, du ciel, de l'eau, des coraux translucides, et dans cet éblouissement de bleu, elle se dit qu'elle n'avait jamais rien ressenti de tel en dehors de l'Endroit, la clairière aux alligators.

C'était au-delà du monde, un abandon total, l'absolu d'une religion. La nature, et vous en suspension, votre corps effacé, mais vous, pleinement présent.

La mort rêvée – la mort rêvée de Soledad.

Ils contournèrent les nombreuses *petenes*, minuscules îles boisées émergeant des marais, le bateau à moteur sur lequel elles étaient sanglées ralentissant, se taisant, s'allégeant au rythme de l'eau calme jusqu'à n'être qu'un esquif qui ne les portait plus qu'à peine.

« Regarde, Cassie, souffla Viva en tendant son bras fin. Un alligator, comme chez toi. »

C'était une masse d'écailles parfaitement immobile, les pattes répandues comme celles d'une insignifiante grenouille sur le sol herbeux de la *petene*, la gueule grande ouverte au soleil.

« Ce n'est pas un alligator, répondit Mama Cass. C'est un crocodile. Les alligators ont le museau en forme de U, celui des crocodiles est plus fin, en forme de V, comme celui-ci, regarde… »

Elle observait l'animal, à bonne distance de l'embarcation, pensait à Senior et à Oleg, et se sentait étrangement sereine, maintenant. « Il ne dort que d'un œil, dit-elle.

— Il peut venir jusqu'à nous ? s'inquiéta Viva.

— Oui, mais il est bien, là. Il s'en fiche, de nous. »

Derrière elles, Rafael Arroyo n'avait pas prononcé un mot depuis leur départ. Sans relancer le moteur, il fit tourner le bateau au gré du léger courant, pour s'approcher de la petite île.

« Vous vous y connaissez, *señora*, finit-il par dire en direction de Mama Cass. Les crocodiles, les alligators… »

Elle était heureuse d'avoir ses lunettes de soleil, sans cela, elle aurait scruté le visage de cet homme pour y trouver des ressemblances avec celui de Soledad. Elle n'aurait pas pu s'en empêcher.

« Je gère un safari dans les Everglades, en Floride, dit-elle. Un peu comme ici.

— Vous ? fit-il, avec la spontanéité des gens d'ici, dénuée d'ironie.

— Oui, moi », assura Mama Cass. *Moi, la dame qui ressemble à une touriste d'occasion*, ajouta-t-elle pour elle-même. Dans sa tête, elle n'avait pas la même fraîcheur que cet homme de quinze ans son aîné.

« C'est grand, les Everglades, continua-t-il. La réserve de Sian Ka'an couvre 2 800 kilomètres carrés.

— Les Everglades, plus de 20 000.

— Mais il y a plus d'endroits habités qu'ici, n'est-ce pas ? À Sian Ka'an, il n'y a que deux villages côtiers, Punta Allen et Punta Herrero.

— Dans nos parcs, il y a beaucoup de villes, en effet… Everglades City. Fayetteville. Jasper. Eureka Springs. Des villes plus ou moins grandes. »

Il hocha la tête, et elle se demanda s'il était en train de mesurer la pollution des hommes corrompant les parcs nationaux, ou de s'imaginer de quelle biosphère concurrente sa sœur avait été un élément, durant toutes ces années.

« Nous nous arrêterons à Punta Allen, plus tard », dit-il en enclenchant le moteur, articulant quelque chose d'autre, devenu inaudible sous la pétarade. Et Mama Cass crut comprendre : *Nous y avons toujours vécu.*

La vitesse la colla de nouveau au dossier de son siège, tandis que Viva, dans son propre monde qui ressemblait à un gigantesque parc d'attractions pour enfants, retenait sa casquette en yodlant de plaisir, son smartphone brandi au bout de l'autre bras, dans un exercice périlleux pour immortaliser l'instant.

Mama Cass se dit qu'elle aussi aurait dû filmer cet endroit, pour montrer à Oleg et aux autres. Mais elle n'avait jamais eu ce réflexe. Dans son téléphone, il n'y avait que quelques photos d'évènements notables qu'on aurait cru tirées de la gazette du lycée local – celle du python de quatre mètres d'Oleg et Domingo, sur le ponton du Safari, par exemple. Le reste, pourquoi le prendre en photo, elle le voyait tous les jours.

Elle le regretta d'autant plus lorsqu'ils s'engagèrent dans les canaux de l'île aux oiseaux. Des pélicans, des toucans, des cormorans et des aigles marins, elle en avait sans doute vu beaucoup, mais pas réunis si nombreux dans un tel éden. Ici, au contraire des ombres de la mangrove des Everglades, tout était à ciel ouvert, le soleil faisait l'inventaire infini des couleurs qui, sous son faisceau scintillant, prenaient d'autres teintes que les leurs.

« Il y a trois cents espèces d'oiseaux, ici », leur dit leur guide. Et Viva, debout dans le bateau, tentait frénétiquement d'en saisir tous les panaches.

« Pourquoi tu ne regardes pas plutôt avec tes yeux », maugréa Mama Cass, un peu aigre. Elle savait qu'elle n'avait pas à lui faire ce reproche, d'abord parce qu'elle n'était pas sa mère, et ensuite parce que depuis qu'elle connaissait Viva, c'est-à-dire quatre jours, elle ne l'avait jamais vue dégainer son portable pour tout et pour rien, pour une photo de margarita sur une nappe soigneusement agencée, pour un selfie boudeur. Et, à en croire ce qu'elle voyait tous les jours sur le ponton du Wild Sun Safari, quatre jours, ce devait être un record pour une *instagrameuse* – ou une *influenceuse*, elle ne savait pas comment on appelait ces filles-là, à partir de combien de *followers* on changeait de statut dans ce monde virtuel.

Tu es vieille, aigrie et fermée, ferme-la, se morigéna-t-elle alors que le bateau repartait.

Et puis, surtout, elle était dans un drôle d'état : à la fois habitée, transportée par la beauté et la sérénité des lieux, et sur les nerfs. Cette conversation sur Soledad qui ne venait pas. Cet homme qui les guidait et dont elle ne savait que penser. Alors elle attrapait des sentiments, comme ça…

Comme prise en faute, Viva rangea son téléphone et rattacha sa ceinture, bien droite sur son siège.

Et le moteur, de nouveau, qui couvrait tout, comme un grand silence.

36

« Ce sont des *tamales.* Des feuilles de bananier farcies. Celles-ci sont à la pomme de terre et aux oignons. C'est ma femme qui les prépare. Tenez, prenez. »

Ils avaient accosté sur une plage déserte, un banc de sable blanc entre deux lagunes. Seuls au monde.

Viva, au paradis, avait laissé tomber son short et son tee-shirt, révélant son corps parfait de trente-huit ans dans un maillot de bain de nageuse, une seule pièce, de larges bretelles croisées, mais doré comme les cheveux qui coulaient dans son dos. On aurait dit une pub Dior avec Charlize Theron, avait remarqué Mama Cass, retranchée sur un tronc d'arbre. Elle avait tiré sur son tee-shirt : pour elle, l'effeuillage n'était pas pour tout de suite.

Viva avait trempé les pieds dans l'eau turquoise et s'était éloignée pour prendre la pose discrètement devant son téléphone. Mama Cass avait essayé de ne pas s'agacer – *arrête un peu, vieille chouette.*

Et Rafael Arroyo avait débarqué une glacière. Des jus de fruit du dragon, frais, dans de petites bouteilles en verre sans étiquette. Et ces *tamales*, drôle d'aspect que celui de ces longs paquets jaune paille qu'on n'aurait jamais imaginé manger à moins d'être un brontosaure suffisamment haut pour pouvoir se nourrir directement dans les arbres.

« Prenez », insista le guide, souriant.

Mama Cass jeta un œil à Viva à travers ses lunettes fumées. Enthousiaste, la jeune femme tendait la main avec bonheur.

« Ah, j'ai déjà goûté, c'est trop bon ! Goûte, Cassie. »

Goûte, oui. Et tu tomberas peut-être raide morte empoisonnée, et jamais personne ne retrouvera ton corps sur cette île, et Oleg n'aura rien à enterrer.

L'esprit en roue libre de Mama Cass était passé de la félicité à l'agacement, l'impatience, et revenait au potentiel fait divers.

« Oui, renchérit le guide, on peut y mettre du poulet, du bœuf, des piments. Mais comme il y a des touristes végétariens, maintenant, ma femme les fait comme ça. Pommes de terre, oignons. Simple. »

Il haussa une épaule et croqua dans l'espèce de beignet filandreux, comme pour démontrer à son hôte réticente qu'elle n'avait rien à craindre. Mama Cass piocha dans la boîte, goûta, c'était bon. Simple, épicé comme il le fallait. Oleg adorerait. Enfin, il faudrait que ce soit un peu plus gras.

Ils mangèrent en silence.

Tout autour d'eux était merveilleusement immobile et bleu.

Puis Rafael reboucha sa bouteille de jus de fruit du dragon, regarda Mama Cass et dit :

« *Vale. Señora.* Racontez-moi votre Soledad. »

C'était le moment. Cet homme ne les avait pas empoisonnées, il les avait emmenées dans un paradis qui était peut-être bien celui de la vieille femme de ménage, il les avait nourries de ce qu'elle aimait peut-être.

Tout était fait et parfait pour que ce soit le moment.

Mama Cass recroquevilla ses orteils dans ses savates de plage, tira davantage sur son tee-shirt. Elle sentait le regard de Viva, son jus de fruit en suspension, les yeux de Rafael Arroyo, leur laque de jais et cette impression de brume.

« Soledad, commença-t-elle. Je crois que c'était en 1988. »

Elle y avait réfléchi, après qu'avec Oleg elle avait fouillé dans les classeurs accordéon. D'après ce que disait le papier griffonné des coordonnées de Soledad, la vieille femme de ménage mexicaine avait été embauchée la même année que le Pancho Villa miniature.

Comme si Maman, se sachant malade, avait préparé son départ en entourant sa fille de personnes dont elle aurait besoin après elle. Mama Cass avait aperçu d'autres femmes de ménage à la maison, avant Soledad, mais elles n'étaient jamais restées très longtemps. Et elles n'étaient pas là souvent. Maman était insomniaque, et quand ça lui prenait, elle passait l'aspirateur la nuit et briquait ses placards jusqu'à tomber de sommeil.

Soledad, elle, était restée trente ans, quatre jours par semaine. Alors Mama Cass avait convoqué ses souvenirs dans des efforts sans cesse renouvelés au milieu du carré lumineux de son frigo vide à Homestead, et ces dernières nuits, à Tulum.

Il en était ressorti des bribes dont elle ne savait pas si elles étaient la réalité ou un accommodement de son cerveau pour atténuer son sentiment de culpabilité par des images prouvant qu'elle avait regardé Soledad, et que ce faisant elle avait attaché de l'importance à cette vie à côté de la sienne.

« Je me rappelle, dit-elle, les yeux dans le bleu. Un soir je suis rentrée du Safari, et ma mère était dans la cuisine. Avec elle, il y avait une femme. Quand j'y repense, elles avaient toutes les deux la même silhouette. Petite, très mince. L'une était blonde, un peu rousse, l'autre brune, j'ai cette image en tête de deux femmes qui se ressemblaient mais étaient l'opposée l'une de l'autre. Vous voyez. Il y avait une lumière de fin d'après-midi, un peu orange, qui passait par la fenêtre et faisait un contre-jour, aussi je n'ai pas vraiment vu le visage de Soledad, ce jour-là. On aurait dit une photographie dans un magazine. Vous voyez. »

Elle avait fait ce travail de mémoire sans relâche, comme on travaille mentalement sur un livre, une biographie. Voilà pourquoi elle traversait toutes sortes de sentiments, sans aucune préparation, elle dont la vie était si égale, et qu'elle ne se retrouvait plus. Mais elle ne le comprenait que maintenant.

« Ma mère m'a dit : Cassie, voici Soledad, elle viendra… quelques jours par semaine pour s'occuper de la maison. Je ne sais plus combien. Au début, peut-être deux. Je me souviens que le dimanche soir, il y avait un plat préparé sur la cuisinière. (Elle réfléchit.) Oui, le dimanche, parce que c'était le soir où on rentrait tard du Safari, avec Maman. Le week-end, il y a beaucoup de monde, évidemment, les locaux viennent en plus des touristes, ça n'arrête pas. Enfin, vous voyez… »

Mama Cass prenait le guide à témoin, après tout, ils faisaient le même métier. Mais elle ne le regardait pas, ne les voyait ni lui ni Viva. Elle mobilisait sa conscience sur le passé, témoin appliqué qui sait l'importance de la part de vie qu'il est seul à porter.

Et puis, tandis qu'elle relâchait – un peu – son tee-shirt, détendait – un peu – ses orteils dans ses savates de plage, s'opérait une catharsis devant les images de Maman et de Soledad, jeunes et valides, dans la lumière orange. Cette maison, aujourd'hui sans âme, avait vécu.

Peut-être n'était-elle qu'assoupie.

Elle pensa au frigo vide, à la cuisinière désertée.

« Soledad préparait de gros plats bien roboratifs, à l'époque. Ce n'est que plus tard qu'elle m'a mise à la diète. (Elle eut un petit rire, pour elle-même.) Maman était maigre, elle voulait sans doute la remplumer, pourtant elle n'était guère plus épaisse. Je me souviens d'un plat, en particulier… Des pommes de terre au chili. Des patates farcies avec du chili, gratinées au four. Vous voyez. »

Sans s'en rendre compte, elle mimait la rondeur de la patate avec ses mains, lissait le gratin d'un geste plat.

« Je me souviens du dimanche soir, parce qu'il y avait ces odeurs de cuisine quand on rentrait, épuisées. Il y avait les patates, mais aussi le poulet rôti. Vous savez, quand on cuisine, on ne sent pas vraiment les odeurs de ce qu'on prépare, tout se mélange au fur et à mesure… »

Mama Cass secoua la tête : depuis combien de temps n'avait-elle pas fait autre chose que de coller des plats tout faits au micro-ondes ? Il y a trente ans, elle cuisinait, de temps en temps. Et elle aimait ça.

« Mais quand on arrive dans une maison où quelqu'un a passé du temps dans la cuisine, ces odeurs-là, elles vous envahissent dans toute leur… complexité ? Oui, c'est ça. Bref, cela voulait dire que c'était dimanche. »

Elle se tut un instant, rattrapa ses lunettes qui glissaient de son nez, étendant ses jambes sur le sable. Elle s'abîma dans le sillon que traçaient ses talons, laissant remonter les choses.

« Je me souviens du linge plié sur mon lit. Il y avait eu des femmes de ménage chez nous depuis que j'étais petite, au moins pour le repassage. Mais elles étaient toutes de jeunes filles qui voulaient gagner un peu d'argent de poche, elles faisaient leur travail, puis s'en allaient sitôt que c'était fini. Lorsque j'étais jeune femme, elles avaient mon âge, on se croisait, elles travaillaient, je travaillais, c'était comme ça, pas de questions à se poser. Avec Soledad, c'était différent, parce qu'elle avait l'âge de ma mère. Alors elle faisait les choses comme une mère. Elle pliait le linge et le posait sur le lit. Pas dans la buanderie, vous voyez ? Oh, je sais ce que vous pensez. Voilà une bourgeoise américaine qui fait la différence entre deux femmes de ménage par la façon dont elles plient son linge. Quelle condescendance, hein ? »

Rafael Arroyo hochait-il la tête, mécontent, avait-il un petit sourire désabusé ? Elle ne le savait pas. Si elle le regardait et voyait sa propre vacuité dans son regard noir, sans doute Mama Cass sortirait-elle de sa transe et l'histoire s'arrêterait là, dans une fatuité sociale dont elle se serait rendue coupable.

Elle n'entendit rien, alors elle développa, comprendrait qui pourrait.

« Mais ce n'est pas ça. Cette façon dont le linge était posé, c'était de la tendresse bien au-delà du travail. Et je ne le réalise que maintenant que je ne l'ai plus, cette tendresse, vous voyez. Toutes ces années, Soledad a fait pour moi comme une mère ferait pour sa fille. »

Mama Cass soupira, sentant une fois de plus, peut-être la dernière, Soledad s'éloigner.

« Alors je pourrais vous dire que je me souviens d'une tunique qu'elle portait souvent, parme avec de petites fleurs jaunes, parce que ma mère lui avait dit qu'elle l'aimait beaucoup et qu'elle lui avait cousu la même. Elles faisaient la même taille, je vous l'ai dit ? Oui. Et ce serait vrai. Je pourrais vous dire que je me demandais comment elle arrivait à faire ce chignon tressé. Et ce serait vrai. Je pourrais vous dire qu'elle avait des yeux d'un brun très clair, et une petite dent de travers, je crois qu'on appelle ça une canine, et qu'elle s'appliquait à ne pas la dévoiler quand elle souriait, et que je trouvais que c'était une drôle de coquetterie pour quelqu'un d'aussi humble. Et ce serait vrai. Dans ces moments-là, quand elle souriait de cette façon… on aurait dit qu'elle cachait une autre personne. Quand j'y pense. »

Elle eut l'impression de se réveiller alors que ses lunettes glissaient encore sur son nez. Le soleil tapait, elle vérifia machinalement si elle avait bien mis sa casquette, comme si elle était son propre enfant. Cette régression l'avait épuisée.

Elle regarda Rafael Arroyo bien en face, cette fois – peu importait ce qu'il pensait d'elle, il lui avait demandé de lui raconter « sa » Soledad, et c'est ce qu'elle avait fait, autant qu'elle le pouvait avec tous les trous dans l'histoire.

« Je pourrais vous dire tout ça, et ce serait vrai. Mais, monsieur Arroyo, ce ne serait pas juste. Parce que ce serait me donner le beau rôle, celle de la femme qui avait trouvé en Soledad l'affection d'une seconde mère et qui la lui rendait en retour. Alors que ses yeux clairs, je ne les ai vraiment vus qu'après sa mort. Ses cheveux bruns, je ne les ai pas vus blanchir. La vérité, c'est qu'elle était pour moi une présence réconfortante. Et que comme toutes les présences réconfortantes, on ne les ressent que par leur absence. Voilà où j'en suis, monsieur Arroyo. À rendre à Soledad ce qu'elle m'a donné, alors qu'il est trop tard. Donc si vous pouvez m'aider, de quelque façon que ce soit… »

Le vent aurait dû se lever, cela aurait été tellement commode : la fin d'un monologue heurté, approximatif, dont la gêne qu'il aurait provoquée serait emportée par le *chocolatero*, ce vent chaud du golfe chargé de sable coloré par la poussière qui venait parfois jusqu'en Floride.

Mais rien. Le bleu, le silence émaillé par les sons rauques du cri du cormoran, plus loin sur la lagune. Les yeux rivés sur le guide, Mama Cass ne sentait la présence de Viva que par son parfum sucré.

Rafael Arroyo bougea enfin, referma tranquillement la glacière, prenant tout son temps pour ajuster les clips sur les côtés, qui claquèrent dans un écho qui marquait la fin d'un épisode aussi embarrassant qu'une télé-réalité où Brenda la quinqua aurait tartiné sa dépression sur les caméras, au sein d'un aréopage de Tiffany, Candy et Kylie lisses et gonflées.

Du coin de l'œil, elle vit les orteils de Viva aux ongles opportunément laqués de bleu caraïbe, comme des pierres turquoise sur un coussin blanc. Considéra ses propres pieds, nus, purement utilitaires, dont la peau condamnée à rester d'une blancheur de lavabo dans ses sempiternelles baskets était devenue rose vif sous l'effet d'une soudaine libération. De beaux coups de soleil. Et elle avait mal à la tête, malgré sa casquette. Son oreille était peut-être en train de pourrir.

« Pardon, souffla-t-elle en se levant. Mais j'aimerais rentrer à l'hôtel, maintenant.

— Pas d'eau flottante ? demanda simplement le guide.

— Non.

— Cassie…, protesta mollement Viva.

— Non », répéta-t-elle.

Si au moins elle pouvait s'épargner l'épreuve du maillot de bain, la journée se terminerait sur une satisfaction.

« D'accord, dit Rafael Arroyo. Pas d'eau flottante. Mais avant de rentrer, nous allons passer quelque part. Et vous ne pouvez pas me le refuser. »

37

« Si vous voyez de petites pommes vertes, il ne faut surtout pas toucher l'arbre. C'est un arbre *chechen*. On l'appelle aussi *l'arbol de la muerte*, l'arbre de la mort. »

En équilibre sur le ponton, Viva hocha vivement la tête, signifiant qu'elle savait. Elle aimait bien faire ça, se dit Mama Cass en acceptant la main du guide pour débarquer.

« Sa sève, ses feuilles et ses fruits sont extrêmement toxiques pour l'homme, poursuivait-il. Son fruit est appétissant, et son goût très sucré, disent ceux qui ont eu le malheur d'y goûter. Mais une simple bouchée vous donnera des douleurs terribles, et plus d'une bouchée sera mortel.

— Nous en avons en Floride, cela s'appelle des mancenilliers, chez nous. Mais nous mettons des panneaux d'avertissement pour les touristes », dit Mama Cass.

Elle était reconnaissante au ciel d'avoir planté ce fatal végétal sur terre, il lui permettait de regagner l'avantage sur ses émotions et de reprendre la place qui était la sienne, partageant le même savoir, et presque la même biosphère que cet homme qu'elle ne pouvait cerner. Il n'avait prononcé que quelques mots depuis leur départ de la plage blanche, tous très professionnels.

Alors que le bateau cahotait doucement le long du récif perlé de fleurs orange et de corolles blanches : « *La barrière de corail nous protège des tempêtes tropicales...* »

Alors qu'on apercevait la silhouette élancée d'un ocelot derrière les enchevêtrements de la forêt tropicale : « *Il y a trois cents espèces de mammifères au Yucatán.* »

Et voilà qu'il se montrait prolixe, et c'est à elle qu'il parlait. Presque souriant.

« Pas ici, pas de panneaux à Punta Allen, dit-il. Mais savez-vous que l'antidote de l'arbre *chechen* pousse juste à côté de lui ? Le *chaca rojo.* Les branches de l'arbre *chechen* ressemblent aux doigts crochus de *La Catrina*, un squelette de femme populaire dans notre culture. Le *chaca rojo*, lui, a des troncs qui s'enlacent comme des amoureux. »

Certes, il avait dû répéter cette histoire souvent, se dit Mama Cass. Mais elle ne pouvait s'empêcher de relever le vocabulaire de cet homme, la fluidité de son discours, tandis que comme la plupart des Américains elle n'avait jamais fait aucun effort en langue étrangère – pour quoi faire, le monde entier parlait anglais.

« La croyance maya dit que ce n'est pas un hasard, expliqua le guide en enroulant la corde d'amarrage. Le mal tout près du bien. »

Il s'était redressé et ne regardait qu'elle. Cela ne dura que deux ou trois secondes, mais suffisamment longtemps pour qu'elle puisse s'interroger sur la portée de ses paroles. *Le mal tout près du bien.*

Où tout cela l'emmenait-elle ?

Au village de Punta Allen, pour commencer, tout au bout d'une bande de terre de quarante-deux kilomètres si cabossée que les voitures mettaient deux heures à y parvenir, leur avait dit le guide tandis qu'ils longeaient la piste en bateau lancé à toute vitesse. Les loueurs automobiles interdisaient à leurs clients de l'emprunter. Alors il n'y avait pas beaucoup de trafic, pas de raison de refaire la route.

Retenant sa casquette, Viva souriait de toutes ses dents fluorées, faisant la nique aux infortunés automobilistes. Elle se laissait porter, toujours. Viva vivait dans l'instant. Quelle chance elle avait, s'était dit Mama Cass, recroquevillée sur son siège.

Et maintenant qu'elle posait ses pieds roses sur le ponton de bois branlant, elle se disait que Punta Allen se méritait. Habiter ici était une autre vie. Elle imaginait mal les habitants de ce village en sortir tous les jours. Mais rien ne devait leur manquer – pas même l'antidote à l'arbre de la mort.

Ils dépassèrent une carriole de pêcheurs, des étals de fruits dont Rafael salua les marchands, hommes et femmes en vêtements colorés, avec des exclamations toniques. On se serait cru dans le décor d'un de ces films un peu niais où il est question de voyage de noces ou de *spring break*, à l'exception près qu'aucun des figurants ici ne ressemblait à un touriste. De ce côté du village, ils devaient être peu nombreux car il n'y avait pas de restaurant en vue, encore moins d'hôtel. Mais des maisons en bois indigo, flanquées d'escaliers en rondins et de palmiers dont l'ombre portée sur le sable blond ondulait tranquillement.

Mama Cass connaissait des endroits magnifiques en Floride, en dehors des Everglades, comme les parcs luxuriants de Coconut Grove, la baie de Biscayne la nuit, et surtout les Keys, cet unique voyage de plus de deux jours qu'elle avait fait enfant avec ses parents.

Ils avaient pris la voiture un matin, Maman avait rempli un sac de paquets de chips et de sandwichs, et ils avaient traversé les deux cent soixante-dix kilomètres de ponts et de route suspendue sur l'océan jusqu'à Key West, pour voir le plus beau coucher du soleil du monde à Mallory Park. Elle n'aimait pas s'en souvenir, elle avait été trop heureuse.

De beaux endroits, oui. Mais ici, à Punta Allen, elle avait sous les yeux ce qui était le plus proche de l'idée qu'elle se faisait du paradis.

« Regarde ! » s'écria Viva, bondissante.

Au bout du bras qu'elle tendait, un envol de flammèches au-dessus de l'écume de la jetée. « Des flamants rouges », dit Rafael Arroyo. Tout était-il plus beau ici ? se demanda Mama Cass bouche bée, en regardant les longues pattes des oiseaux filer dans l'azur, traînes fragiles aux ailes orange et noir fastueuses comme des manteaux d'opéra.

Elle pensait aux flamants roses de Maman, qu'elle aimait tant qu'ils l'avaient suivie jusque sur son urne funéraire. Comme c'était joli, un champ de roses au cou gracieusement incliné sur un miroir d'eau. Toutes les déclinaisons de rose pâle, fuchsia, magenta, poudré, corail.

Alors non, les flamants n'étaient pas plus beaux ici, ils étaient différents.

Elles suivaient leur guide à travers les petites rues sableuses qui les éloignaient un peu du port, sans savoir où il les emmenait.

On avançait de ce pas particulier au bord de mer, lent, délié. Viva avait fini par ôter ses tongs, Mama Cass sentait le sable s'infiltrer entre ses orteils, à la manière de ces lanières qu'elle ne supportait pas, et pourtant c'était agréable. Elle n'avait pas dû porter autre chose que ses chères baskets pendant quarante ans.

« Par ici », dit Rafael Arroyo en leur désignant une allée ombragée.

Il y avait là une maison comme les autres, plantée sur de petits pilotis dans la poudreuse immaculée. L'escalier en bois qui menait à l'étage par l'extérieur, les planches indigo, cela ressemblait tant aux hôtels de luxe de la Costera – voilà l'illusion d'authenticité que les gens aisés s'offraient.

Mais les cabanes de pêcheurs à trois cents dollars la nuit sur la Costera bénéficiaient d'une douche multijets agrémentée de produits de luxe et, surtout, du tout-à-l'égout, se dit Mama Cass en apercevant la cabane annexe. Elle avait une terrible envie de faire pipi, et au Yucatán il ne fallait pas être regardant. Deux fois sur trois, on tombait sur des toilettes avec une poubelle grande ouverte sur du papier usagé. Le réseau de collecte était mal distribué à Tulum, et la tuyauterie trop étroite avait tendance à se boucher, donc il ne fallait rien jeter dans la cuvette. Même à l'hôtel, un panneau recommandait poliment la poubelle.

Voilà une coutume à laquelle Mama Cass aurait du mal à se plier, malgré l'inclination inexplicable qu'elle commençait à ressentir pour cet endroit du monde.

Rafael Arroyo ouvrit la porte de la maison, et, était-ce une réelle envie pressante ou un besoin de reculer ce moment où il lui faudrait être reçue chez une personne étrangère, elle demanda à utiliser les toilettes.

Elle avait horreur d'entrer chez les gens. Cela ne lui arrivait pas souvent, remarquez. Vraiment pas. La dernière fois, c'était chez Soledad, mais, forcément, la vieille Mexicaine n'y était pas. La fois d'avant, chez sa voisine. Et avant ça, cela devait remonter à son adolescence, chez une bécasse qui s'appelait Nellie, qu'elle imaginait être sa copine mais qui était une vraie garce. Nellie, comme dans *La Petite Maison dans la prairie*, elle aurait dû s'en douter avant que l'autre ne lui casse du sucre sur le dos, imbécile.

Toute à ses digressions, elle entra dans la cahute comme dans un refuge. Ferma le loquet, soupira. Seigneur, n'importe quel SDF d'Overtown aurait voulu habiter là-dedans, se dit-elle en posant ses fesses sur la lunette. L'intérieur était entièrement carrelé de céramique dont les couleurs vives avaient été peintes à la main, comme ces carreaux importés à prix d'or qu'on trouvait dans les belles maisons de Homestead – y compris la sienne.

Un lavabo parfaitement blanc supportait un gros savon à la coco et un petit porte-serviette, et la poubelle était fermée. Sagement, Mama Cass y jeta son papier et jeta un coup d'œil dans le miroir encadré de coquillages – vu l'étroitesse de la pièce, il était difficile d'échapper à sa propre image.

Et là, sur fond de motifs multicolores dessinés par un rayon de soleil qui passait par la petite fenêtre, elle reconnut à peine le visage qui lui faisait face. Des joues bronzées – oh, elle l'était toujours plus ou moins, bien qu'elle ne sorte pas beaucoup de la cahute de l'accueil au Safari. Mais pas de cette façon-là, plus rosée, beaucoup moins terne. Ses cheveux courts avaient bouclé, débarrassés du gel qu'elle y collait tous les matins pour faire barrière à l'humidité des marais. Elle se trouvait l'air moins fatigué.

Était-ce cela, le fameux « Tu as bonne mine » qu'on servait en introduction de toute conversation en Floride ?

Elle y penserait ce soir, se dit-elle en sortant.

La porte de la maison était ouverte, Viva avait pris place sur une chaise, devant un grand verre givré de jus de fruits. Une femme était là, petite, compacte, souriante, ses magnifiques cheveux gris flottant dans son dos, attachés par une barrette en perles de rocaille.

« Ma femme, Itzel, dit Rafael Arroyo. En maya, cela veut dire "Étoile du soir". Elle ne parle pas votre langue. Et vous, *señora*, quel est votre nom ?

— Mama… Cassie, se reprit-elle. Je m'appelle Cassie.

— La mama de Viva », dit-il en se retournant vers la jeune femme qui manqua de s'étouffer dans son verre. *Merde, elle a trente-huit ans, quand même*, se dit Mama Cass tandis que Viva protestait – non, non, c'est pas ma mère, nous sommes amies ! Mama Cass se mettait à sa place, l'avoir pour mère, quelle horreur, hein. Une mère, c'était joli. Elle choisit d'en rire.

Le guide prit acte de ce curieux attelage, ici on n'avait jamais l'air surpris de rien, tout allait bien. « Étoile du soir » serra chaleureusement sa main entre les siennes. Son visage était cuivré, ses rides… signifiantes. Mama Cass n'aurait su dire autre chose pour décrire les traces du temps sur elle, qui marquaient tant d'expressions, d'émotions des années passées. Ce visage ouvert. Il attirait à lui. Il invitait à la contemplation. C'était sans doute la première personne qu'elle rencontrait à laquelle Mama Cass voulait vraiment ressembler un jour. Cela la frappa.

Puis il y eut une sorte de décalage, comme si on avait d'un coup sauté deux petites secondes – ce n'est pas grand-chose, mais cela peut changer une vie. La sienne, ou celle de quelqu'un d'autre.

Elle n'avait pas vu la photo encadrée dans une demi-ombre, au-dessus d'un buffet où étaient disposés des bougies et des *calaveras*. Ce n'était pas un autel, non, le portrait était un peu plus loin, presque caché par les feuilles d'une plante grasse qui lui faisaient comme une caresse sur la joue.

« *Aquí está Soledad*, dit Rafael Arroyo en écartant une feuille. Voici Soledad. Vous la reconnaissez ? »

38

C'était une jeune fille aux traits fins, au teint mat que l'usure du papier avait un peu décoloré. Le photographe avait saisi son visage en gros plan, si bien que des années auparavant on aurait encore pu toucher le grain de sa peau, en ressentir les frémissements. Ses yeux étaient d'un brun étonnamment clair pour son type, les iris piquetés d'éclats devenus jaunes, et qu'on devinait avoir été dorés, avant.

À ses oreilles étaient accrochés de petits anneaux à pampilles – on en entendait presque les tintements. Ses cheveux noirs étaient tirés en bandeaux brillants sous le sombrero rouge passé aux bords effrangés. D'une mèche ramenée sur son épaule s'échappaient quelques cheveux qui agrippaient le soleil.

C'était une photo comme on en voit peu, où la vie cherche à pulser à travers la couche glacée du papier. Elle finit par y parvenir, et la rareté de cet instant fait la renommée du cliché.

Car cette couverture du numéro de *World Geographic* daté du 13 avril 1961, tout le monde ou presque l'avait vue un jour. Ces œuvres-là, les photographies, on ne sait plus d'où on les connaît, des années après, d'un autre magazine, d'un bel album rétrospectif, d'un livre d'histoire, peut-être. Parfois on les reproduit autrement, Andy Warhol en fait des diptyques, Banksy des sérigraphies.

Mama Cass sentit un frisson parcourir ses jambes fatiguées. Elle aurait bien voulu s'asseoir, boire de longues goulées fraîches de jus de fruit du dragon, mais elle avait surtout envie que cette plaisanterie s'arrête. Ou, dit d'une manière plus civile, de « dissiper ce malentendu ».

Ce n'était pas possible, bon Dieu. Tout le monde se trompait, dans cette affaire. Viva avait été trompée par sa photo du *Panteón municipal*, la passeuse de mémoire s'était trompée d'Arroyo, et Rafael Arroyo se trompait de Soledad.

Quant à elle, elle répandrait les cendres d'une vieille femme de ménage mexicaine demain dans l'océan, les pieds dans les sargasses d'une plage de Tulum, en espérant trouver la plus belle et ainsi ne pas tromper Soledad. La *playa paraiso*, avec son palmier penché emblématique qu'on voyait sur toutes les cartes postales, ce serait certainement celle-ci.

Après tout, le mot laissé dans le tiroir de Maman ne lui demandait pas de rechercher sa famille – qui n'existait d'ailleurs peut-être plus – mais bien de la ramener chez elle.

C'est tout.

Tout ce temps perdu. Mama Cass voulait rentrer.

« C'est la tunique qu'elle a cousue pour ta maman, non ? »

Cette voix fraîche, dans son dos. Viva qui s'émerveillait toujours de tout et ne s'étonnait jamais de rien.

« Pardon ? articula-t-elle.

— La tunique parme à fleurs jaunes. C'est celle que tu disais tout à l'heure. »

Celle que tu disais. Par réflexe, Mama Cass eut envie de la reprendre, cette écervelée de trente-huit ans qui s'exprimait parfois comme une ado pour qui la syntaxe était une langue étrangère.

Qu'est-ce que...

Puis elle vit, à l'ombre du sombrero de papier glacé et de la plante grasse de la maison des Arroyo de Punta Allen, le tissu. L'imprimé du tissu, ses couleurs. On n'en voyait pas grand-chose, juste les épaules, et les petits plis cousus avec minutie au-dessus de la poitrine pour donner sa modestie à la blouse qui ne dévoilait rien du corps.

« Oh non… »

Mama Cass avait tiré une chaise derrière elle et s'était assise, le souffle coupé. Puis elle entendit une autre voix, et c'était la sienne, dans sa tête : *Je sais pas. Je ne l'ai plus jamais vue sur elle. Peut-être que c'est celle-ci. Peut-être qu'elle lui a donné la sienne. Qu'elle n'en a pas cousue d'autre... Mais qu'est-ce que tu racontes ?*

« Ce ne peut pas être Soledad, déclara-t-elle à voix haute.

— Et pourquoi ? fit Viva.

— Ce ne peut pas être Soledad. »

Elle n'avait pas d'autre argument que celui de l'impossibilité dogmatique. Elle n'avait pas pu passer à côté de Soledad à ce point. Imaginer qu'elle avait vécu avec le modèle de l'un des clichés les plus emblématiques de l'histoire de la photographie, dans sa cuisine, là, dans sa chambre, à plier son linge, était absurde. Aucune personne socialement intégrée ne pouvait être aussi indifférente à une autre pendant trente ans.

Mais Cassie Elliot, du Wild Sun Safari, sur Tamiami Road dans les Everglades, était-elle socialement intégrée ?

La tunique... Les yeux clairs...

Elle l'avait vue chez Soledad, cette couverture de magazine, parmi les canevas brodés.

Son esprit devenait fou.

39

Elle avait fini par boire d'un trait son jus de fruits, au bord du malaise.

Il y avait eu un grand silence. « Bon », avait dit Viva, qui n'y comprenait plus rien, et elle avait filé aux toilettes pour faire un break.

Étoile du soir Arroyo avait posé un plateau de petits gâteaux poudrés sur la table en bois massif, échangeant quelques mots avec son mari, tandis que Mama Cass tentait d'apaiser sa tempête intérieure en contemplant les rideaux de coton blanc ajouré, les coussins brodés sur le canapé vert, la petite télévision sur une guérite, la cuisine qui faisait partie intégrante de l'unique pièce du rez-de-chaussée.

Et la photo au mur, bordel…

Ses yeux ne cessaient de s'y poser.

Viva était revenue des toilettes en s'exclamant sur la beauté du carrelage, puis s'était assise en se tortillant sur sa chaise pour finir par se tenir bien droite, les ouïes grandes ouvertes pour enregistrer la suite de l'histoire.

Rien que pour elle, Mama Cass aurait aimé qu'elle soit vraie.

Elle s'apprêtait à se lever, un peu étourdie, lorsque la voix de Rafael Arroyo traversa la torpeur ambiante. Les ventilateurs au plafond délayaient la chaleur sans bruit, ajoutant une brise hypnotique au microclimat qui avait enveloppé la maison bleue de Punta Allen.

« Un jour, j'avais huit ans, un photographe est venu jusqu'ici me demander où était ma sœur. »

Mama Cass se figea, la main contractée autour de son verre. À côté d'elle, Viva remua un peu sur sa chaise, comme les gamins contents que le conte de fées commence. Cette excitation du voyage à venir, en sachant, la plupart du temps, parfaitement où le conteur va vous emmener, parce que le conte est connu, et ô tellement confortable.

Là, personne ne savait.

« Il s'appelait Clayton Morris. Il m'a donné une petite carte, je l'ai gardée, tenez. »

Il sortit une chemise cartonnée d'un tiroir du buffet. Mama Cass pensa aux classeurs accordéon du Safari, se dit qu'on pouvait y ranger bien des choses, et que ce dossier-là était bien épais… Lorsque le guide fit claquer l'élastique, elle aperçut des papiers à en-tête, des coins de photos qui dépassaient un peu. Rafael Arroyo extirpa un bristol au milieu des documents bien alignés, le lui tendit, elle lut :

Clayton Morris
Photographe
43th Street
New York

Et un numéro de téléphone à huit chiffres qui n'existait plus depuis des décennies.

« Il faisait un reportage sur le Yucatán, il voulait faire de belles photos pour les vendre à un magazine. Le jour précédent, il avait rencontré Soledad juste derrière la maison de mes parents, qui était à la place de celle où vous êtes. Elle a été détruite par un ouragan, plus tard. (Il eut un petit rire.) *Tanto mejor*, c'était une mauvaise maison. Du malheur. »

Étoile du soir était passée derrière lui pour apporter une autre assiette, des fruits découpés, et lui avait posé la main sur l'épaule. Sans doute connaissait-elle son mari si bien qu'elle comprenait ce qu'il disait même si elle ne comprenait pas la langue. Mama Cass pensa brièvement à Oleg. Elle aurait aimé qu'il soit là. Elle aimait beaucoup Viva, mais elle ne savait vraiment pas ce qui était en train de lui arriver, alors elle aurait préféré que son vieux complice soit avec elle.

« Elle était belle, ma sœur. *Bueno*, je ne le savais pas, on ne sait pas que sa sœur est belle quand on est un garçon de huit ans, si ? »

Viva, qui s'y connaissait en matière de beauté et des différentes manières de la percevoir, hocha vigoureusement la tête. Le menton dans les mains, elle était captivée.

« Elle avait dix-huit ans, elle allait se marier avec un garçon gentil, il s'appelait Ikal, il était pêcheur, comme notre père et presque tous les hommes de Punta Allen. À cette époque, il n'y avait pas de touristes, pas de guides, vous voyez, alors les hommes étaient pêcheurs ou cultivateurs, certains faisaient l'école aux enfants, pas beaucoup. Les femmes s'occupaient des enfants, comme notre mère. Moi, je n'allais pas à l'école. (Il sourit.) Alors, la carte du photographe, c'est ma sœur qui me l'a lue, le soir. Elle m'a dit qu'il l'avait prise en photo avec un grand sombrero qu'il avait apporté lui-même, parce que ici, vous savez, nous n'en avons pas, des sombreros comme celui-là, on ne les voit que dans les films. »

Il sourit de nouveau. Mama Cass était toujours sur la défensive, mais son esprit s'engourdissait petit à petit sous la musique romanesque que leur jouait Rafael Arroyo. Elle voulait entendre la suite.

« Notre père était un homme très fier, il n'aurait pas voulu qu'un étranger pose les yeux sur sa fille, *aun menos* qu'il emporte des photos d'elle en Amérique pour que tout le monde la regarde sur un magazine, aussi des hommes mauvais. »

Il s'interrompit, il avait soif, Étoile du soir avait posé devant lui une bouteille de bière plantée d'un quartier de citron vert. Il but une longue gorgée et continua :

« Alors il ne fallait rien dire, et il y avait Ikal, son fiancé, qui aurait été très en colère aussi. Je gardais le secret aussi pour notre mère, qui était une femme douce, qui ne parlait pas beaucoup. Elle aurait eu très peur du photographe américain avec sa fille. Il était plus vieux, il était très grand, il avait des yeux bleus comme l'eau d'ici. (Il soupira.) Voilà pourquoi ma sœur Soledad est partie en Amérique, en janvier 1961. »

Il regardait Mama Cass, jaugeant les réactions de cette femme qui semblait si dure, si suspicieuse. Elle avait sursauté au nom de Soledad, qu'il prononçait pour la première fois : tout du long, ça avait été *ma sœur*, comme pour entériner à travers ces liens son existence même, au sein d'une famille, dans ce village.

« J'avais huit ans, dit-il doucement, et je n'ai jamais revu ma sœur. »

Mama Cass hocha la tête, essayant de faire montre d'empathie.

« Mais comment êtes-vous certain que nous parlons de la même Soledad ? » demanda-t-elle, têtue. Pour le moment, elle ne voulait pas que ce soit elle.

« Cassie, la tunique, ne put s'empêcher de répondre Viva.

— Une tunique ne suffit pas. Elle ne devait pas être la seule.

— Elle l'avait cousue elle-même, non ? Puisqu'elle l'a cousue aussi pour ta maman, et d'ailleurs c'est peut-être celle-là qu'elle lui a donnée… »

Déjà pensé à ça, Viva.

La jeune femme s'était interrompue, prenant conscience de l'excitation enfantine qu'elle montrait. C'était peut-être malpoli. « Je veux dire, c'est possible », murmura-t-elle en se rencognant sur sa chaise.

— Ma mère l'avait cousue », dit Rafael Arroyo. Une lumière baignait son visage tranquille, venue de la fenêtre de la cuisine où sa femme s'était accoudée, une tasse de café fumant dans les mains. Étoile du soir s'était mise en retrait, estimant sans doute que ce moment appartenait à son mari et, curieusement, c'est cette attitude qu'elle avait, sereine, à contempler l'éden solaire où ils vivaient, qui fit s'opérer un commencement de lâcher-prise chez Mama Cass. Ces gens-là n'avaient pas besoin de raconter d'histoires. Ils n'avaient besoin de rien, ils avaient tout.

Elle s'éclaircit la gorge.

« Comment ont réagi vos parents ?

— Mon père était en colère. Il disait qu'elle ne reviendrait plus jamais ici, qu'elle n'était plus sa fille. Il y avait Ikal, son fiancé, sur lequel la honte s'était abattue, *pobre.* Ma mère n'avait eu que deux enfants, ça avait été difficile, et elle en perdait un. Il ne restait que moi, le petit de huit ans. (Il eut un petit rire.) Ce n'était pas beaucoup, si ? »

Viva avait pris un air apitoyé, et Mama Cass se demanda si elle allait saisir les mains calleuses du guide et lui chanter une comptine.

« Un jour, quelques mois plus tard, je suis allé avec mon père à Tulum, porter du poisson. À l'époque, il y avait beaucoup d'archéologues étrangers sur le site des ruines, ils disaient qu'ils avaient trouvé des squelettes de missionnaires espagnols sacrifiés pendant le *Culto de la Cruz parlante*, le Culte de la Croix parlante, un siècle auparavant, alors tout le monde venait voir, on ouvrait de petits hôtels et des restaurants, il fallait du poisson.

— Qu'est-ce que c'est, le *Culto de la Cruz parlante* ? » demanda Viva, avide de savoir, et Mama Cass leva intérieurement les yeux au ciel. Si ce rite datant de plus d'un siècle n'avait aucun rapport avec Soledad, elle voulait simplement qu'on avance.

Mais le guide était un guide, il était passionné par l'histoire de son pays, et il aimait qu'on le soit.

« C'était en 1850, pendant l'occupation espagnole. José Maria Barrera, un militaire yucateco qui menait les batailles des Mayas, avait fait parler une croix en bois pour entraîner les rebelles. (Il rit, secoua la tête.)

Mais, vous savez, il a utilisé un *ventrilocuo*, un ventriloque. Tulum était un centre important de ce culte. Vous voyez, les Yucatecos sont des gens crédules… »

Il s'interrompit, le temps d'une gorgée de bière, et dit, le ton plus grave :

« Ma sœur l'était aussi, *crédula.* (Une autre gorgée, il reprit.*)* Donc, ce jour-là à Tulum, une amie de Soledad qui servait dans un de ces petits restaurants m'a demandé de la suivre dans la rue derrière, et elle m'a donné un colis d'Amérique. Il y avait le magazine que vous voyez, et une lettre. C'était ma sœur. Je ne savais pas lire, son amie l'a lue pour moi. Soledad disait qu'elle était en Californie, qu'elle allait faire du cinéma. Il y avait des dollars, dans l'enveloppe. *Garde-les pour aller à l'université, plus tard, et va à l'école*, c'est ce que disait la lettre. Tous les mois, il y en avait une nouvelle au restaurant de Tulum, avec des photos et des dollars. Je cachais l'argent dans une bouteille, sous mon lit. Et j'ai demandé à ma mère d'aller à l'école. Mon père a accepté, si je l'aidais tôt le matin pour la pêche. Alors on pêchait quand le soleil se levait, et ensuite j'allais à l'école. J'étais fatigué, mais je faisais ce que disait Soledad. Elle n'écrivait pas bien, je commençais à lire tout seul, et je faisais ce que disait ma sœur.

— Et que faisait-elle, Soledad ? »

Mama Cass s'était entendue poser la question. Une partie d'elle observait, comme elle avait l'habitude de le faire, mais l'autre partie était prise dans l'histoire. Rafael Arroyo eut l'air d'apprécier cette évolution, il haussa un sourcil, une lueur dans ses yeux sombres.

« Elle faisait du cinéma, comme elle l'avait dit.

— Ah bon ? s'exclama Viva. C'est pas croyable…

— Elle disait qu'elle voulait être une nouvelle Maria Felix. Ou Katy Jurado. Ou Lupe Velez.

— Je connais pas, fit Viva.

— C'est normal. Ce sont des actrices d'il y a très longtemps.

— Mais je connais Salma Hayek. Elle est mariée avec un milliardaire français. »

Mama Cass la regarda qui hochait la tête en signe de révérence, et soupira intérieurement : voilà donc à quel sommet culminait la carrière d'une actrice, pour Viva. Pas d'avoir gravi des marches pour réceptionner un Oscar, non, mais d'avoir épousé un milliardaire français. Viva croisa son regard, sembla prise en faute sans savoir pourquoi, fronçant ses parfaits sourcils pour y réfléchir – et produisit le fruit de ses délibérations :

« Il est devenu quoi, le photographe ? »

L'homme, pour elle, toujours l'homme, pensa Mama Cass.

« Je ne sais pas, répondit Rafael Arroyo. Il voyageait beaucoup, et au bout d'un moment, Soledad n'en a plus parlé dans ses lettres. Elle était occupée. *Mira.* »

Il ouvrit la pochette, et l'air dans la pièce changea de couleur. Par un singulier effet de réverbération, les rayons du soleil, que l'on voyait aussi distinctement que des pinceaux sur un tableau, se nimbaient de poussières dorées, après avoir touché les photos que Rafael Arroyo disposait sur la table.

Mama Cass s'arrêta de respirer, vraiment, le temps de parcourir les clichés. Certains étaient en couleurs, les couleurs saturées des studios hollywoodiens, d'autres dans ce noir et blanc lumineux, élégant, que donnaient des projecteurs savamment disposés dans un jeu d'ombre et de lumière.

En noir et blanc, on voyait une jeune femme des années 1960, ses cheveux noirs montés en chignon crêpé, un épais trait d'eye-liner sous sa frange lisse, une fourrure sur les épaules. Son sourire tentait de masquer une canine légèrement de travers. Soledad en buste, le décolleté en avant. Soledad en pied, vêtue d'un bikini vichy.

En couleurs, elle souriait moins, une longue mèche avait remplacé la frange sur les yeux charbonnés de khôl, ses cheveux semblaient immensément longs. Puis, ils étaient très courts, comme ceux de Jean Seberg, quelques taches de rousseur étaient apparues, vraies ou fausses comme ses cils. Sur ces clichés, les joues étaient creusées, l'air fatigué.

Mama Cass reprit son souffle. Elle était bouleversée. Il se déroulait devant elle la chronique d'un rêve brisé et elle se demanda si à côté d'elle Viva en saisissait toute la dramaturgie : une jeune femme obéissant avec exaltation à ce qu'elle croyait être son destin, l'obstination, puis les désillusions.

Viva pianotait sur son portable, râlait.

« Qu'est-ce que tu fais ? s'agaça Mama Cass.

— Je ne la trouve pas sur Google.

— Elle se faisait appeler Carmen Allen, intervint Rafael Arroyo.

— Allen, comme Punta Allen ? Comme ici ?

— Oui. Mais vous ne la trouverez pas non plus sous ce nom, *señorita*. Elle n'a pas existé, à Hollywood. (Le guide eut un sourire triste.) Elle n'a tourné que dans une dizaine de films, mais elle n'y a jamais prononcé un mot. Sa vie, c'était de croire qu'elle pourrait. »

Sa vie, c'était de croire qu'elle pourrait. Comme coincée dans une bulle où les images étaient sous une loupe et les mots lui parvenaient d'une façon sourde, Mama Cass observa Viva durant deux, trois secondes d'éternité, avec une acuité étrange : ces mots lui parlaient. La jeune femme parut se renfermer, se tenant moins droite, les épaules un peu en avant.

Mama Cass se retourna vers le guide, et il lui semblait que tout en elle fonctionnait au ralenti.

« Et..., articula-t-elle. Vos parents ont vu ces photos ? »

Le guide secoua énergiquement la tête.

« Jamais. J'ai respecté ce que m'a demandé Soledad. Il y eut une lettre pour eux aussi, au début. Mon père savait lire, mais il n'a pas voulu. Il a dit qu'il n'avait plus de fille. Ma mère n'a pas pleuré, c'était comme ça. (Il haussa les épaules.) Alors Soledad m'a dit de garder notre secret. Les lettres tous les mois, les dollars... Et puis, quand j'ai eu seize ans, mes parents sont morts la même année. Mon père s'est infecté avec un hameçon. La *ciguatera*, la maladie des algues microscopiques. Normalement, on l'attrape en mangeant des poissons, mais pour lui elle est allée directement dans son sang jusqu'à son cœur. Et ma mère est tombée, un jour à la maison. Comme ça. (Il mima une chute brusque de la main.) On ne sait pas pourquoi. *Casa de la desgracia.* Maison du malheur. Je voulais que Soledad revienne, elle ne pouvait pas. Elle me disait que si elle revenait au Mexique, elle n'aurait plus jamais le droit de retourner en Amérique.

— Elle n'avait pas de papiers, murmura Viva.

— Elle écrivait moins, depuis quelque temps. Ses lettres étaient courtes. Il n'y avait que quelques lignes pour dire qu'elle allait bien, et les dollars. (Il s'interrompit quelques secondes.) Elle est morte aussi, cette année-là. Alors j'ai fait comme elle avait demandé, je suis parti à Cancún, à l'université. Et la maison est tombée. »

Voilà pourquoi il parlait si bien, se dit d'abord Mama Cass. Parce que sa sœur, quoi qu'elle ait fait, de petits rôles, des photos, des choses plus ou moins avouables dans cette Babylone de paillettes, l'avait moins fait pour elle que pour lui, son petit frère.

Puis on touchait au cœur de l'énigme qui les réunissait, dans cette maison indigo du bout de la péninsule de Boca Paila, au Yucatán.

La mort de Soledad, cette grande embardée.

1969, était-il gravé sur la tombe du *Panteón municipal*.

2018, sur l'urne posée sur la table de nuit d'un hôtel-boutique.

Presque cinquante ans de vide. C'était vertigineux.

« Comment l'avez-vous appris ? demanda-t-elle, avec le ton le plus précautionneux dont elle était capable.

— Seulement quelques mots. 3 octobre 1969. (Il secoua la tête.) Elle avait écrit, *Je m'en vais pour mon dernier voyage. Sois heureux.* Les mots de quelqu'un qui va mourir, n'est-ce pas ? »

Mama Cass le regardait, cet homme qui s'était longtemps résigné à l'ignorance, et dont le cœur abandonné avait choisi la seule option possible.

« Qu'avez-vous fait ? »

Rafael Arroyo eut un rire triste. « *Que hice ?* répéta-t-il. *Señora*, il faut voir le Yucatán à cette époque. Il n'y avait pas beaucoup de téléphones le long de la Riviera Maya. Et je n'avais personne à appeler. J'ai essayé, plus tard, à l'université. La mairie de Los Angeles. Ils ne savaient pas. Ils m'ont demandé dans quel cimetière elle était enterrée. Je ne savais pas. Savez-vous combien il y a de cimetières, à Los Angeles ? Seize. Et beaucoup d'autres autour. Je ne savais pas où elle était. J'ai pensé qu'elle s'était suicidée. Je n'avais pas d'endroit où prier, où célébrer les *Días de los muertos* avec ma sœur. Alors j'ai demandé en secret au prêtre de Tulum de pouvoir mettre son nom sur la tombe de mes parents. »

Il écarta les mains : « *Listo* », dit-il. Voilà.

Voilà. Le pont était tracé, entre 1969 et 2018.

Quant à celui entre 1969 et 1988, date à laquelle Soledad était apparue au côté de Maman dans la cuisine de Homestead, il enjambait un gouffre qui ne serait peut-être jamais comblé. Qu'avait fait Soledad, durant ces vingt ans ? S'était-elle abîmée dans les excès, combien profonde avait été sa déchéance ?

Mama Cass regarda Rafael Arroyo, émue comme elle ne l'avait jamais été, elle, la dure à cuire des Everglades, la reine des alligators.

« Je vais vous la ramener, dit-elle. Soledad va rentrer chez elle. »

À son côté, Viva reniflait discrètement.

Le guide lui prit la main, et son regard d'une profonde gentillesse passa de l'une à l'autre, cette quadra épaisse et nébuleuse, et cette jeune femme blonde, légère et candide, qui n'étaient pas mère et fille mais avaient tout l'air de l'être.

« Il ne faut pas être triste pour Soledad, dit-il. Vous savez… tu es ce que tu fais de toi. »

40

Sur le chemin du retour, Mama Cass et Viva étaient mutiques. C'étaient beaucoup d'émotions, cette journée hors du temps.

Au-delà du contentement d'avoir réalisé le vœu de Soledad, le trouble avait saisi ces deux femmes si différentes à l'écoute des paroles sages de Rafael Arroyo. Deux phrases, en particulier, les concernaient, mais le guide ne le savait probablement pas.

Sa vie, c'était de croire qu'elle pourrait. Comme Viva. Croire qu'elle pourrait rencontrer l'homme de sa vie, peut-être demain. Croire qu'elle pourrait arrêter le temps. Croire qu'elle pourrait toujours avoir dix ans de moins.

Tu es ce que tu fais de toi. Celle-là, c'était pour Mama Cass. Elle avait fait d'elle une misanthrope bouffée par ses complexes, et elle n'avait eu besoin de personne pour cela. Oubliez les parents, à un moment on est responsable de soi-même. Les siens l'avaient aimée. Il aurait suffi qu'elle leur demande de l'appeler Cassie, et ils auraient laissé tomber ce surnom stigmatisant. Mama Cass, la vraie, l'avait choisi. Elle, elle n'avait pas de complexe – comment en avoir quand votre voix merveilleuse enchante tout le monde.

Mais la Cassie des Everglades, qui ne se trouvait aucun talent, aucune utilité, qui préférait les alligators aux hommes, avait toujours eu le choix, aussi : celui de se découvrir un peu mieux.

J'ai toujours eu le choix. C'est ce qu'elle disait alors que le paysage défilait, un paysage de palmiers, de soleil, de cette nature qu'elle aimait tant. Un paysage qui rend heureux. Elle avait le choix de l'être.

« Tu crois à la vie après la mort, toi ? demanda Viva tout à trac.

— La vie après… J'en sais rien, avoua Mama Cass. Non, je ne crois pas.

— Tu crois qu'il n'y a rien, vraiment ? Pas de paradis, tout ça ?

— Non. (Mama Cass détendit sa nuque, réfléchit.) Je penserais plutôt qu'on est une combinaison de cellules et que la même combinaison peut se produire plusieurs fois. C'est plutôt une pensée scientifique. Mais le paradis, non.

— La réincarnation ? Ouais, c'est bien… Parce que le paradis, au bout d'un moment, on doit se faire chier, quand même. Alors tu ne crois pas que Soledad nous regarde de là-haut dans le ciel ?

— Je ne sais pas, Viva.

— Du coup pourquoi tu fais tout ça ?

— Parce qu'elle me l'a demandé. »

Bien sûr, dans d'autres conditions, cela n'aurait pas suffi. Mama Cass des Everglades n'était pas du genre à se plier aux désirs de qui que ce soit. Fallait-il qu'on soit mort pour qu'elle vous cède ?

« On n'a pas fait l'eau flottante », lâcha Viva, fort à propos.

Et à cet instant, Mama Cass se disait qu'elle aurait dû. Elle avait le choix de s'en foutre, de son maillot de bain pas-cher-mémère, de sa cellulite et de ses bourrelets. Elle avait le choix de réaliser le vœu de sa compagne de voyage.

« On ira, dit-elle. Quand on amènera Soledad à Rafael. Demain. »

Il y aurait une cérémonie à Punta Allen, les cendres de la vieille femme de ménage mexicaine seraient dispersées dans le lagon. « Je crois que c'est ce qu'elle voulait quand elle vous a demandé de la ramener chez elle. Chez elle, c'est ici », avait dit le guide. Il n'en parlerait à personne. Inutile d'attirer l'attention sur une tombe, qui resterait éternellement vide ni sur la vie que Soledad avait menée durant cinquante ans d'éclipse. Les gens aiment s'emparer des mystères, au Mexique comme ailleurs.

« Demain, l'eau flottante ? C'est vrai ? s'enthousiasma Viva. C'est vrai ? C'est promis ?

— C'est promis, Viva. Demain ou après-demain, après la cérémonie. »

Il y a des virages qu'il faut prendre sans trop réfléchir, ils vous mènent parfois à vous-même. Lorsqu'elle vit le panneau indiquant *Cénote Escondido*, Mama Cass ne réfléchit pas : elle prit le virage.

Oh et puis merde, se dit-elle

« On va où ? s'étonna Viva.

— Je ne sais pas. Là. »

Le guide leur avait parlé des cénotes. Le mot venait du maya *Ts'ono'ot* : « Cela veut dire "cavité avec de l'eau". Ce sont des puits naturels d'eau douce, il y en a des dizaines au Mexique. Ce sont parfois des grottes, parfois des lacs. On a raconté que c'étaient des lieux de sacrifice, ce n'est pas vrai ; nous, les Mexicains sommes trop respectueux de l'eau pour la souiller… Vous devriez vous y baigner, *señoritas*, c'est très beau. Très pur. »

Bien entendu, Viva s'était déjà trempée dans un cénote. Et sans doute n'aurait-elle pas osé y entraîner Mama Cass, avec son obsession pour l'eau flottante, ça aurait été trop.

Mais il était temps d'avoir le choix.

Au bout d'un de ces chemins en terre qui faisaient la capillarité du Yucatán, le bassin turquoise apparut à ciel ouvert, serti de lianes torsadées dont le feuillage s'étalait au-dessus de la canopée. Un bijou au cœur de la forêt tropicale.

Mama Cass gara la voiture, en sortit rapidement, avant d'avoir le temps de renoncer.

« On va se baigner, du coup ? » demanda Viva, incrédule. Oui, on allait se baigner, et c'était Mama Cass qui l'avait décidé.

« Attention, ici c'est pas l'eau flottante, c'est bien plus profond, il faudrait te prendre un gilet de sauvetage, l'avertit la jeune femme en lui filant le train vers la cahute de l'entrée.

— Pas la peine, fit stoïquement Mama Cass en sortant les cent vingt pesos demandés par le gardien.

— Ben… Tu sais pas nager, si ?

— Si. Je t'ai raconté des craques.

— Ah bon ?

— Mais ça fait longtemps que je ne l'ai pas fait, alors je vais peut-être me retrouver direct au fond, tu es prévenue. J'ai une piscine chez moi, comme presque tout le monde en Floride. Ça doit faire trente ans qu'elle est recouverte d'une bâche.

— Y a du monde ici, tu risques pas de te noyer.

— Dépêche-toi avant que je remonte dans la voiture. »

Du monde, oui, il y en avait. Nageant dans une eau incroyablement claire, ou alangui sur les roches polies par le ressac.

Des gens minces, des gens maigres, des lisses, des ridés, des enfants.

Mama Cass récupéra la clé d'un petit vestiaire, elles y enfouirent leur sac à main, se débarrassèrent de leurs chaussures, de leur short et de leur tee-shirt. À toute vitesse. Un coup de clé, un bracelet qu'elle passait à la cheville.

Une impression d'enfance l'envahit, une bulle chaude qui éclosait sur son plexus. La dernière fois qu'elle s'était baignée, elle devait avoir huit ans. Avec Papa, l'année de sa mort.

Ensuite, elle avait résisté aux tentations – voire aux suppliques de Maman qui aimait barboter dans le bassin familial tôt le matin ou en début de soirée, quand le travail leur en laissait le temps.

Puis Maman était morte, et la bâche s'était déroulée dans le jardin où elle ne mettait presque jamais les pieds. Soledad coupait les plantes pour qu'il ne tombe pas en friche, un gamin du voisinage venait tondre le gazon. Le jardinage, le *farniente*, c'étaient des choix de plus qu'elle n'avait jamais faits.

Elle jaugea la profondeur du cénote et s'y glissa. Oh, Seigneur, l'eau était si fraîche. Viva trempa un orteil, puis s'aspergea en poussant de petits cris sous le regard amusé d'un jeune homme déjà sous le charme. Elle s'immergea, rejoignit son amie par de petites brasses de gamine – *ouh, ouh*, faisait-elle. Mama Cass rit. Elle était bien.

Une dame flottait près d'elle, entourée de ses enfants harnachés de gilets jaunes. Elle leur désigna un coin sous les lianes. « Crocodilo », crut entendre Mama Cass, mais personne ne semblait s'affoler. Elle souriait, cette dame brune, au moins aussi enveloppée qu'elle.

« *Crocodilo ! Aquí !*

— Oh, putain, s'affola Viva.

— *No, no ! No es peligroso !* »

Et la dame entreprit de raconter l'histoire de Vicente, le crocodile qui était dans le cénote depuis des années et que tout le monde connaissait. « Il a jamais fait de mal à personne, traduisit Viva. Regarde, Cassie, il est là-bas… »

Sous les lianes, on apercevait le profil du reptile, pas très grand, dormant tranquillement la gueule ouverte. Comme pour un chien, c'était une stratégie pour se refroidir, en laissant s'évaporer l'humidité. Mama Cass savait aussi que, même endormi, un reptile gardait la moitié de son cerveau conscient. Et que, comme ses congénères, Vicente avait toujours un œil ouvert.

Mama Cass n'avait pas peur. Elle avait la sensation de n'avoir rien à perdre, d'être parfaitement à sa place.

Et alors que Viva n'en menait pas large, Mama Cass s'approcha le plus possible de Vicente, expérimentant une félicité totale : elle était dans son élément.

Elle se baignait avec un crocodile. Oleg n'en reviendrait pas.

« T'as de jolis pieds. Ils sont petits, les miens sont moches. Foutu *hallux valgus.* »

Mama Cass, allongée sur un rocher, haussa un sourcil. On lui avait parfois dit qu'elle avait de jolis yeux, son coiffeur qu'elle voyait rapidement tous les deux mois estimait qu'une coupe courte mettait en valeur leur couleur noisette dorée. C'était gentil de sa part, mais elle prenait ça pour une obligation miséricordieuse – quel coiffeur, franchement, avait envie de tailler des cheveux comme il l'aurait fait d'une haie de thuyas, il fallait bien qu'il se persuade de quelque chose.

Jusqu'ici, le compliment qui se situait tout en haut de l'échelle était : « T'es pas si grosse. » Mais personne n'avait jamais été admiratif, voire envieux, de ses pieds. Ça, c'était nouveau. D'ailleurs personne ne les voyait jamais.

L'exploit remarquable qu'elle était en train de réaliser, de lézarder au bord d'un trou d'eau, jambes à l'air après avoir lutté contre le réflexe de sauter dans son short sitôt la baignade terminée, valait sans doute une flatterie, imaginait-elle. *Pourquoi pas les pieds ; merci, Viva.*

Elle pencha la tête en arrière pour mieux prendre le soleil sur son visage, sans savoir quoi répondre. Au mieux, un sourire.

« Tu voudras que je te fasse les ongles de pied ? continua Viva sur sa lancée. J'aime bien faire ça ! J'aurais pu être manucure. C'est pas rien, être manucure, ça demande de la précision. »

Cette fois, Mama Cass prit le temps de la regarder derrière ses lunettes. Elle avait l'air si contente.

« Me faire les ongles de pied ?

— Oui, mettre du vernis. Regarde les miens ; le bleu, ça fait ressortir le bronzage.

— Mes pieds sont rose fluo, pas bronzés.

— J'ai de la crème après-soleil, il faut bien hydrater, et demain ils seront tout dorés. Du coup, avec du vernis bleu, ça serait chouette, allez.

— Écoute, Viva… »

Mama Cass se redressa complètement, étirant son maillot de bain autour de son ventre pour en effacer les bourrelets.

« Écoute, c'est gentil, mais je ne vais pas tourner ces scènes de *Pretty Woman* que tu imagines pour moi.

— C'est pas ça, c'est juste que parfois de petits détails peuvent faire plaisir. Et puis, peu importe comment on est, tu as entendu parler du *body positive* ? S'accepter comme on est.

— Oui, encore un truc… (Mama Cass soupira.) C'est facile, pour toi, regarde comment tu es. Ça ne l'est pas pour tout le monde, mais voilà encore une de ces injonctions dont je te parlais. Moi, je serai bien dans ma peau quand j'aurai fait des progrès sur plein de choses, pas parce qu'on me l'ordonne.

— Oui mais quand même. C'est bien d'avoir des conseils. De s'occuper de soi. »

Viva prit ses genoux entre ses bras. Elle avait l'air un peu blessée. Mama Cass s'en voulut. Comme d'habitude, elle ruait, ne faisait pas la part des choses avant de parler. Après tout, qu'est-ce que ça pouvait bien lui foutre de laisser Viva lui vernir les ongles, si ça faisait plaisir à sa jeune amie. En dehors du fait que l'idée d'un être humain lui touchant les pieds pouvait lui donner des haut-le-cœur…

Là, elles étaient bien, toutes les deux. Pourquoi gâcher ce moment en ouvrant une fois de plus sa grande bouche ?

« Et toi, dit-elle doucement. Comment fais-tu pour t'occuper de toi ? Pour être si jolie, si mince, et paraître dix ans de moins ? »

Viva lâcha ses genoux, étendit les jambes. Pas loin d'elle, le jeune homme sous le charme n'avait pas changé de place, Mama Cass avait remarqué ses regards furtifs sur sa compagne. Peut-être s'imaginerait-elle encore que c'était l'homme de sa vie, si elle y prêtait plus d'attention.

« Ben, je fais des trucs, fit la jeune femme, toute à sa réflexion. De la gym tous les jours. Enfin, pas ici, on est trop occupées. Et j'ai fait refaire ma poitrine, elle tombait un peu. Sinon, quelques injections d'acide hyaluronique, c'est bien contre les rides. Et je fais gaffe à ce que je mange. C'est du boulot. »

Mama Cass hocha la tête, pensive. Plus que du boulot, elle se demandait si ce n'était pas une sorte d'auto-esclavage. Ou, à l'opposé, prendre soin de soi n'était-il pas un plaisir, et le plaisir la plus grande sensation de liberté ?

Elles gardèrent le silence un long moment. Les pensées de Mama Cass étaient retournées à Soledad. Cette jeune femme, qu'avait-on fait de sa beauté ? Quelle liberté en avait-elle retirée ?

Lorsqu'elles quittèrent le cénote, Mama Cass croisa le regard gourmand du jeune homme sur Viva. Il n'avait pas osé l'aborder, la prenant sans doute pour une fille chaperonnée par sa mère, comme la plupart des gens qui les croisaient. Peut-être que, par sa faute, sa jeune amie avait raté l'histoire d'amour pour laquelle elle se battait. Ou lui avait-elle évité une nouvelle déception. Va savoir. Si on n'essaie pas, on ne sait pas.

Puis elle eut une pensée pour Vicente, le crocodile sous les lianes, et elle souhaita mentalement à Viva de se sentir un jour aussi confiante qu'elle l'avait été durant ces quelques minutes où elle avait baigné dans la même eau que le grand reptile, devenu doux comme un agneau.

41

« À un moment, avec l'histoire de ce photographe, j'ai pensé à Clint Eastwood dans *Sur la route de Madison*, et j'ai été heureuse que Soledad ait ouvert la portière, elle au moins. Je n'ai pas pu empêcher cette idée de me traverser l'esprit. »

Calée sur sa pile d'oreillers, CNN en sourdine, le fil du téléphone enroulé autour des doigts, Mama Cass réfléchissait, hypnotisée par ses propres pieds. À l'autre bout du peignoir, c'était comme s'ils avaient une vie propre, ses orteils encore roses de soleil remuant avec nonchalance, faisant miroiter le vernis bleu piscine de ses ongles parfaitement laqués.

Viva avait eu gain de cause. La jeune femme avait été si contente, à genoux devant elle, s'appliquant à apposer les couches de couleur, puis ce qu'elle appelait un *top coat*, extirpés de sa trousse de toilette grande comme une malle cabine…

Mama Cass avait mobilisé toute son énergie à réprimer les bizarres fous rires nauséeux qui avaient menacé quand ses doigts avaient touché la plante de son pied.

Ça avait été long, Seigneur. Mais enfin, elle avait réussi.

Si Oleg voyait ça, il en ferait une banderole à l'entrée du Safari, rigola-t-elle en écoutant la voix de son vieux copain dans le combiné.

« Je comprendrai jamais Meryl Streep, disait-il, en romantique ignoré qu'il était. Je pense qu'il s'est bien fichu d'elle. Il s'est mal comporté.

— Clint Eastwood ? À quel moment du film ?

— Non, bordel, Oleg. Le photographe du *World Geographic*. Hé, ho ? »

Ils avaient été inquiets, au Wild Sun Safari. Pas de nouvelles pendant deux jours, lui avait reproché Oleg. Pas eu le temps, avait-elle répliqué.

Maintenant qu'elle lui avait raconté ce qui s'était passé à Punta Allen, il comprenait. Sans se douter toutefois que toutes les raisons de son silence ne tenaient pas qu'à l'impensable histoire de Soledad et à l'enquête qui les avait menées jusqu'à son frère au cœur de la biosphère de Sian Ka'an, mais aussi à un drôle de sentiment enfoui qu'elle craignait de voir remonter à la surface : de quoi Oleg était-il le nom ? D'un ami ? D'un amour ?

Elle s'était toujours fait une vision romanesque de l'amour, comme dans *Sur la route de Madison*, mais elle avait toujours cru que les gens ordinaires l'étaient bien trop pour s'exalter au lyrisme des sentiments – oubliant par là que dans le film, Meryl Streep était une simple fermière et Clint Eastwood tout ridé, oui mais enfin, c'était Meryl Streep et Clint Eastwood, pouvait-on vraiment séparer l'acteur de son rôle ? Pouvait-on vraiment séparer les héros du livre, qui en était à l'origine, de l'écrin que l'auteur leur avait donné ? La fiction faisait leur singularité. La réalité, c'était autre chose, n'est-ce pas ?

Alors, dans cette réalité que Viva, la linotte de Miami Beach, avait pointée d'un simple gazouillis, était-il possible que les gens ordinaires vivent une histoire d'amour sans s'en rendre compte ? Parce que leur attachement était dépassionné, aisé, équilibré. Voué à durer, si l'on prenait garde à le reconnaître.

Oleg lui manquait, c'était certain. Ce manque la troublait. Mais manquait-elle à Oleg ?

Il fallait le croire, puisqu'il avait bondi sur son téléphone et avait paru sincèrement soulagé.

Mais comment vérifiait-on auprès de l'autre qu'il tenait à vous ? Fallait-il oser lui poser la question, comme ça, de but en blanc – *Dis-donc, j'y pensais, est-ce que tu as des sentiments un peu amoureux, pour moi ?*

Jamais elle n'oserait.

Mais les sentiments n'étaient pas le débat du jour. Il s'agissait d'une sourde indignation, des questions que la vie déchue de Soledad soulevait.

« Qui c'est, ce photographe ? demanda Oleg. Il est connu ? Il a un Wikipédia ?

— Clayton Morris. Connu, non, pas trop, enfin je n'y connais rien en photo. Et oui, il y a des trucs sur Internet, pas grand-chose. Viva a déjà regardé, tu penses bien… Un Wikipédia de cinq lignes. (Elle récita, de mémoire.) Clayton Morris, né à New York le 23 janvier 1921, mort à Palm Beach le 2 mars 2003. Photographe de guerre puis de voyage. Connu pour ses clichés de la reprise de Séoul par l'ONU en 1951 et le portrait de… tiens-toi bien, la jeune Mexicaine au sombrero en couverture du *World Geographic* en 1961.

— Et quand tu tapes “jeune Mexicaine sombrero”, qu’est-ce que ça dit, Google ?

— Rien. On voit mille fois la photo. C’est tout. (Elle soupira.) Je ne suis pas bégueule mais quand même, ce type avait vingt ans de plus que Soledad quand il l’a emmenée.

— (Oleg rit.) Déjà, si, tu es bégueule, Mama. Une fille de vingt ans a le droit de tomber amoureuse d’un gars de quarante. C’est quand même pas Anna Nicole Smith avec son milliardaire cacochyme ou je sais pas quoi. Et puis, c’est peut-être elle qui l’a suivi. Bordel, être une femme ne fait pas d’elle une sainte, c’est ce que tu dis toujours… Et pour finir, ils étaient peut-être amoureux tous les deux. Simple.

— Comme Melania et Donald Trump, c’est beau.

— Arrête un peu. Tes grands discours sur la liberté de penser et de pas juger, ça s’arrête à ta femme de ménage mexicaine, ou quoi ? »

Mama Cass ne répondit pas, ruminant sur la différence d’âge entre Meryl Streep et Clint Eastwood, qui, peu ou prou, devait être la même que celle de Soledad et Clayton *putain-de-Morris*.

« Quand on est amoureux de quelqu’un, on ne l’entraîne pas loin de sa famille, s’agaça-t-elle.

— Sauf si les parents sont contre l’histoire d’amour et que les amoureux n’ont pas le choix. Moi, quand je me suis marié avec Sharon, ma première femme qui avait seulement six ans de plus que moi, j’ai pas vu ma mère pendant quatre ans. Elle ne voulait pas du mariage, elle disait que Sharon était folle et alcoolique, que j'étais idiot, et que si on avait des enfants ils seraient dégénérés ou finiraient en prison. Bref, elle m'a renié. (Il se marra.) Bon, elle avait raison, Sharon était folle et alcoolique, on a passé quatre ans à faire la bringue à Tampa, moi à picoler tout seul et Sharon à s'envoyer en l'air avec mes potes. Heureusement qu'on n'a pas eu de gosse. »

Mama Cass rit doucement sur son monticule d'oreillers. Elle n'avait pas connu Sharon mais Linda, l'épouse n° 2, une blonde peroxydée bourrée de chewing-gum qui avait un temps servi à l'accueil du Safari avant de s'en aller avec la caisse un beau matin, embarquant par la même occasion le plus jeune des pilotes d'hydroglisseur. Mama avait passé un savon à Oleg, alors qu'il n'y était pour rien, si ?

Oleg n'avait pas de chance avec les femmes.

« Bon, cette photo, reprit-il, tout le monde l'a vue un jour ou l'autre. Question con, quand on pose pour une couv de magazine, on est payé chaque fois qu'elle est reproduite, je sais pas, moi, sur des livres ou quoi ?

— Le photographe l'est, ça, c'est sûr.

— Tu m'étonnes. Mourir à Palm Beach, c'est la classe, il s'est fait des couilles en or, le mec.

— Mais le modèle ? Je ne sais pas quels sont ses droits.

— Je vais faire des recherches sur Internet, pour savoir », conclut Oleg.

Ça ne changerait plus rien au destin de Soledad, et Rafael Arroyo n'avait pas besoin d'un héritage. Il y a des endroits où l'on vit, des métiers qui vous passionnent, qui font que recevoir trop d'argent serait comme une intrusion. C'est ce qu'elle sentait, chez le guide et Étoile du soir.

Puis Mama Cass se dit qu'ils étaient sans doute grands-parents, et que peut-être leurs petits-enfants avaient l'âge de faire de grandes études, comme celles que Soledad avait patiemment payées à son frère. L'argent leur serait utile, à eux, non ?

Elle ne savait pas. Elle n'avait pas vu de photos de famille dans la maison indigo, mais y avait-elle seulement prêté attention, fascinée qu'elle était par la jeune fille au sombrero à demi cachée derrière une plante.

Voilà pourquoi Oleg lui était précieux, parce que, en plus d'être le réceptacle de tous ses coups de gueule, il était toujours investi par quelque chose. Comme Viva, il avait cette boulimie d'apprendre encore.

« Tu sais, dit-elle, cette blouse parme à fleurs jaunes qu'elle porte sur la photo. Je me demande si elle ne l'avait pas donnée à ma mère. Et je me dis… (Elle secoua la tête.) Non, c'est sans doute idiot.

— Quoi donc ? Cette histoire est dingue, on n'est pas à une découverte près.

— Eh ben, je me demande… Tu sais, ma mère a fait un *road-trip* en Californie, à la fin des années 1960. Imagine qu'elle ait rencontrée Soledad, à cette période elle y était.

— C'est grand, la Californie.

— Je ne sais pas pourquoi, mais quand je me souviens de la première fois où je les ai vues dans la cuisine, elles… Je me fais certainement des idées, mais elles avaient l'air de se connaître. Elles avaient le même âge. Et cette tunique qu'elle lui a offerte, si c'est celle de la photo… Je ne sais pas quel instinct m'a poussée à l'échanger contre son tee-shirt préféré, pour ses obsèques. Et ce testament que Soledad a laissé dans le tiroir de Maman. Pourquoi dans le tiroir de Maman ? Pourquoi ne pas l'avoir laissé chez elle, avec mon adresse dessus ?

— Parce qu'il y avait de l'argent avec, lui rappela Oleg. Elle a eu peur que son agence immobilière à la con ne le trouve et ne s'en mette plein les fouilles. »

Mama Cass rabattit son peignoir sur ses mollets bronzés. La clim était réglée trop bas – encore un point commun avec la Floride, tiens, quand il faisait trop chaud dehors, il faisait trop froid dedans. Bonjour l'amplitude thermique. Elle ruinait les sinus de tous ceux qui n'y étaient pas nés.

Mais le froid qui la saisissait n'avait peut-être pas grand-chose à voir avec la minutie des employés de l'hôtel – dix-neuf degrés affichés sur le cadran, c'était la température idéale, allez.

Non, ce qui lui donnait la chair de poule, c'était sûrement toutes ces questions dont elle savait qu'elle n'aurait jamais la réponse. Ce vide dans une vie était glaçant. On oubliait les gens quand il n'y avait plus personne pour raconter leur histoire. Plus personne pour transmettre. Combien d'archives qui auraient dû être et ne seraient jamais ? Combien de moments perdus, de bonheurs sans traces, de malheurs ignorés ?

« La vie donne des signes, murmura-t-elle. Et on n'y prête pas attention.

— Hein ?

— Je disais que ce qui resterait de l'histoire d'une vieille femme de ménage mexicaine, ce ne serait que des signes. Que j'aurais dû y prêter attention.

— Mama, tu n'as rien à regretter. Tu as fait ce qu'elle voulait, tu l'as ramenée chez elle, tu as retrouvé sa famille, moi, je trouve ça super. Et… émouvant. »

À cet instant, Mama Cass repensa à l'arbre *chechen* et à son antidote, le *chaca rojo*, qui poussait juste à côté. Se pouvait-il qu'elle ait les deux en elle ? Se pouvait-il que chacun ait les deux en soi et ignore l'un ou l'autre ? Le bien et le mal dans le même espace. Cette croyance maya qui voyait l'humain en tout.

La sagesse des gens d'ici, leur bonheur d'y être. Pourquoi quitter la Riviera Maya, Sian Ka'an, Punta Allen ? Ce photographe, ces inconnus qui avaient traversé la vie de Soledad, avaient-ils été le poison sans l'antidote ?

À la première des questions que se posait Mama Cass, la vieille femme de ménage mexicaine avait au moins répondu, à travers le voyage où elle l'avait guidée. Mama Cass n'était pas irrécupérable. Elle avait le *chaca rojo* en elle. Dans des détails, des efforts qu'elle aurait cru impossibles à accomplir. Un vernis à ongles bleu. Un maillot de bain. Et des kilomètres, des gens nouveaux, un pays découvert.

Mama Cass regarda l'urne blanche, avec son liseré mal aligné, sur la table de chevet.

« Aujourd'hui je me suis baignée, lâcha-t-elle, et c'était à Soledad qu'elle parlait.

— Sans blague ? Toi ? »

Elle rit. Elle imaginait Oleg tomber de sa chaise, dans la cahute d'accueil du Safari.

« Avec un crocodile. Il s'appelle Vicente.

— J'arrive pas à y croire, punaise.

— Il était petit, pas dangereux.

— C'est pas ça… »

Oleg s'interrompit, cherchant ses mots, là-bas, sur sa chaise à roulettes. Elle eut la vision de ce Pancho Villa miniature – était-il si petit, d'ailleurs, ou jugeait-elle tout le monde à son échelle, grossière, qu'elle avait elle-même dressée ?

« Le danger, ça n'a jamais été le crocodile, Mama, et la manière dont il te lorgne avant de décider de te bouffer. Ça a toujours été ton regard à toi. Mille putains de fois que je te le dis. Mais on dirait que tu veux pas entendre ce que je dis depuis trente ans. C'est pourtant pas compliqué. »

Les yeux rivés sur ses pieds maintenant immobiles, Mama Cass n'osait pas ouvrir la bouche, de peur qu'il en sorte une de ces fulgurances qui gâchaient l'instant. C'était un moment où les mots ne disaient pas tout.

À l'autre bout du fil, Oleg s'éclaircit la voix. « Bon, reste pas au Mexique, hein ? Parce que les autres ici, je les adore, les mecs, mais bon, c'est pas pareil. »

Un autre silence, qui peut-être espérait être rompu.

« Oui, répondit simplement Mama Cass. Après-demain.

— Bon. D'accord. Maintenant, je vais raccrocher, on a du monde. »

Et quand il le fit, elle en eut le ventre serré.

42

Depuis la veille, Viva photographiait tout. Les oiseaux, la forêt tropicale, la plage et le lagon, bien sûr, les étagères des magasins de souvenirs qu'elle avait dévalisés la veille, mais aussi ce qu'elle mangeait. Après la diète socio-réticulaire qu'elle semblait s'être imposée – du moins, en présence de vraies gens –, elle était prise d'une frénésie qui la conduisait à immortaliser sur son portable tout ce qu'elle faisait.

Mama Cass, toute à son voyage émotionnel où l'avaient emportée la vie enfouie de Soledad et les mots voilés d'Oleg, faisait de son mieux pour s'attarder dans sa sphère ouatée, qui s'était posée sur elle comme une seconde peau. Ne pas râler, ne pas juger.

Lorsque Viva fit cliquer son téléphone au-dessus de son plateau de fruits du petit déjeuner, Mama Cass ne dit rien, s'occupant la bouche avec une tranche de mangue, veillant même à réarranger joliment les bananes, les goyaves et les fruits du dragon pour la photo.

Lorsque Viva s'installa dans une des balancelles en osier autour de la piscine de l'hôtel, disposant ses jambes fines contre le montant dans une position naturellement impossible, Mama Cass ne dit rien, faisant attention à ne pas être dans le champ du selfie sexy.

Lorsque Viva photographia ses pieds nus sur le tableau de bord de la voiture, devant le pare-brise où se déroulait un fond parfait de dahlias jaune soleil et de fleurs de frangipanier d'un éclat virginal, Mama Cass soupira.

« Bon, qu'est-ce qui te prend, depuis hier ? »

Viva replia ses jambes en vitesse, comme surprise d'être prise en faute alors qu'elle ne cachait rien de ses exploits photographiques. Parfois, c'était comme si elle n'était pas vraiment là, se disait Mama Cass.

« De quoi ?

— Toutes ces photos, Viva. Franchement, tu ne veux pas faire un selfie avec l'urne de Soledad sur la banquette arrière, tant qu'on y est ?

— Ben non, fit l'autre, éberluée.

— Les paysages, je comprends, d'ailleurs je regrette de ne pas en avoir fait, je n'en ai jamais pris avec mon téléphone.

— Ben à quoi ça te sert, un smartphone ? s'étonna Viva.

— À téléphoner.

— C'est tout ?

— À regarder les e-mails du Safari quand je n'y suis pas. Des trucs sur Internet. Tu vois, ça me sert à tout. »

Et une petite voix dans sa tête lui intimait de se taire avant d'être aussi radicale que celles et ceux qu'elle dénonçait dans ses grands discours contre la doxa wokiste.

« Ouais, fit Viva, dubitative. Je t'enverrai des photos par e-mail, alors.

— Pas de tes pieds, s'il te plaît », s'efforça de plaisanter Mama Cass.

Elle démarra le moteur et la voiture s'engagea sur le chemin de terre qui quittait le parking de l'hôtel, au rythme tranquille des ornières de La Veleta, auquel elles s'étaient habituées. Mama Cass y prenait même du plaisir. On aurait dit que le volant rectifiait le tracé de lui-même, et qu'elle n'avait plus besoin d'y toucher.

« Je voudrais juste comprendre, continua-t-elle. Tu n'as pas pris de photo de toi ou de tes pieds depuis qu'on est descendues de l'avion, et là tu n'arrêtes plus.

— C'est stratégique, fit Viva, hochant la tête.

— Pardon ? Tu crois qu'une photo parmi des millions d'autres peut tout changer ? Regarde Soledad. Son portrait. Qu'est-ce qu'il lui a apporté ? Excuse-moi, c'est une vraie question, Viva, pas un reproche. Je veux juste essayer de comprendre, répéta Mama Cass.

— C'est stratégique, affirma de nouveau Viva. Pour Miguel.

— Oh, merde, Viva ! »

Par réflexe, elle avait appuyé sur la pédale de frein, et elles basculèrent toutes deux mollement en avant, dans un bel ensemble. Puis Mama Cass se reprit, sortit de l'ornière – au propre comme au figuré. Elle ne voulait plus s'enliser dans une rengaine qu'elle n'était pas légitime de chanter. Que connaissait-elle du chemin commun de Viva et de Miguel ? Pas plus que de celui de Soledad et de ce Clayton *putain-de-Morris*.

« Bon, vas-y, explique-moi ta stratégie.

— Ben, c'est simple. J'ai rien posté pendant trois jours pour qu'il s'inquiète. Et maintenant je poste plein de photos sympas pour qu'il voie que je m'en fous, de lui. »

Oui, c'était simple. Un selfie sur les réseaux sociaux n'était pas qu'une photo, c'était un message, plus ou moins conscient : elle affirmait une appartenance sociale – *regardez mes baskets Yeezy Boost 350 V2 à trois cent soixante-cinq dollars* –, réglait des comptes – *voyez où je passe mes vacances, bande de rats* –, se berçait de perfection – *chouette balade en famille avec le chien* – ou trompait l'ennemi qu'on voulait ramener à soi, comme Viva, ses sourires boudeurs, ses jambes enchevêtrées, ses pieds libérés.

Ses posts signalaient aussi à Miguel qu'elle était toujours à Tulum, à deux pas de sa maison, au cas où…

« Et qu'est-ce que tu veux obtenir ? » s'enquit sérieusement Mama Cass.

Elle savait ce que voulait obtenir une jeune femme d'un petit village yucatèque des années 1960, en acceptant de poser pour la potentielle couverture d'un prestigieux magazine américain. Ce que voulait plus ou moins tout le monde, quelque chose de plus.

L'humain, au contraire de l'animal, est ainsi fait : plus d'argent, plus de pouvoir, plus de reconnaissance, plus d'amour. En observant ses semblables, Mama Cass souscrivait à cet axiome aussi ancien que le mythe de Midas, dont la soif de richesse infinie l'avait conduit à la famine, le moindre grain de blé qu'il touchait se transformant en or.

Elle regarda Viva à la dérobée. Son désir à elle n'était jamais comblé, c'était sa façon de renouveler ses pulsions de vie, encore et encore. Mama Cass espérait juste que sa jeune amie soit un éternel enfant insatisfait, qui en voulait toujours plus – pas un Midas pris au piège de son propre désir. Comme l'avait sans doute été Soledad.

La jeune femme haussa une épaule : « Je sais pas. Juste, ça me fait plaisir.

— Tu l'aimes encore ? Tu veux qu'il revienne, c'est ça ?

— Cassie, je sais que toi tu ne l'aimes pas.

— Franchement, Viva, ça n'a aucune importance. Je n'aime pas ce qu'il t'a fait. Lui, je ne le connais pas. Je ne connais pas votre histoire.

— Il était gentil avec moi.

— Manquerait plus qu'il morde. »

Mama Cass se morigéna en silence, serrant le volant, Viva ne releva pas la réflexion.

« J'ai pas compris pourquoi il m'a laissée comme ça, continua-t-elle. Pourquoi ils me laissent tous. C'est sûrement ma faute. »

Mama Cass ne la contredit pas – pas complètement : « Peut-être demandes-tu plus d'amour que ce qu'ils sont capables de te donner. Peut-être choisis-tu les mauvais types. Mais il y en a des bons, tu sais.

— Comme Oleg ? »

Viva souriait. Mal à l'aise, Mama Cass remua sur son siège, enclencha le clignotant pour tourner sur la route nationale, qui, après les chaos de la piste, était d'un lisse infini.

« Oui, comme Oleg. Tu en rencontreras un comme ça, j'en suis sûre. (Elle prit un ton léger.) C'est pas forcément les plus beaux ni les plus riches, alors regarde mieux autour de toi. »

Viva hocha sagement la tête, réfléchit un moment, et comme à son habitude passa à autre chose.

« Pour Soledad, j'ai pensé… La lettre qui parlait de son dernier voyage, tu crois vraiment qu'elle a voulu mourir ? Ou c'est ce qu'elle a voulu faire croire ? Il y a plein de gens qui disparaissent comme ça. Moi, je pense que c'est ce qu'elle a fait. Parce qu'elle ne s'aimait plus. »

Oh, Seigneur, Viva ne s'épargnait aucune pensée. Mama Cass aussi avait en tête cette image déchirante. Celle de la jeune Mexicaine paumée, désabusée, qu'elle devait être alors, pour signer son arrêt de mort social. Parce qu'elle ne pouvait plus rien pour son frère. Parce qu'elle ne pouvait pas rentrer, et faire s'abattre la honte sur lui, et la famille qu'il aurait.

« Pourquoi penses-tu ça ? demanda-t-elle.

— Parce qu'à sa place, si je n'existais déjà plus pour personne et que je ne servais plus à rien, c'est ce que j'aurais fait. Parce que mourir pour de vrai, ça m'aurait fait trop peur. »

Mama Cass en eut le cœur en vrac, pendant quelques infinies secondes. Seigneur, cette jeune femme solaire, soigneuse d'elle-même, avait imaginé une telle issue ?

« Elle est où, la maison de Miguel ? lui demanda-t-elle alors, sur une drôle d'impulsion.

— Au-dessus de la Costera, répondit Viva, surprise. Dans le quartier résidentiel.

— Tu veux te faire plaisir ? »

Elles n'avaient pas arrêté de rire, tout le long du trajet jusqu'à Sian Ka'an, l'urne funéraire de Soledad ceinturée sur la banquette arrière. Si la police avait arrêté ce curieux équipage qui partait parfois en zigzag, sûr que deux des occupantes de la voiture de location auraient fini au poste, et la troisième sur le bureau d'un inspecteur décontenancé.

Il aurait été difficile à Mama Cass et à Viva de retrouver leur souffle entre deux hoquets pour avouer leur méfait : elles avaient acheté un kilo de crevettes au supermarché, et les avaient fourrées dans la boîte aux lettres de Miguel Jackson – si c'était un pseudo, l'imbécile ne s'était pas embarrassé d'approximation – en plein soleil.

Cachées par la volumineuse haie d'orangers du Mexique, les deux femmes s'étaient pliées en deux sur un rire muet, douloureux. Elles en avaient pleuré, s'agrippant l'une à l'autre.

Voilà ce qu'elles avaient fait. C'était idiot. C'était génial.

Mama Cass s'était remémoré cette équipée nocturne avec Papa, alors qu'elle n'avait que sept ou huit ans, c'était en tout cas peu de temps avant qu'il ne se prenne la tempête en pleine tête : cette copine qu'elle avait alors, une Sherry ou Merry, elle ne s'en souvenait plus bien, elle était gentille avec elle. Sherry ou Merry portait de grosses lunettes sur un léger strabisme, alors elles partageaient la même retraite, dans un coin de cour où leurs camarades les oubliaient.

Mais les parents de Sherry ou Merry avaient mis fin à cette amitié un peu contrainte, en arguant que la petite Cassie sentait la friture. Forcément, une enfant dodue ne pouvait être nourrie que de choses grasses par des je-m'en-foutistes des marais, et leur serpent à lunettes élevé par des parents citadins et responsables valait mieux que cette fréquentation.

Papa n'avait pas aimé.

Le coup des crevettes, juste au moment où les calomniateurs étaient partis en Europe pour deux semaines, c'était brillant, avait reconnu Maman.

La maison de Tulum, elle, était occupée, mais en quelques heures les crustacés auraient le temps de transpirer sur les relevés American Express de Miguel Jackson.

C'était une sorte de petit palais mauresque perché en haut des lacets pavés du quartier résidentiel de la Costera. Les autres maisons en contrebas, pourtant très classe, semblaient lui faire une révérence. À travers la haie, on entrevoyait la piscine carrelée de mosaïques probablement posées à la main par des serfs locaux, les feuilles de palmier éventaient cérémonieusement les transats d'un blanc mat, dont le design évoquait une virgule posée sur un point – ou un sein, c'était selon son niveau d'alcoolémie, avait ricané Mama Cass un peu plus tard dans la voiture. Car des bouteilles, il y en avait. Un peu partout sur les tables basses, debout, couchées, pleines, vides. Du champagne. Pas de verres, ici on finissait la soirée directement au goulot, c'était sûrement d'un décadent très chic.

Voilà donc où Viva aurait dû passer ses vacances en amoureux, au lieu de transporter une vieille femme de ménage mexicaine vers sa sépulture bleu azur.

Et en la regardant rire aux éclats à ses côtés, complètement sobre, indifférente au gloss qui se perdait dans les ridules de sa bouche, Mama Cass fut très fière d'elle-même.

43

Rafael et Étoile du soir avaient fait venir un prêtre, étonnamment jeune dans son pantalon beige et sa tunique à petit col. Dans les plis blanc du coton se perdait une croix en or, sobre, dépourvue des fioritures qui agrémentaient à peu près tout ici, et spécialement la chose religieuse.

« Le père Juan Pedro a fait ses études avec notre fils, Javier. Javier est professeur d'histoire, à l'*Universidad nacional autonoma* de Mexico City.

— Il n'a pas voulu rester ici ?

— *No, no*. Vous savez, il y a des gens qui préfèrent la grande ville, même s'ils doivent quitter un endroit aussi beau que Sian Ka'an. Nous sommes tous différents, *verdad* ? »

Comme Soledad, avait pensé Mama Cass en regardant l'urne posée sur un lit de fleurs, sur la table de la salle à manger autour de laquelle ils se tenaient tous les cinq.

Il n'y aurait personne d'autre. Le père Juan Pedro garderait cette cérémonie secrète.

Quand elles étaient descendues de la voiture, leur fou rire s'était à peine calmé. Tout au long du trajet en bateau, Soledad calée entre leurs deux sièges, des éclats en étaient revenus sporadiquement, qu'elles avaient étouffés en se collant la main sur la bouche, comme deux gamines à la messe.

Des embruns caressant son bras nu, l'urne coincée entre ses pieds bronzés aux ongles vernis de bleu piscine, Mama Cass retenait sa casquette d'une main, voyait devant elle le dos de Viva secoué par des quintes muettes, et se disait qu'elle n'avait jamais rien vécu de plus fou de toute sa vie.

Même les moments passés à l'Endroit, la boîte de nuit où les alligators dansaient, n'étaient pas aussi fous. Ils étaient magiques, c'était différent.

Devant la maison indigo, Étoile du soir les attendait, souriante. Mama Cass et Viva s'étaient calmées, saisies par la beauté du moment, leurs joues encore roses d'allégresse.

La femme de Rafael, si lumineuse, avait longuement serré les mains de Viva dans les siennes, et avait dit quelque chose en espagnol, que son mari lui avait traduit : « Itzel dit que vous êtes très belle. » Mama Cass avait hoché la tête en regardant Viva. Bien sûr, elle était très belle, le teint hâlé dépourvu de fond de teint, ses yeux légèrement fardés, son gloss entièrement avalé.

« Non, c'est à toi qu'elle parle, lui avait répondu sa jeune amie, ravie.

— Oui, oui, avait confirmé Rafael. Viva est magnifique, et vous vous êtes très belle, Cassie, c'est ce que dit Itzel. »

Mama Cass n'avait pas réagi. Elle ne savait pas faire. Fallait-il remercier ? Baisser un peu la tête, humblement ?

Vous êtes très belle.

Par rapport au *T'es pas si grosse*, sommet habituel, c'était stratosphérique.

Ces gens si gentils, dépourvus de la moindre scorie hypocrite, ignoraient que le picotement de ses joues, ses yeux encore brillants et l'empreinte du sourire comme des fossettes de jeune fille étaient dus à des crevettes se décomposant dans la belle boîte aux lettres en bois sculpté de Miguel Jackson.

Avant cela, ce matin, Viva l'avait entraînée faire du shopping dans les petites boutiques du front de mer, délaissant le rayon pas-cher-mémère du Súper Aki. Sur ses conseils éclairés qui laissaient peu de place à ceux de la jeune vendeuse, elle avait acheté des vêtements pour la cérémonie : un pantalon en lin blanc, simple et flou, et une magnifique tunique, typique d'ici, couleur chocolat au lait comme ses cheveux bouclés par l'humidité, brodée de rouge et de turquoise.

Et maintenant, elle était là, devant cette table où l'urne ivoire au liseré mal aligné semblait s'élever au-dessus des dahlias frais, à se demander qui elle était. Et, malgré le deuil, elle souriait intérieurement, remerciait sa vieille femme de ménage, sa jeune amie bimbo de Miami Beach, et l'azur céleste dans lequel allait se fondre Soledad.

La cérémonie fut brève, au soleil rose fondant sur l'eau calme. Le prêtre dit quelques mots, tandis qu'ils restaient tous assis sur le bateau oscillant au passage des tortues géantes, des dauphins. On ne les voyait pas, mais ils étaient là, filant le crépuscule sous-marin.

Rafael leur montra en silence le dos d'un lamantin, émergeant à peine, comme une de ces *petenes*, ces petites îles des marais. Mama Cass savait que les *manatees* se nourrissaient la nuit, et que chez elle en Floride, dont ils étaient le symbole, les anciens marins avaient cru voir des sirènes en ces gros mammifères marins.

« Y a des crocodiles, tu crois ? avait murmuré Viva en essuyant une larme d'émotion.

— Sûrement, mais ils ont peur de nous. »

Le prêtre s'était signé, Rafael et Itzel avaient suivi son geste, et leurs deux passagères américaines les imitèrent rapidement, peut-être dans n'importe quel sens, fermant les yeux sur l'image d'une jeune fille au sombrero ondoyant dans un azur cristal.

Et à l'instant parfait où les cendres formaient un nuage de perles de lune là où le ciel violet rejoignait l'eau argentée, Mama Cass sentit les doigts fins de Viva serrer les siens avec force, comme personne d'autre ne l'avait jamais fait.

Elle était un *manatee* qu'une légende au sombrero et aux yeux clairs avait transformé en sirène.

« Il faudra venir tôt demain pour l'eau flottante, dit Rafael. Il y aura des orages l'après-midi.

— Oh, j'espère que ce sera terminé demain soir, dit Viva. Les orages en avion, ça me fait trop peur.

— Ce sera fini, la rassura le guide. À quelle heure, votre vol ?

— Neuf heures du soir, répondit Mama Cass.

— Alors oui, ce sera fini. C'est un long vol ?

— Même pas deux heures. »

Si, deux heures pouvaient être très longues, tout dépendait de ce qu'on faisait. Et celles-ci le seraient, assurément.

Il s'agirait d'une transition dans sa définition la plus simple : un passage d'un état à un autre. Mama Cass n'était plus la même femme qu'elle était une semaine auparavant, traînant sa valise comme une chouette effrayée entre tous ces gens pressés, indifférents. Mais elle quitterait ce pays qui lui avait révélé une part d'elle-même, et elle avait très peur que cette part-là ne s'évacue comme s'évacue l'air à travers les filtres de l'avion du retour.

Est-ce que les gens redevenaient ce qu'ils étaient, lorsqu'ils rentraient de voyage ? Laissaient-ils tout derrière eux ?

Elle avait peur que le confort la happe. Que son bronzage s'estompe. Que son vernis s'écaille.

Elle avait peur aussi de l'inverse, qu'on ne la reconnaisse plus, qu'elle ne soit plus celle qu'il fallait à ceux du Safari, à Domingo, à Johnnie, à Nelson. À Oleg. Cette sorte de mère nourricière aux larges épaules, asexuée, sans tentation ni séduction. Sans danger.

Alors oui, ces deux heures allaient être un voyage bien plus long qu'à l'aller où, agrippée aux accoudoirs, elle ne se sentait personne.

Une transition. D'un état à un autre. Comme dans une uchronie, une réécriture du passé dont le point de départ était la mort de Soledad. Une seule semaine pour tout changer, si elle le décidait.

Étoile du soir avait remplacé le lit de fleurs sur la table par un festival de plats qui aurait convenu à douze personnes. Des *tamales* de toutes sortes, l'inévitable guacamole, généreux, qui n'avait pas grand-chose à voir avec celui, lisse, qu'on servait en Floride. Des haricots rouges dans une sauce odorante, des tortillas croustillantes.

Mama Cass retrouvait l'odeur des dimanches soir, à la maison.

Le prêtre avait fait honneur à la cuisinière en dégustant un peu de tout, veillant à la frugalité, comme sa présence l'exigeait. Dans un anglais heurté, il avait évoqué *La Catrina*, personnage de la culture mexicaine, un squelette féminin habillé comme une grande dame, un sermon déguisé sur l'égalité de tous devant la mort, les femmes de ménage comme les stars qu'elles n'étaient pas devenues.

Puis il s'était éclipsé, bénissant les convives.

La conversation était aisée, comme elle l'était dans une vraie famille.

« Vous n'avez jamais voyagé, Rafael ? demanda Viva.

— Voyager ? Je voyage tous les jours. »

Oh, Seigneur, se dit Mama Cass, voilà la réflexion qu'elle avait faite mille fois. Elle était presque déçue. Mais le guide continua : « Avec Itzel, nous voyagerons bientôt. L'an prochain, *si Dios quiere*. Nous voulons découvrir votre pays, les Grands Lacs, les prairies du Montana, les montagnes du Colorado. Ce sera un long voyage. Vous savez, je ne fais pas que parler du Yucatán aux touristes que j'emmène. Je les écoute, beaucoup. Il faut écouter. »

Il dit quelques mots à sa femme, qui hocha la tête avec un sourire sur son visage sculpté de déesse maya.

« Je n'ai pas pu, quand j'étais jeune homme, partir sur les traces de Soledad, en Californie. Alors j'ai longtemps été en colère contre l'Amérique qui m'avait pris ma sœur. Je ne voulais pas comprendre pourquoi elle avait préféré partir là-bas. Et puis j'ai écouté les gens, sur les bateaux. J'ai appris qu'on est parfois mieux ailleurs, comme notre fils dans la grande ville. (Il laissa passer un silence.) Il faut écouter, beaucoup. Comprendre qu'il y a d'autres vies que la nôtre. J'ai écouté, beaucoup. Et maintenant je suis prêt. »

Étoile du soir saisit sa main, c'était comme si, à la musicalité de ses mots, elle avait compris tout ce qu'avait dit son mari.

Elle leur apporta un *flan de leche* très sucré, délicieusement régressif, et Rafael alla ouvrir un tiroir pour en rapporter quelque chose, qu'il déposa devant l'assiette de Mama Cass.

« *Listo*, dit-il, un peu gauche. Voilà. Je pense qu'elle aurait voulu que… c'est pour vous. »

C'était une petite boîte en métal ouvragé dont les coins étaient oxydés.

Mama Cass posa sa cuillère sur son assiette, les doigts tremblants. Elle n'aimait pas les cadeaux. Cela la plaçait au centre, sous une lumière dont elle ne voulait pas. Elle rejetait cette gratification de toutes ces forces. Heureusement, elle n'en recevait plus depuis que Maman était partie. Enfin, si, une fois. Pour ses quarante ans, Oleg, tout content, l'avait regardée déballer furieusement la paire de Gazelle Adidas, bordeaux, superbes, qu'il lui avait achetées. Il en avait pris pour son grade – *tu sais bien que j'ai horreur des surprises.*

De ce côté-là, elle était tranquille, à part lui personne n'aurait su quoi lui offrir.

Elle eut envie de vomir son *flan de leche*, sentant les regards sur elle. Surtout, au-delà de cet inconfort, l'émotion lui serrait l'estomac d'une main de fer.

« Oh, non, je…, balbutia-t-elle.

— Si, si, c'est pour vous, sourit Rafael. Soledad sera heureuse. »

Et il avait l'air de l'être aussi.

Mama Cass dut s'y prendre à trois fois pour ouvrir la petite boîte, le cœur dans la gorge. Et, sur une boule de coton, une paire de petites boucles d'oreilles à pampilles apparut.

Des acouphènes plein les tympans, elle eut la certitude qu'elle allait tomber de sa chaise.

Les boucles d'oreilles que la jeune Soledad portait sur la couverture du *World Geographic*. Elles avaient peut-être soixante ans.

« Notre mère les lui avait offertes pour ses vingt ans, confirma Rafael. C'est une femme d'ici qui les fabriquait, avec des pièces d'or que des pêcheurs avaient remontées dans leurs filets. Quand on s'éloigne des côtes du Yucatán, on dit qu'il y a sous la mer des épaves de bateaux des conquistadors… C'est la dernière chose que Soledad m'a envoyée. Avec le mot où elle m'annonçait son dernier voyage.

— Oh, je ne peux pas… »

Le guide posa sa main sur la sienne. Mama Cass comprit qu'ici, contrairement à toutes les conventions sociales des grandes villes, on ne discutait pas, on ne minaudait pas. On ne refusait pas ce qu'on vous donnait.

Les larmes aux yeux, elle hocha la tête.

Elle n'avait pas pleuré depuis… elle ne savait plus.

44

« Il faut enfiler le gilet de sauvetage comme ça, avec les jambes à la place des bras, comme une couche pour bébé, vous voyez ? » leur montra Rafael, amusé.

Il était neuf heures du matin, le soleil imprégnait d'une aura encore tiède les canaux mayas de Sian Ka'an, creusés à mains d'hommes – « par les anciens, pour les échanges commerciaux », leur avait expliqué le guide.

Ils avaient accosté après la lagune, puis avaient cheminé sur une longue passerelle en bois servant de sentier. À l'arrivée sur le ponton, l'eau douce serpentait entre la mangrove qui drapait la terre sableuse de ses plantes arborescentes jusqu'à l'horizon.

« Pas de crocodiles, pas de serpents ici. Il n'y a pas de micro-organismes pour nourrir les poissons dans l'eau des canaux, alors rien à manger pour les reptiles.

— Sauf nous ! » rigola Viva en se glissant dans l'eau peu profonde.

C'était son grand moment, sourit Mama Cass en la regardant s'abandonner au courant léger, les bras en croix, une expression de profonde félicité sur son visage dénué de maquillage. Ses cheveux flottaient autour d'elle, s'emmêlant sans apprêt.

Mama Cass se fondit à son tour dans l'élément, lentement, les coudes en arrière sur le ponton, et cet instant tant redouté puis attendu lui fit l'effet d'un baptême. Elle avait vu dans des documentaires ces images d'adultes convertis qu'un prêtre immergeait dans les eaux calmes d'une rivière en leur tenant la main, et qui en ressortaient transfigurés. Ce renouvellement spirituel en moins de dix secondes, elle n'y croyait pas trop.

Mais, était-ce l'anticipation du moment ? Ce qu'elle ressentit lorsque le flux léger l'attrapa doucement comme les mains d'un parent qui apprend à nager à l'enfant toucha au mystique.

On ne percevait pas le mouvement des flots, on allait de l'avant sans effort, il était juste impossible de nager dans l'autre sens. Pour rien au monde elle ne l'aurait voulu, voyant le ponton s'éloigner lentement.

Elle ne sentait plus son corps – non, ce n'était pas ça, c'était seulement une première impression, mais une fois qu'elle se fit au gré de l'eau, elle en éprouva les caresses patientes, dessinant ses épaules, ses bras, ses cuisses, tout ce qu'elle avait oublié d'elle.

Jamais elle ne s'était sentie aussi légère.

« Alors ? » fit la voix de Viva.

Mama Cass regardait passer les feuilles des palétuviers traçant une arche céleste au-dessus de sa tête. Elle n'avait pas envie de parler.

« C'est pas génial ? insista sa jeune amie. C'est le meilleur truc du monde. »

Mama Cass ferma les yeux, les rouvrit, et l'espace d'un clignement elle fut dans un sas, passant de l'onirisme à la réalité qui pépiait à côté d'elle.

« Oui, c'est génial, dit-elle, alors que tous les mots du monde n'auraient su qualifier cette épiphanie qu'elle vivait.

— Tu vois, j'en étais sûre.

— Merci, Viva. Vraiment. Merci.

— Je suis contente.

— Je sais. »

Elles roulèrent sur le ventre, puis le dos, riant comme des petites filles. La magie avait connu son apogée, elles expérimentaient maintenant une splendide régression. Les virages du canal se traçaient sans qu'elles y fassent rien, petites choses ballottées par la nature.

Pas très loin devant elles, on entendait les rires d'un autre groupe à l'accent particulier, des Anglais qui parlaient fort.

« Au moins, ils sont en éclaireurs, rigola Viva. Du coup, si y a un crocodile, ils se feront bouffer en premier, on sera prévenues.

— Y en a pas, selon Rafael, articula Mama Cass avec flegme.

— Ouais. »

Puis, selon son habitude, Viva sauta du coq à l'âne.

« Je me disais, c'est quand même bizarre, cette histoire de boucles d'oreilles. »

Mama Cass s'étira doucement entre deux eaux, laissant ses pieds remonter à la surface. Elle savait ce qu'allait dire son amie, ce qu'elle trouvait « bizarre ». Pour elle, cela avait été l'objet d'une méditation profonde qui l'avait occupée une bonne partie de la nuit. Les signes, les fameux signes. La part de destin qui ne devait pas grand-chose au hasard, et qui, si l'on voyait les signes, serait le terreau fertile dans lequel prospérerait la personne que vous ferez de vous, selon l'adage de Rafael.

« Ton infection, poursuivait Viva. C'est comme si… je sais pas, Dieu t'avait préparée à mettre les boucles de Soledad en te forçant à enlever les autres, du coup, je sais pas si je m'exprime bien.

— Si, sauf que je n'appellerais pas ça Dieu.

— Tu n'y crois pas ?

— Je n'y ai jamais pensé. Mes parents n'étaient pas du genre à réciter le bénédicité avant de manger des sandwichs au travail. Mais j'avoue qu'ici, je pourrais croire en n'importe quoi. »

Elle écarta doucement une fine branche de palétuvier qui caressait le miroir ondulant du canal.

« Ils étaient comment, tes parents ? » demanda Viva.

Oh, elle n'aimait pas trop en parler. Quand elle pensait à eux, elle se disait qu'elle avait raté son enfance. Elle aurait dû être une petite fille plus gaie, leur apporter davantage de rires, de mots d'enfant, de bêtises, même. Elle avait tout pour être heureuse, les trésors du monde, à savoir l'amour et la nature. « La nature se suffit », avait dit un philosophe. Elle aurait dû lui suffire, elle ne l'avait réalisé que bien plus tard, quand sa mère l'avait envoyée faire des études de commerce dans une école de Downtown Miami, entre les buildings qui commençaient à pousser comme les cyprès chauves des marais.

Ça n'avait pas duré longtemps. Du commerce, quelle idée. Une colocation à Brickell avec deux pin-up étudiantes en histoire de l'art, quelle idée.

« Je ne sais pas pourquoi ma mère s'imaginait que ma vie serait meilleure dans une grande entreprise cotée en Bourse, dit-elle à Viva. Alors qu'elle était plutôt hippie dans l'âme. Ça a dû être un automatisme, pour elle, de vouloir autre chose pour son enfant que ce qu'elle avait. Je ne sais pas si c'est culturel, si tous les parents pensent comme ça. »

C'était facile, de raconter sa vie à Viva. Avec elle, ici sous la canopée, ses douleurs adolescentes devenaient de simples anecdotes. Tout cela était si loin, si petit. Pas de quoi bâtir une vie là-dessus, n'est-ce pas ?

« L'enfance passe si vite. Le temps passe si vite. »

L'invisible courant les faisait tranquillement dériver dans un coude ombragé de feuilles lisses, les rires du groupe qui les précédait semblaient tout à côté d'elles, maintenant.

« J'aurais dû m'amuser de beaucoup plus de choses », constata Mama Cass en roulant sur elle-même dans un mouvement d'une harmonie stupéfiante. Le menton au fil de l'eau, se sentant portée, elle remontait brièvement le cours de sa vie, en lointaine spectatrice.

« Tu as quel âge ? s'enquit Viva.

— Cinquante ans. Enfin, bientôt.

— Eh ben, tu es à mi-parcours. Tu as encore plein d'années pour t'amuser. Bon, c'est sûr que quand on… vieillit, on est moins en forme pour faire des trucs, faut s'entretenir, du coup. Mais quand t'y penses, la vieillesse, c'est comme une espèce de… (Viva battit légèrement des pieds, chercha le mot juste.) Miroir de l'enfance.

— C'est joli, ce que tu dis, reconnut Mama Cass.

— Ben oui, fit l'autre, contente. Si tu réfléchis, quand on est gamin, on peut pas faire des trucs de fou non plus. Du coup, la vie c'est comme une courbe, ou une colline, ça monte et ça redescend au point de départ. »

Comme ce parcours initiatique qui s'achevait, pensa Mama Cass en apercevant le bateau de Rafael qui les attendait.

« Entre les deux, quand tu es sur la colline, faut se débrouiller pour être adulte », dit Viva.

Combien de temps avait-il fallu pour parcourir l'itinéraire ? « Une heure, *más o menos* », répondit Rafael en relançant le moteur.

Bien plus que cela, songea Mama Cass, retenant la serviette sur ses épaules pour que la vitesse ne l'emporte pas. *Bien plus que cela.*

Comme Viva, elle n'avait pas renfilé son short ni son tee-shirt sur son maillot de bain mouillé. À l'arrivée, elles cheminèrent pieds nus sur la rive jusqu'au petit parking où était garée la voiture de location. Il faudrait la rendre tout à l'heure. C'était fini.

Elles prirent leur temps pour se rhabiller, débarrasser leurs orteils du sable, regardant les petits groupes d'aventuriers qui embarquaient à leur tour. Mama Cass ne les enviait pas, non, cette expérience l'avait suffisamment nourrie pour que lui soit épargné ce sentiment social – le toujours plus, tout de suite.

Rafael Arroyo attendait gentiment le moment des adieux, Mama Cass n'en avait pas envie et surveillait sa propre humeur avec un détachement nouveau. Il y a peu, elle aurait craint d'échapper à elle-même et que, comme chaque fois que la gêne ou l'impatience la gagnait, n'arrive le moment de la réflexion intempestive et des gestes bourrus. Quand elle voulait fermer, au Safari, elle expédiait les derniers clients, Oleg le lui avait bien fait remarquer.

Mais là, non. Elle ne serait pas comme ça. Elle n'expédierait rien du tout.

Les larmes aux yeux, elle passa ses bras autour des épaules du frère de Soledad, murmurant *Gracias, gracias*... le regardant bien en face, cet homme qui lui avait tant apporté en si peu de temps, pour qu'il voie à quel point sa gratitude était profonde.

Dans leur dos, Viva reniflait bruyamment, alors Mama Cass lui tendit la main pour qu'elle se joigne à eux, et tous les trois, qui ne se connaissaient pas une semaine auparavant, oscillèrent serrés, en cadence dans cette chorégraphie humaine qui lie les gens un instant – ou à jamais.

Au moment de se quitter pour de bon, lorsque la portière fut claquée, la fenêtre ouverte et les promesses de revenir non dites parce que chacun en savait la vanité, Mama Cass dit à Rafael :

« Tu sais, j'ai toujours cru que Soledad voulait dire "soleil".

— *Bueno, es verdad*, dit-il en souriant. Moi, je l'appelais Sol, ma sœur. Et si, ça veut vraiment dire "soleil". »

45

« Ce qu'il disait, hier soir, Rafael, c'est qu'il faut voyager pour se rendre compte qu'il y a d'autres vies que les nôtres. Et que si on peut pas, il faut écouter ceux qui voyagent raconter. »

C'était dit d'une façon un peu erratique, mais le cœur y était. Les pieds sur le tableau de bord, Viva regardait défiler le paysage avec une certaine mélancolie, alors qu'elle le connaissait plutôt bien. Mama Cass lui jeta un œil, remarquant le point de pulsation à la base de son cou gracile. Que pouvait-il bien se passer dans sa tête qui l'occupait tout entière, se demanda-t-elle, alors qu'elle l'avait laissée à son silence depuis leur départ de Sian Ka'an.

Elle, ce voyage d'une semaine lui aurait fait identifier les bonnes questions existentielles, auxquelles elle s'évertuerait à trouver les réponses, de retour dans les Everglades. La principale d'entre elles – qui englobait d'ailleurs toutes les autres – était : comment faire pour être heureuse ?

Mais Viva, que ramènerait-elle de cette étape ? Un peu plus d'indépendance, de confiance en elle ?

Les heures devant elles rétrécissaient. Il fallait rendre la voiture, faire les valises, prendre la navette jusqu'à Cancún, faire la queue à l'aéroport. En soi, le voyage retour vers Miami était très court, à peine deux heures de vol, mais tout ce qu'il y avait autour allait boursoufler le tunnel temporel qui déboucherait en Floride.

Comment faire rentrer des heures dans des heures… Cela lui paraissait insurmontable.

« Il ne faudra pas traîner, à l'hôtel, dit-elle à Viva.

— Les retours, je déteste. L'aller, ça va, je suis contente de partir. Mais le retour, oulala, j'aimerais pouvoir claquer des doigts, comme ça (Elle claqua des doigts.) pour être direct chez moi.

— C'est comment, chez toi ? »

Est-ce que Viva avait un don pour la décoration, aimait-elle traîner chez HomeGood et rapporter des bougies parfumées pour sa chambre beige, des étagères à épices pour sa cuisine moderne, ou au contraire, vivait-elle dans un studio bordélique envahi de licornes en peluche ? Mama Cass prit conscience qu'elle ne savait presque rien d'elle, et un malaise la traversa brièvement, alors qu'elle prenait le virage qui quittait la route nationale pour s'engager sur la piste défoncée de La Veleta : elle ne voulait pas reproduire ce qui avait été avec Soledad. Jusque-là, sa misanthropie lui avait épargné les exigences morales envers son prochain – qui était pour la plupart du temps de passage – mais la biosphère du Yucatán, Rafael Arroyo et Étoile du soir lui avaient ouvert les yeux sur les autres.

« C'est pas très grand mais j'aime bien. J'ai un petit appartement dans un condo à South Beach, c'est à moi, dit fièrement Viva. À l'époque où je travaillais en boîte comme *bottle-girl*, je gagnais bien ma vie. Les pourboires, c'étaient waouh. Y a des riches, tu peux pas t'imaginer. Quand ils sont bourrés, c'est génial, ils t'ajoutent des cinq mille dollars à la note rien que pour toi.

— Et ça ne craint pas ? osa demander Mama Cass. Je veux dire, ils te demandent rien de…

— Ah ben non ! s'écria Viva. Tu te rends compte, la réputation de la boîte hyperclasse, si les serveuses faisaient des trucs avec les clients ? Y en a bien qui sont lourds, mais les videurs veillent. Non, non, franchement, j'aimais bien ce job. C'est juste qu'avec la fumée de cigarettes et la clim, tu as la crève toute l'année, et puis bon… (Elle étira ses orteils.) L'*hallux valgus*, quoi. »

Mama Cass jeta un œil à ses pieds. C'est vrai qu'elle n'y avait pas prêté attention, mais les pieds de Viva étaient un peu déformés et elle n'en faisait pas un complexe. Au contraire, elle semblait prendre la chose comme une blessure de guerre.

« Je me ferai opérer quand j'aurai mal, confirma la jeune femme. Parce que après, il faudra que je reste sans marcher je sais pas combien de temps, et j'ai mon boulot à Victoria's Secret, et puis les assurances, c'est pas terrible… Enfin, mon appart, on disait. Au moins, il est tout payé.

— C'est grand ?

— Oh non, pas trop, le salon est chouette, la baie vitrée donne sur South Pointe, je vois passer les bateaux, et sur la promenade juste en dessous de chez moi, y a des restaus sympa. Faudra que tu viennes ! »

Viva venait de transgresser la règle tacite qui, tant qu'elle était respectée, faisait que le voyage durait encore : ne pas se promettre de se revoir.

La petite Chevrolet cahotait dans le silence revenu. Elles étaient conscientes toutes les deux du temps qui se dénouait. L'épilogue de leur histoire mexicaine s'écrirait sur le comptoir d'un loueur automobile. Et Mama Cass se demandait à quoi pourrait bien ressembler leur union d'occasion, une fois revenues sur leur sol natal. Survivrait-elle au retour ?

South Pointe était un endroit plutôt chic de Miami Beach, tout au bout de l'immense plage de sable blanc. Mama Cass aimait bien cet endroit, pas trop peuplé, lorsque la nécessité de voir que la Terre tournait encore la faisait sortir de sa tanière des Everglades. Parfois, il fallait faire un effort, se mêler à la société, aller boire un caramel macchiato sur Lincoln Road, la rue piétonne, en observant les passants.

À South Pointe, il y avait sur la jetée des pêcheurs amateurs, des chats sur les rochers. Sur la promenade des gens avec des chiens en laisse, toutes sortes de chiens. L'endroit était relativement épargné par les touristes. Mama Cass imaginait Viva dans l'un de ces petits immeubles, faisant son ménage, sa cuisine. Elle ne l'avait jamais vue ailleurs que dans cette voiture de location, dans un bateau, sur une plage.

La vie des autres vous échappe, toujours, se dit-elle en garant la voiture pour la dernière fois.

L'une était du genre à être en avance, l'autre de celui à être en retard, c'était miracle qu'elles aient réussi à se croiser, se dit Mama Cass en tirant sa valise cabine qu'elle avait eu du mal à fermer – elle contenait deux tuniques, un pantalon, une paire de savates et un maillot de bain pas-cher-mémère pas du tout prévus au programme.

Quelques bricoles, aussi, une *calavera* en céramique peinte, bien sûr, un attrape-rêves en macramé à accrocher au-dessus de son lit, des sauces piquantes pour Oleg, il adorait ça et se plaignait d'aigreurs d'estomac, cet imbécile. Pour Nelson, Domingo et Johnnie, des ouvre-bouteilles en forme de Mexicanos à sombrero.

Pour la première fois de sa vie, elle avait été confrontée à la perplexité du voyageur qui veut rapporter des souvenirs à ceux qui sont restés. Qu'est-ce qui lui ferait plaisir ? Est-ce vraiment utile de rapporter un souvenir à quelqu'un qui ne connaît pas le pays ? Par définition, un souvenir, c'est fait pour garder attache avec un endroit qu'on a aimé, non ? Alors c'était un peu idiot, ces musardises dans les boutiques d'artisanat local.

Mais au bout du compte, cela lui avait procuré un plaisir singulier. Un noyau au fond de son cerveau établissait un parallèle peut-être discutable : on pouvait éprouver le même plaisir à remplir une valise en plein jour qu'à vider un frigo en pleine nuit.

Elle régla sa note avec sa carte American Express. L'argent de Soledad, elle l'avait laissé chez Rafael, hier soir. L'enveloppe était pliée dans une tisanière qu'Étoile du soir avait mise à égoutter après leur avoir servi une infusion de vanille. Elle la découvrirait probablement avant de se coucher, Mama Cass serait alors dans les airs. Elle y avait joint un petit mot : *Elle l'aurait voulu.*

Le chauffeur de la navette était en avance, lui aussi. Il était différent des autres, se dit-elle en calant son sac sur l'épaule. Plus grand, plus jeune.

« Mon amie va arriver, lui dit-elle sans savoir s'il la comprenait.

— Ah oui ? » fit-il, vaguement étonné. Il regardait par-dessus son épaule, comme si elle n'était pas là. Pas très poli, celui-là. Il serait donc la mauvaise note sur laquelle elle partirait, ce qui n'était pas plus mal pour contrebalancer la mélancolie.

« *Aquí esta*, lança la réceptionniste dans son dos.

— Viva ! » s'exclama le grand type.

Qu'est-ce que...

Merde. En le voyant se précipiter vers son amie changée en statue de sel devant la piscine, Mama Cass venait de comprendre. Ce type n'était pas le chauffeur. C'était Miguel.

À bien y regarder, il avait tout pour être le Miguel Jackson de la Costera. C'était un beau garçon un peu chiffonné, un peu passé. Les cheveux noirs brillants qui lui retombaient sur le front, les traits fins ombrés d'une barbe de trois jours précisément taillée, une chemise blanche aux manches relevées sur des tatouages. Mince, presque maigre. Il traînait une aura fatiguée qu'on pouvait trouver follement attirante si on était fan de rockers dépressifs – voilà l'analogie qui traversait l'esprit de Mama Cass qui lui trouva une ressemblance avec le chanteur de Mötley Crüe qu'Oleg aimait bien écouter. « Du glam-métal », il disait.

C'était ça, Miguel était glam-métal. Son regard était moite, si précisément ourlé qu'il se maquillait probablement les yeux.

« Miguel, confirma Viva dans une sorte d'étonnement éteint.

— Oh, Bébé, je suis tellement heureux de te voir !

— Beh… Comment tu m'as trouvée ?

— Sur ton Insta, Bébé, le selfie devant l'hôtel. »

Évidemment, se dit Mama Cass. Bravo, Viva.

Elle ne savait absolument pas se situer dans cette scène. Elle regardait Viva, habillée pour le vol retour, le même survêtement rose, le même legging floqué *Pink*, les mêmes New Balance qu'à l'aller, et cette vision qui traversait son espace temporel suffisait à la contenir, ça lui faisait bizarre. Il fallait qu'elle digère cette semaine tout entière contenue dans une tenue de voyage.

Alors elle ne bougeait pas, ne dit rien même quand le vrai chauffeur se présenta à elle. Un type d'ici, normal, souriant.

« *Señora* Cassie ? Je prends votre valise », dit-il. Elle hocha la tête, les yeux rivés sur Miguel, le dialogue qui s'engageait entre les deux protagonistes de la romance pourrie sous les palmiers lui traversant les oreilles comme des balles de squash.

« Je suis désolé, disait l'un.

— Je veux pas te voir », rétorquait l'autre.

Mais Viva ne bougeait pas d'un cil, sa grosse valise surmontée du vanity-case assorti devant elle comme un rempart.

« Bébé, tu m'as tellement manqué…

— Ah ouais ? T'as changé les serrures, connard. »

Sa queue-de-cheval blonde ramenée sur l'épaule, pas maquillée et les joues roses du soleil de Sian Ka'an, Viva ressemblait à une petite fille proférant d'une voix de petite fille des insultes de quartier. Le contraste était loufoque.

« Trou-du-cul, dit-elle d'une voix égale.

— Je sais, je le mérite, Bébé… »

Cet abruti va se mettre à genoux, pensa Mama Cass, hypnotisée. Il le fit presque, pliant sa haute silhouette comme un psychopathe prêt à démembrer une poupée Barbie – cela faisait une ombre sur Viva. Mais le ton était quasi suppliant.

« J'ai appelé l'hôtel, et quand j'ai su que tu partais, je me suis senti mal, Bébé, très mal, alors j'ai pris la bagnole et j'ai conduit comme un fou, et nous voilà dans un putain de film romantique à la con.

— T'as raison, c'est con. »

… *et c'est trop tard*, pensa Mama Cass, aussi fort qu'elle le pouvait. *Dis-le, Viva, que c'est trop tard.*

« Je me suis trompé, Bébé, continuait Miguel. J'ai cru avoir besoin de temps, que j'étais pas foutu de te rendre heureuse, il fallait que je coupe, j'ai pensé que ça te ferait moins mal…

— T'as coupé en te bourrant la gueule au champagne avec ta bande de parasites ?

— J'ai pas… Comment tu sais ? » demanda-t-il, éberlué.

Ce type se croyait tellement au-dessus de la piétaille qu'il devait être persuadé que les reliefs de ses bringues au bord de la piscine étaient aussitôt ramassés derrière lui. Mama Cass craignit que Viva ne divulgue avec sa fraîcheur coutumière leur virée ordurière à la boîte aux lettres de Miguel. Mais la jeune femme était bien plus fine que ce qu'elle persistait à croire.

« Je le sais parce que c'est ce que tu fais tout le temps, dit-elle.

— Justement, j'arrête. (Il leva les mains, en signe de reddition.) J'arrête. Voilà, Bébé, j'arrête mes conneries, cette semaine m'aura servi à ça. Je suis allé au bout, tu comprends ?

— Mmm. »

Elle cède, réalisa Mama Cass en voyant Viva passer d'un pied sur l'autre. En retrait, elle ne savait pas quoi faire.

« Viva, appela-t-elle un peu au hasard. Tu viens, la voiture nous attend. »

Viva fit mine d'attraper la poignée de sa valise, sans conviction, nota Mama Cass, navrée. Miguel parut freiner *in extremis* sa précipitation, transformant la poigne qui allait se refermer en une main doucement posée sur le poignet de la jeune femme.

« Viva, Bébé, attends ! S'il te plaît. Tu vois, j'ai réalisé que j'en avais assez de cette putain de vie. Tous ces gens… (Il eut un geste virevoltant censé exprimer son mépris global.) Oui, des parasites, tu as raison. Ils ont rien dans le crâne, ils sont *fake*, Bébé, pas comme toi !

— Tu t'en aperçois maintenant, se rengorgea Viva.

— Oh, nooon, je le savais déjà, mais justement, j'étais trop con, c'est pour ça que j'ai eu peur, tu vois.

— Non.

— J'ai réfléchi, Bébé, cette semaine. »

Il parlait de plus en plus vite, comme s'il craignait de voir la situation lui échapper, jetant de temps en temps un coup d'œil derrière lui – qu'est-ce que c'était que cette bonne femme dans le hall qui les regardait depuis le début sans bouger.

« J'en avais besoin, tu comprends, geignait-il. J'avais besoin de temps, Bébé, pour réaliser que la vie, c'était pas ça, c'est toi, ma vie, Bébé, j'en peux plus de cette bande de putains de mange-merde, tu sais pas ce qu'ils m'ont fait tellement c'est des gamins, ils m'ont foutu des crevettes dans ma boîte aux lettres, faut pas être complètement cinglé pour faire un truc aussi con ? »

Le regard de Mama Cass croisa celui de Viva, et ce qu'elle y vit rendit négligeable tout ce qui pourrait arriver : le souvenir prégnant d'un fou rire, l'étincelle d'une joie qui demeurerait, l'entente profonde de deux êtres.

Elles se continrent toutes les deux, sous le coup d'une situation qui leur échappait, à l'une comme à l'autre.

« Je m'en suis tellement voulu de t'avoir laissée toute seule dans cette ville…

— D'abord j'étais pas toute seule, le coupa Viva. Et deuxièmement, on était bien. »

Miguel s'était retourné sur Mama Cass, sourcil en l'air.

« Vous êtes qui, vous ?

— La copine. L'amie.

— D'où vous vous connaissez ? » demanda Miguel à Viva.

Il ne cachait même pas son ébahissement. Mama Cass se figurait le profil des copines de Viva que son petit copain croisait habituellement dans sa boîte de Miami Beach, et, au lieu de se vexer de la comparaison, en pouffait intérieurement.

« De l'avion, répondit Viva. Cassie m'a aidée pendant que tu me laissais tomber. Espèce de con.

— Deux femmes seules ici, c'est pas raisonnable. Vous connaissez le taux de criminalité de cette putain de ville ? Y a au moins cinq cartels ici, des dealers partout, ils se flinguent entre eux…

— On n'a pas vu ça.

— Ben vous avez eu de la chance.

— Faut croire qu'on est allées aux bons endroits », dit Mama Cass.

Elle se contenterait de cette réflexion, elle n'avait pas à intervenir dans les débats, même si ça lui faisait mal au cœur. Parce qu'elle avait appris à connaître Viva. Ses faiblesses. Le temps de réflexion qui lui était nécessaire avant de ranger une pensée dans son esprit. Et son estime d'elle-même encore vacillante.

Et Miguel devait aussi bien la connaître, qui eut les mots requis :

« Donne-moi une chance de me rattraper, Bébé. C'est toi qui décides… »

46

Et maintenant ? se demandait Mama Cass en regardant le siège vide à côté d'elle.

36 A, 36 B. Voilà ce qu'elles auraient dû être, au cœur de cet avion qui traçait le retour en Floride dans une nuit d'encre.

Elle n'avait pas pris de Xanax, cette fois. Pas besoin. Au fond, elle se disait que si l'avion s'écrasait, ce serait son destin, et qu'il fallait faire preuve d'une grande vanité que de s'y opposer.

C'est ce que leur avait dit Rafael Arroyo, le soir de la cérémonie pour Soledad.

« Chez nous, la mort fait partie de la vie, on est bien plus heureux si on l'accepte. Ce n'est pas une injustice, oui, c'est la nature qui le veut, comment être assez vaniteux pour la refuser ? Vous autres, *Americanos*, vous repoussez la mort comme une maladie. Mais c'est des maladies qu'il faut guérir, pas de la mort. »

Quand on adhérait à une telle philosophie, on ne craignait plus grand-chose.

Elle avait laissé Viva sur un sourire, Miguel portant sa valise vers son SUV prétentieux, la queue entre les jambes. Ce type n'avait pas l'air dangereux, juste con. Mais qui savait ? Elle s'en était assurée auprès de son amie :

« Il ne t'a jamais fait de mal, dis-moi ?

— Tu veux dire… Taper, tout ça ? (Viva avait écarquillé ses grands yeux bleus et avait rigolé.) Oh, noooon, il est pas comme ça, Miguel. C'est un grand gamin, en fait. »

Puis elle avait ajouté, avec le sérieux de celle qui venait de vivre une épreuve fondatrice :

« Je crois qu'il se cherche encore. Tu sais, il est gentil.

— Manquerait plus qu'il morde », avait bougonné Mama Cass, une fois de plus.

Elle avait vu Viva en maillot de bain – des coupes bien éloignées du pas-cher-mémère qui ne laissaient pas beaucoup de place à l'imagination, comme on dit. Une peau lisse, parfaite. Pas de bleu, pas de cicatrice. Alors elle lui faisait confiance.

« Si ça ne va pas, promets-moi que tu m'appelleras.

— Oh, t'inquiète pas, Cassie, je t'appellerai même si ça va bien ! Tu regarderas mon Insta ?

— Oui, ben je… »

Et, dans une débauche de tendresse qu'elle n'avait jamais connue, Viva la serra dans ses bras, l'embrassa sur une joue, puis l'autre, si fort que Mama Cass sentit le heurt de ses dents sur sa pommette. « Oh là là, pleurait Viva, c'était tellement génial de te rencontrer, je te jure que je me souviendrai de cette semaine toute ma vie, toute ma vie ! »

Elle s'était écartée, avait reniflé, et Miguel s'était précipité avec un paquet de mouchoirs mentholés qu'elle avait accepté en tendant gracieusement la main sur le côté, comme une reine, sans même le regarder.

Elle était comme ça, Viva. Pour elle, l'amour même compliqué, c'était mieux que pas d'amour du tout.

Mama Cass étira ses jambes – c'était long, ce vol, non ? Dans la cabine aux lumières éteintes, les faisceaux des veilleuses dessinaient les contours de gens différents dont elle se demandait ce qu'ils rapportaient du Mexique. Combien d'entre eux avaient changé de perception dans l'eau flottante de Sian Ka'an ? Combien, parmi eux, quittaient leur pays d'origine ?

Elle repoussa du pied son sac sous le siège avant. Il était bizarrement mou. Vide, comme la place 36 B.

Soledad était restée à Tulum, elle aussi. La vieille femme de ménage s'était mêlée aux eaux claires de la mangrove, cet écosystème qui s'étirait vers la lumière et dont elle était maintenant un élément intrinsèque.

Mama Cass était seule au creux du ciel.

Cet homme n'était pas si petit.

Elle s'en aperçut lorsqu'il l'embrassa gauchement sur la joue – et qu'elle se retint de le repousser en râlant. En fait, Oleg faisait la même taille qu'elle.

Est-ce que la dysmorphie travestissait aussi le regard qu'on portait sur les autres ? Certainement. Ils en étaient les victimes collatérales, elle commençait à le concevoir.

« Oh, t'es belle ! »

Cet éclat dans ses yeux. Il était élégant comme tout, dans sa chemise noire au col resserré par la pierre turquoise d'une cravate texane.

Une cravate texane en Floride, pourquoi pas un chapeau de cow-boy, tant qu'il y était, rigola intérieurement Mama Cass, anormalement émue.

Oleg avait lustré ses cheveux en un catogan impeccable, il sentait bon. Une sorte de citron mentholé, une eau fraîche qu'il avait aussi bien pu piquer à sa mère. Son parfum habituel ?

« Tu as changé tes boucles d'oreilles ? »

Elle sentait de temps en temps la caresse des pampilles aux confins de sa mâchoire. Ça tiraillait encore un peu à gauche, mais Viva, qui l'avait aspergée d'antiseptique, n'avait pas voulu attendre – *Si je te les mets pas, tu les mettras pas*, avait-elle garanti.

« Ça va mieux ? C'est joli. T'as plus d'infection, alors.

— Oleg, si tu me touches le lobe… »

Il éclata de rire et, mon Dieu, ça lui avait manqué. Ce rire était d'ici, de chez elle, des mangroves floridiennes, des frondaisons de la forêt tropicale du sud des États-Unis d'Amérique, de la rivière d'herbes des Everglades.

Elle était rentrée.

Il prit sa valise comme un gentleman, lui jetant des regards presque timides. Elle était sur un gué, au milieu des flots contraires des voyageurs, regardant les gens avec une acuité nouvelle, se demandant où allaient ce couple, cette famille, cet homme seul. Elle se sentait flotter, comme sur le bateau qui filait vers Punta Allen.

« Tu viens ? fit Oleg.

— Oui, oui.

— C'était bien, alors ?

— Oui. C'était bien. Oleg, tu pourras me créer un compte Instagram ? »

Il s'arrêta au beau milieu de l'allée.

« Tu deviens dingue ou quoi ?

— Je vais rien poster, imbécile. C'est juste pour regarder.

— Ben, c'est peut-être pire. Ça se fait pas. »

Il bougonna dans sa moustache, reprit sa marche en se retournant sporadiquement sur elle, comme pour s'assurer qu'elle avait bien toute sa tête. Elle lui expliquerait plus tard les compromis qu'elle était prête à négocier avec son époque.

Ils traversèrent l'aéroport éclairé, grouillant comme en plein jour, et débouchèrent dans la nuit, les vrombissements et les vapeurs d'essence.

« Demain, je te préviens comme t'aimes pas les surprises, les autres t'attendent, dit Oleg en claquant la portière de la voiture.

— Ne me dis pas qu'ils ont mis des banderoles ?

— Si. Une. Et y a des bières au frais. »

Elle hocha la tête, pas mécontente. Elle leur avait manqué.

« Comment va Senior ? »

Oleg prit le temps d'attacher sa ceinture – trop de temps, s'alarma-t-elle. Le pinceau d'un phare qui les doublait traça sur le visage de son compagnon le sillon d'une ride de sourire se perdant dans la voûte brune de sa moustache.

Une larme, qu'il essuya furtivement d'un revers de main.

« En fait, j'ai pas voulu te le dire, mais on l'a retrouvé le jour de ton départ. Il est mort, Senior. On l'a tracté jusqu'à l'Endroit.

— Oh, mon pauvre vieux… »

Elle se pencha vers lui, l'enlaçant comme elle ne l'avait jamais fait, sentant dans son cou la sourde saccade des hoquets de chagrin qu'il retenait de son mieux. Elle le comprenait, oh, Seigneur, elle le comprenait.

Son front contre le sien, elle mit ses mains en coupe autour de ses joues rêches, caressant du pouce le contraste des douces pattes de cheveux au creux de sa mâchoire.

Il était charnel, il était différent, il n'avait pas posé de question con.

« Bon, dit-elle en se reculant. On va lui construire un mausolée.

— Ah oui ?

— On va le faire. Senior, c'est le Safari. C'est un symbole.

— Un peu, oui, fit-il, retrouvant ses forces. On pourrait même changer de nom.

— Oleg. Le Senior Safari, j'ai peur que ça… comment dire, ne touche le mauvais segment de clientèle.

— Ah merde, ouais ! Putain, s'il faut amarrer des déambulateurs…

— Oleg, je veux bien que tu viennes à la maison le dimanche soir, pour commencer. »

Voilà. Aucun rapport. C'était sorti comme ça, au milieu d'un deuil d'alligator et d'une plaisanterie pas terrible, et ça n'aurait pu être autrement.

Interdit, il la regarda à contre-jour, les voitures sur la rampe de l'aéroport éclairant l'habitacle par flashs quasi cinématographiques.

« J'ai envie de préparer à manger le dimanche soir, continua-t-elle. J'ai envie que ça sente bon à la maison le dimanche soir comme quand j'étais petite, avec Soledad.

— Au fait, je me suis renseigné, le modèle d'une photo touche pas de royalties… » Lui aussi avait changé de sujet, pris au dépourvu.

« Ils s'en fichent, à Punta Allen. C'est quand elle était vivante qu'elle aurait eu besoin qu'on la traite comme une reine, Soledad. Tu viendras le dimanche soir ?

— Ben oui. Oui, oui, bien sûr, Mama.

— Et je ne veux plus que tu m'appelles Mama, Oleg. Ça peut devenir louche, vraiment. Appelle-moi Cassie, c'est quand même mon nom. »

Elle perçut son hochement de tête alors qu'il réalisait ce que *louche* augurait de l'avenir de leur duo, et se demanda s'il allait l'embrasser, si elle allait se laisser faire, etc. *Arrête, idiote, profite.*

« T'es vraiment belle, répéta-t-il à la place.

— Est-ce que ça compte vraiment ? » lui demanda-t-elle.

Oui, ça comptait, et pas au sens où l'on pouvait l'entendre, une qualification esthétique de la pellicule qui recouvrait votre personne – comme une dorure sur un bois craquelé dont elle masquerait les fissures.

Les boucles d'oreilles, le vernis à ongles et le maillot de bain étaient de petits triomphes remportés sur le silence du cœur.

Mais aucun ne serait aussi beau que ce sac vide sur ses genoux : en allant au bout d'elle-même, Cassie Elliot des Everglades avait exaucé un vœu. Elle était quelqu'un.

Depuis tout ce temps, il y avait en elle la femme qu'elle aurait voulu être.

Elle était aimable.

Personne ne lui ferait plus ressentir le contraire – surtout pas elle-même.

Et, sur l'écran de son téléphone portable, elle rapportait la plus belle des victoires : on y voyait une jeune femme blonde mince, posant à côté d'une quadragénaire épanouie, pour un selfie sur la passerelle en bois qui servait de sentier vers l'eau flottante de Sian Ka'an.

Elles souriaient toutes les deux, d'un beau sourire sur des joues hâlées, de petites rides au coin des lèvres, du soleil dans les yeux – celui qui ne se couche jamais, et reste imprimé là, dans la profondeur de la pupille.

C'était ce matin.

La première photo depuis ses huit ans.

HISTOIRE DE SOLEDAD

San Fernando Valley, été 1969

Une moto crachant ses pétarades comme une vieille dame phtisique tirant sa bouteille d'oxygène, c'était ce qui arrivait lorsqu'on poussait le moteur à son maximum sur un *road-trip* qui ne pourrait pas durer des semaines.

« Faut réparer, c'est le piston et le pot, avait énuméré le garagiste. Y a aussi les joints de collecteur d'admission et de queue de soupape à changer. »

Alors ils étaient coincés à Burbank pour quelques jours et Marjorie était de mauvaise humeur. Burbank, capitale mondiale des médias, ce n'était pas vraiment son idée des grands espaces. Elle regardait rarement la télévision, lui préférant les magazines, et n'allait pas au cinéma – il n'y en avait pas trop, des cinémas, au cœur des Everglades d'où elle venait.

Ils étaient partis de Saint-Louis, Missouri, il y a huit jours avec des engins de location – trois Harley pour les garçons, une Triumph T120 R, plus facile à manier, pour elle. C'est qu'elle n'était pas épaisse, Marjorie, mais sa conduite nerveuse lui valait l'admiration de ses trois potes. Certainement trop nerveuse pour son pot d'échappement qui avait fini par agoniser dans une épaisse fumée noire.

Le garagiste en aurait pour trois ou quatre jours, au mieux. Il fallait commander les pièces. Et puis il était un peu débordé, voyez-vous, avec cette manie des jeunes de faire la Route 66 depuis la sortie d'*Easy Rider*.

Los Angeles n'était qu'à une vingtaine de kilomètres de Burbank, Marjorie se calait dans le dos d'un de ses compagnons de route et ils prenaient la *highway* vers Venice Beach ou Santa Monica, et rentraient le soir à Burbank – ici, les motels étaient moins chers.

Marjorie n'avait pas de souci avec les mecs. Elle s'entendait bien mieux avec eux. Elle avait eu une aventure, il y a quelque temps, avec Mike, le meneur sur sa Harley, aux allures christiques d'un Carlos Santana à Woodstock, mais depuis qu'elle s'était fiancée avec Rob Elliot, c'était terminé, et Mike lui foutait la paix. Il respectait.

Avec Rob, c'était sérieux. Il lui avait laissé le temps de faire ce voyage, et il était resté à Homestead, dans le petit deux-pièces qu'ils partageaient depuis quelques semaines, à mettre la touche finale à un beau projet : ouvrir un safari-alligators.

Ce n'était pas très cher, une parcelle dans les Everglades, à condition qu'on s'engage à respecter les zones sauvages réglementées par des lois fédérales. Les espaces aménagés n'occupaient qu'environ 0,1 % du parc, leur cahute d'accueil et le ponton qui servirait à aménager leur premier hydroglisseur en feraient partie.

Leurs familles respectives, restées loin d'eux dans leurs grandes villes du Nord-Est, n'avaient pas compris cette retraite rustique. Rob et Marjorie ne devraient compter que sur eux-mêmes.

Tous les soirs, elle l'appelait du motel. Puis elle rejoignait ses potes pour aller manger au *dinner* d'en face, en bénissant la confiance que son fiancé lui accordait.

Et tous les soirs, alors qu'ils regagnaient leur chambre après un repas de tacos et de frites grasses, il y avait cette serveuse qui prenait sa pause sur le parking.

Elle fumait de la main gauche.

Elle tenait les assiettes de la main droite, mais fumait de la gauche.

Comme Marjorie. Ambidextre, on lui avait dit à l'école. Elle ne savait pas trop ce qu'elle ferait de ça, mais apparemment c'était rare.

Les deux premiers soirs, Marjorie, qui avait eu son lot de testostérone et de blagues lourdes pour la journée, observa de loin la fille sur le parking, s'en rapprochant petit à petit. Une sorte de douceur et de mélancolie se dégageait d'elle. La regarder l'apaisait. Elle n'aurait su expliquer pourquoi. Peut-être parce que la sororité dont les féministes comme Gloria Steinem faisaient des articles existait vraiment.

Peut-être parce qu'elle avait l'impression de la connaître.

Le troisième soir, elle lui proposa une cigarette.

La fille accepta. Sous le néon de l'enseigne, son visage était fatigué. Il était tard.

« Vous faites la route ? demanda-t-elle, un geste du menton vers les trois motos garées devant le motel.

— Oui. Enfin, on est en panne, pour le moment. Le garagiste met un temps fou pour réparer la mienne. Une Triumph de location. Je me suis bien fait avoir.

Le loueur avait dit que j'aurais l'air d'un moustique sur une Harley, j'aurais pas dû l'écouter. »

La fille hocha la tête, eut un petit rire. Elle avait une dent de travers, sur le côté. Cela ajoutait à son charme, trouva Marjorie.

Elles gardèrent un moment le silence, exhalant la fumée de leur cigarette, profitant de l'air tiède du crépuscule californien les jambes étendues sur le trottoir.

« Vous venez d'où ? s'enquit la fille en écrasant son mégot sous son talon blanc de serveuse.

— Floride. Homestead, dans les Everglades. Avec mon fiancé, on va ouvrir un safari. Toutes sortes d'animaux vivent là-bas dans les marais, surtout des alligators. Les touristes aiment venir se faire peur.

— Chez moi, il y a surtout des crocodiles. »

Puis la fille se tut, comme si la remarque lui avait échappé, plus forte qu'elle.

« Ah oui ? D'où tu viens ? »

La fille sembla prendre cette simple question comme un coup dans l'épaule. Elle remua, prête à se relever, s'appliqua à épousseter son tablier.

« Du Mexique. Yucatán. Pardon, il faut que je retourne travailler. »

Le lendemain, Mike, le copain biker, tenta une approche de la serveuse alors qu'elle débarrassait leur table. Quelle lourdeur, se dit Marjorie en lui mettant discrètement son coude dans les côtes.

Quelque chose chez la jeune Mexicaine l'émouvait. Elle dégageait une solitude particulière, celle qui vous est aussi physiquement attachée qu'un organe.

Alors qu'elles fumaient côte à côte leur deuxième cigarette de la semaine, ce sentiment lui fut confirmé par un prénom – et Marjorie ne put s'empêcher de penser qu'il était curieux pour des parents de choisir une telle destinée à son enfant.

« Je m'appelle Marjorie », lui avait-elle dit, après s'être excusée pour le comportement de son pote Mike. Il ne lui avait pas mis une main aux fesses, mais la bière l'avait fait pencher dangereusement sur son décolleté.

« C'est pas grave, ici on a l'habitude… Je m'appelle Soledad, répondit-elle, après un silence.

— Oh, c'est joli. Ça veut dire "soleil", non ? »

La serveuse eut un sourire en coin qui dévoila sa jolie canine.

« Les étrangers se trompent tout le temps. Non, Soledad, en espagnol ça veut dire "solitude". »

La troisième cigarette, le jour d'après, fut plus prolixe.

« J'adorerais aller au Mexique, dit Marjorie.

— Tu iras un jour, ce n'est pas loin de la Floride. Si tu aimes la nature, ça te plaira. C'est très beau.

— Tu y retournes souvent ? »

Soledad eut un mouvement du menton, imperceptible tressaut entre rire et soupir :

« Jamais », expira-t-elle dans une bouffée de nicotine.

Marjorie la regarda tapoter vivement le mégot de son index. Il y avait presque de la colère dans ce geste. Contre qui ? Quelqu'un qu'elle fuyait ? Contre elle-même ?

Au profil empreint de nostalgie de sa compagne, à l'œil qui brillait un peu trop sous le lampadaire, elle comprit.

Des sans-papiers, il y en avait tant, en Amérique.

« Tu es ici depuis longtemps ? continua-t-elle, l'air de rien.

— Huit ans. »

Soledad la regarda, l'air vaguement interrogateur, se demandant sans doute jusqu'où elle devait remonter dans son histoire. Quel danger ce serait pour elle. De quelle aide lui serait cette inconnue avec qui le courant passait aussi bien que se mêlent intimement les vapeurs de cigarettes.

Ce fut la méfiance raisonnable qui l'emporta. Du danger elle avait connu l'infestation, pour ne pas l'avoir assez craint.

« Je travaille dans ce restaurant pour me payer mes cours d'art dramatique. (Elle sourit.) Il y a beaucoup de possibilités, ici. »

Voilà ce que Soledad ne dirait pas avec la quatrième cigarette, alors que la Triumph n'était toujours pas sortie du garage. Elle ne tirerait pas fierté de la photo qui aurait dû la mener au Graal, elle n'évoquerait pas, des sanglots dans la voix, ce photographe qu'elle avait follement aimé.

Elle ne se plaindrait pas de ses départs incessants, de ses retours de plus en plus lents, jusqu'à la porte qui se refermait définitivement sur un billet d'avion tendu. Elle ne dirait pas qu'elle avait jeté le billet. Si elle l'avait pris, elle n'aurait jamais pu revenir, et ce qui restait du rêve n'aurait pu être sauvé.

Elle ne déroulerait pas sa carrière hollywoodienne, ses apparitions éphémères sur des plages de carton-pâte, en maillot de bain et en arrière-plan. C'était bien payé, tout ici était mieux payé et valait de l'or au Mexique.

Cela valait un avenir pour Rafael, son petit frère. Celui qu'il voudrait.

Elle ne se plaindrait pas de ce qu'on lui avait proposé de faire après, ces photos dénudées dans des magazines confidentiels. Tant qu'à faire, elle aurait préféré s'exposer en page centrale de *Playboy*, complètement nue mais célèbre. Respectable.

Elle n'avouerait pas qu'elle avait fini par tout accepter, tout montrer. Mais que *Playboy* n'était jamais venu.

Elle ne dirait pas que ce qui restait du rêve n'avait pu être sauvé.

Que les cours d'art dramatique n'existaient que dans ses projets, que l'argent manquait, qu'elle continuait à se laisser prendre en photo, nue et maquillée. Cela payait le loyer de son studio à deux rues du fast-food. C'est tout.

On lui avait proposé un petit rôle dans un film pour adultes. La San Fernando Valley regorgeait de studios de ce genre. C'était mieux payé que les photos.

Après tout, qu'est-ce que ça changerait.

Elle ne dirait pas que, depuis la semaine dernière, elle était morte pour son petit frère.

C'était mieux pour lui. Il aurait assez pour devenir quelqu'un. Elle n'avait plus rien à lui donner. Et il n'aurait pas sa honte.

Quitte à n'être plus personne, elle préférait ne l'être que pour elle-même.

La cinquième cigarette fut la dernière. La moto était réparée. Alors il y en eut une sixième, puis une septième, pour faire durer le soir.

Marjorie parla beaucoup, Soledad écouta beaucoup. Elle aimait entendre sa compagne de néon lui raconter les Everglades, le safari, les animaux, la maison qu'ils auraient un jour avec son mari, s'ils travaillaient bien.

« Tu devrais venir, dit Marjorie. Un jour, tu devrais venir. »

On aurait dit qu'elle avait tout compris.

Elle lui écrivit son nom sur un menu du fast-food.

« Tu me trouveras, lui dit-elle. Il n'y a pas beaucoup de monde, dans les Everglades. »

Si Marjorie Elliot et Soledad Arroyo avaient été illuminées par les croyances hindouistes telles qu'elles se répandaient en ce début des années 1970, elles auraient peut-être défini ce courant spirituel qui les avait traversées, sur un parking de fast-food à Burbank.

La religion des hippies évoquait les chakras et les auras qui y étaient liées, enveloppant d'une couleur chaque personne. Et de ces couleurs imperceptibles à l'œil nu, mais que l'intuition savait reconnaître, dépendrait l'attirance inexplicable entre deux êtres humains.

L'amour, l'amitié, ou leurs contraires. Cela expliquait tout. Cela expliquerait comment, vingt ans plus tard, se retrouvèrent deux revers d'une femme, dans l'ombre orangée d'une cuisine de Homestead.

L'une avait presque tout gagné. Un mari qui l'avait aimée et qu'elle avait aimé, comme ça, le soir alors qu'ils s'endormaient en cuillères sans se dire un mot. Une affaire florissante, comme on disait. Une enfant. Seul le temps s'était perdu en route. Et il serait bientôt trop loin pour être rattrapé.

L'autre s'était égarée. Longtemps. Entre photos. Films. Rien de reconnu. Rien d'avouable. Le rêve s'était définitivement brisé la nuit où elle s'était penchée sur le ventre d'un homme qu'elle ne connaissait pas, pour payer ce petit sachet de comprimés qu'on vendait au fond des ruelles de North Hollywood.

Elle s'était redressée. Elle n'avait pas voulu. Sa honte avait ses limites : les Mayas étaient un peuple fier. D'elle-même, il lui restait cela.

Alors elle avait fait le ménage dans les belles maisons de Laurel Canyon. Consciencieusement, honnêtement. Comme elle aurait voulu le faire d'elle-même. Cela avait marché. Les maisons étaient celles qu'elle avait rêvé d'avoir, ainsi elle les avait un peu.

Un jour, elle avait voulu changer d'air. On ne reste pas là où les rêves n'ont pu être sauvés quand enfin on se sent libéré d'eux.

Soledad avait cherché Marjorie, la fille du parking. Même si leur aura partagée n'était que de la fumée de cigarette, elle n'avait pas peur, ce qu'elle faisait, elle pourrait le faire n'importe où.

Soledad avait pris l'avion à quarante ans pour la deuxième fois de sa vie.

Dans la cuisine à l'orée de la mangrove et des marais, qui ressemblaient tant au pays où elle était née, elle lui avait cette fois tout raconté.

En fumant une huitième cigarette.

Un peu plus tard, la porte d'entrée s'était ouverte. Une jeune femme était entrée, jolie, ronde, les cheveux courts et les joues roses. Elle avait un beau sourire, réservé.

Soledad avait reconnu en elle cette chose qui lui était aussi physiquement attaché qu'un organe : la solitude.

Elle n'avait pas eu d'enfant. Elle n'avait côtoyé que ceux des autres, gâtés, extravertis, dans les grandes maisons de Laurel Canyon. À cet instant – une couleur d'aura, allez savoir –, elle en aurait voulu un comme cette jeune fille aux joues infusées de soleil et de pudeur.

Elle y vit la grande liberté ignorée des solitaires.

« Soledad, dit Marjorie, voici Cassie. »

PENSÉES ET REMERCIEMENTS

À Patricia, Peggy, Nadine Raymonde.
À Sophie, Catherine, Marie, Karine, Ingrid.
À Nathalie, Hélène, Inès, Caroline, Nancy.
À Michèle, Nicole, Stéphanie, Émilie, Agnès.
À Marielle, Claudine, Angélique, Nathalie.

À toutes les femmes que vous êtes et qui me rendent meilleure.

Laurence Peyrin
Ma Chérie

« Avec Laurence Peyrin on rit, on pleure, on partage les multiples combats de l'existence des femmes. »
Marie Chaudey - *La Vie*

Dix ans durant, on l'a appelée « Ma Chérie ». Parmi les nantis de Miami, Gloria s'est longtemps promenée en fourreau de satin et cocktail à la main - belle et futile, insouciante et crédule. Si crédule qu'un jour l'ex-Miss Floride 1952 se voit contrainte de retourner dans le village parental, déchue et sans un sou en poche. Dans le bus jaune où elle a monté sa valise, un homme lui demande la permission de s'asseoir sur l'unique place libre, à côté d'elle. Il est instituteur, grand et... noir. Sous les regards courroucés des autres passagers, Gloria accepte.
Nous sommes en 1963. Martin Luther King a beau rêver, le monde n'est pas encore prêt à renaître. Mais peut-être « Ma Chérie » l'est-elle ?

Laurence Peyrin
L'Aile des vierges

« La vie est faite de rebondissements, de chances à saisir et Maggie n'en laissera passer aucune, entraînant le lecteur dans une belle histoire d'amour et de combat social. »
Le Télégramme

« L'aile des vierges », c'est ainsi que l'on surnomme les chambres réservées aux domestiques à Sheperd House, illustre manoir du Kent où est engagée Maggie Fuller au lendemain de la Seconde Guerre mondiale. Petite-fille de suffragette, fille d'une sage-femme féministe, Maggie aurait pu prétendre à mieux que cette place de femme de chambre. Mais, en ces temps difficiles, la jeune femme cultivée et émancipée n'a d'autre choix que d'intégrer la petite armée d'intendants semblant vivre au siècle précédent. Elle aspire pourtant à un autre destin. Et elle n'est pas la seule au sein de Sheperd House... Contre toute attente, ce pourrait être le début de son long chemin vers l'amour et la liberté.

Cet ouvrage a été composé et mis en page
par Nord Compo à Villeneuve-d'Ascq

Imprimé en France par
CPI Brodard & Taupin
en février 2025
N° d'impression : 3060043

#lisez engagé !
www.lisez.com
Pour plus d'information :
Imprimé sur du papier issu de forêts gérées durablement.

Pocket – 92 avenue de France, 75013 PARIS

S34014/01